KB232807

수레를 밀기위해 내린

사 람 들

수레를 밀기위해 내린

사 람 들

임 동 석 편역

책 머리에

　우리는 추천장은 범람해도 진정한 추천을 만나보기 어려운 서글픈 시대에 살고 있다. 진학과 취업 승진 등등. 신분의 변화를 꾀하려는 곳이라면 어느 곳이건 "추천서"라는 양식이 요구된다. 단지 타자화(打字化)된 빈칸 속을 채워 넣고 그것으로 평가받는 메커니즘한 형식으로서, 어쩌면 이러한 현상은 이처럼 복잡하고 세분화된 현대사회에서 필수불가결한 요식행위일는지도 모른다. 아무튼 사람을 필요로 하고 그 빈자리를 메우기 위해서는 수많은 익명 가운데 그 자리에 합당한 인물을 가려내야만 하는 수고로움이 따라야 할 터이니까. 하여, 이 비정한 "추천서"의 풍속도는 이 시대의 부정할 수 없는 슬픈 자화상이기도 하다.

　그러나 과거, 특히 동양의 역사로(歷史路)를 산책하다 보면 그 인물의 추천들이 얼마나 향기롭게 행해졌던가를 만나보는 것은 그리 어려운 일이 아니다. 공자는 세상의 가장 어진 현자를 "남을 추천해 줄 수 있는 자"라고 했다.

　그들은 스스로를 낮추고 상대를 추천해 제(諸)기량을 발휘할 수 있도록 자리를 펴주는 일을 큰 기쁨으로 여겼다. 또한 추천 받는 자 역시 자신의 덕과 재능이 그 자리에 추천받기에 부족하다 여겨지며 그 자체를 부덕이라 생각했다.

　슬프게도 현실은 어떤가? 스스로는 천리마이되 백락을 만나지 못했다고 돌아서서 울분하고 한탄하는 자들은 또 얼마나 많은가.

간혹 우리는 천당과 지옥을 비교할 때, 음식상을 앞에 둔 그곳 사람들의 반응을 화두 삼곤 한다. 그 내용은 간단하다. 천당과 지옥의 식단은 질적인 비교만을 두고 봤을 때는 그야말로 공평무사하다. 천상의 갖은 음식들이 예의 공평히 상다리가 휘도록 차려져 나온다. 더불어 그들 각자에겐 자신의 키에 상응한 스푼이 딸려 나온다. 상대적 차이는 바로 그곳에서 발생한다. 반드시 그 스푼을 사용해야 한다는 의무규정이 첨부되었을 때, 상이한 두 집단이 나타내는 반응은 사뭇 극단적이다.

천국의 사람들은 쉽사리 자신들의 스푼으로 상대를 먹여주는 법을 터득한다. 그로인해 그 식단은 오히려 이전 현실의 평범한 식단의 분위기보다 화기하고 애애해진다. 남에게 음식을 베푼다는 것은 얼마나 즐거운 일인가? 반면 지옥의 사람들은 자신의 것으로 남을 먹여줄 수도 있다는 생각을 미처 하지 못한다. 하여 자신의 것으로 자신의 배를 채우려 안간힘을 쓰다 필경엔 한 스푼의 음식도 입에 넣지 못한 채 영원히 허기의 고통에 시달리며 살아간다는 것이다. 짧은 스푼을 내어주지 않는 것과 반드시 스푼을 이용해야 한다는 의무규정만을 끝없이 원망하면서……

다소 진부한 이 우화가 던져주는 메시지는 당연히 "베풂"에 있다. 뿌림으로써 거둔다는 진리는 만고의 불변이다. 사람과 사람 사이에서 베풂으로서 돌아온다는 것 또한 의심의 여지가 있을 수 없다. 그러나 우리는 언제부턴가 그것을 잊고 산다. 아니 외면하며 산다. 자신보다 남을 우선 생각한다는 것은 역시 말처럼 쉬운 일은 아니다. 그렇다. 남을 위해 사회를 위해, 국가를 위해 자신을 희생한다는 일은 결코 쉬운 일이 아니다.

그러나 그럼에도 불구하고 우리는 그러한 건전한 상식이 지배하는 사회를 언제까지나 소망하며 사는 것이 아닌가.

이 책은 중국 역사의 산림(山林)을 헤쳐 나오는 동안 그 수레가

올곧게 굴러갈 수 있도록 하기 위해 자진해 내릴 줄 알았던 사람들,
그리하여 스스로 마부가 되고 수레꾼이 되기를 주저하지 않았던 사
람들을 되불러 그 자화상을 엮어본 것이다.

잔인하나 아름다운 계절
사월 아침
편역자　임 동 석

수레를 밀기위해 내린

사 람 들

차례

능력에 따른 선양(禪讓)

지금으로부터 4천년 전 중국 최초 선양(禪讓)의 전설이 전해지고
있다. 당시 부락연맹의 수령이었던 요(堯) 임금은 연로해지면서 자신
의 자리를 물려줄 마땅한 인물을 찾고 있었다.

“마땅히 당신의 아들 단주(丹朱)가 합당한 인물이 아니겠습니까?”
“무엇보다 언변이 능한 공공[1](共工)이 적당한 사람입니다.”

그러나 주위의 이러한 천거에 요 임금은 고개를 가로저을 뿐이었
다. 얼마가 지난 뒤 사람들의 입에선 한결같이 순(舜)이라는 이름이
오르내렸다. 그러자 요 임금도 차츰 순이라는 인물에 대해 관심을
가지기 시작했다.

순(舜)은 일찍이 어머니를 여의고 계모 밑에서 자라야 했다. 계모
는 성질이 무척이나 포악했고, 더군다나 아버지 고수(瞽叟)는 장님인
데다가 그저 새로 맞은 아내의 말이라면 꼼짝없이 믿는 어리석고 줏

---

1) 공공(共工) : 당시 치수지관(治水之官)이었던 궁기(窮奇)란 인물로서 포악하고 음
   험하여 환도(驩兜) 삼묘(三苗) 곤(鯀)과 함께 사흉(四凶)으로 불려짐. 그 후 순임
   금에 의해 유주(幽州)에 유배됨.

대 없는 인물이었다. 그런 계모와 아버지 사이엔 순의 이복동생이 있었다. 그는 음험하고 교활하기가 이를 데 없었다.

이들 모자는 시도 때도 없이 순을 학대하고 괴롭혔다. 마침내 순은 둘의 계략에 의해 자신의 집에서 쫓겨나는 처지가 되었다.

쫓겨난 순은 규수가의 역산(歷山)이라는 곳에서 산속의 편벽한 골짜기를 일구어 삶의 터전을 마련했다. 천성이 순했던 순은 그 향리(鄕里)에서 오갈 데 없는 늙은이며 과부, 홀아비, 고아들을 성심껏 보살폈고 한편으론 마을 주변의 도로와 수로(水路)를 정비해 농사일에 편리한 개간사업까지 벌였다.

그렇게 되자 동네의 모든 사람들이 서로를 아끼고 양보하며, 이웃의 일도 내 일처럼 여기게 되는 풍토가 마련되었다. 이제까지 일과처럼 벌어지던 농토의 경계선 문제로 인한 분쟁이 사라지고, 고기잡이 때마다 벌어지던 다툼과 싸움박질도 옛일이 되어 버렸다. 순의 감화로 인해 이제 그곳 사람들은 화목과 우애가 돈독해지고 동네는 그야말로 이상향이 되었다.

이러한 소문은 순식간에 이웃동네를 거쳐 인근의 각지로 들불처럼 번져나갔다. 그러자 사방팔방의 다른 지역 사람들은 짐을 싸들고 가족을 앞세워 이 역산 밑으로 몰려들기 시작했다.

순의 어진 이름과 명성은 이렇게 입에서 입으로 전해져 온 천하에 알려지게 된 것이다.

이러한 소문을 전해들은 요 임금은 자신의 아들 몇 명을 순에게로 보내 그와 함께 생활해 보도록 했다.

요 임금은 이러한 기회를 통해 순의 행적을 자세히 관찰할 참이었고, 한편으론 그 소문들이 사실이라면 순을 통해 자신의 자식들이 더욱 훌륭하게 성장하게 되리라 믿었던 것이다. 과연 그들은 순과 함께 생활하면서 견문을 넓히고 지혜를 쌓아 훌륭한 청년으로 성장했다.

마침내 요 임금도 순이야말로 진정으로 덕과 능력을 갖춘 지도자임을 인정하기에 이르렀다. 요 임금은 순으로 하여금 우선 자신의 직무 중에 부락연맹의 영수(領首)임무를 대리하도록 조처했다.

이후 요 임금은 적당한 시간을 두고 순에게 고된 시련과 막중한 임무를 맡기면서 지도자로써 갖추어야 할 덕목과 품성을 교육시켰다. 이러한 과정을 거친 후에야 비로소 요 임금은 정식으로 자신의 직위 모두를 순에게 이양했다. 더불어 순에게 자신의 두 딸, 아황(娥皇)과 여영(女英)을 주어 아내로 삼도록 했다.

이렇듯 요에게 이양 받았던 직위는 다시 우(禹)에게로 선양된다.

당시, 중국의 최대 관심사는 홍수라는 문제였다. 이 재난을 극복하기 위해 순 임금은 밤낮으로 순시를 게을리 할 수 없었다. 순 임금은 몸소 공사현장을 찾아다니며 독려하고 지시해야 했다.

이때 물을 다스리는 직무를 맡고 있던 이는 곤2)(鯀)이었다. 그는 순 임금 이전의 요 임금 때부터 책임을 맡고 있던 터였다. 그러나 그는 홍수를 막는데 아무런 실효를 거두지 못했다. 이에 많은 사람들이 그 자리에 곤의 아들 우(禹)를 추천했다. 순 임금은 사람들의 뜻을 받아들여 우에게 막중한 치수의 임무를 맡겼다.

우는 부친과 선인들의 실패의 경험과 그동안 축적된 기술을 바탕으로 궁리에 궁리를 거듭했다. 마침내 우는'물이란 막아서 넘치지 못하게 하는 방법보다 길을 터주어 쉽사리 흘러갈 수 있도록 유도하는 방법이 최선이다'라는 근본원리를 터득케 되었다.

이에 따라 우는 그 지역을 돌아보며 우선적으로 수세(水勢)와 지형(地形)을 주의 깊고 세밀하게 관찰하는 일에 전력을 기울이기 시작했다. 그때 우의 행색이 보통사람들보다 훨씬 초라했음은 말할 것도 없다. 풀모자로 볕을 가리고 무거운 연장을 어깨에 맨 채 산과

---

2) 곤(鯀) : 요 임금 때 부락영수였음. 숭(崇)이란 곳에 살아 숭백(崇伯)이라 불렸으며, 요 임금 때 치수(治水)의 임무를 맡아 9년 동안 일을 했지만 실패하였음. 결국 순 임금에 의해 우산(羽山)이라는 곳에서 주살당함.

들을 쏘다니며 어떠한 위험이 따르는 곳이라도 필요하다면 거침없이 찾아들던 그였다.

그리하여 마침내 오늘날까지도 귀신이 아니면 해낼 수 없다고 알려진 용문산(龍門山) 삼문협(三門峽) 공사가 이루어지게 된 것이다. 살을 익히는 무더운 태양, 뼈를 에이는 매서운 겨울바람에도 전혀 동요하지 않던 우는, 종아리에 털이 모두 마모돼 나질 않았다고 한다.

이러한 우에겐 몇 가지 전하는 일화가 있다.

풍찬노숙3)(風餐露宿) 즐풍목우4)(櫛風沐雨)의 고생을 겪으며 13년 동안 물을 다스리느라 떠돌던 중에 우는 세 번을 집 앞을 지날 기회가 있었다. 그러나 그는 결코 자신의 집 문지방을 넘지 않았다. '삼과가문이불입'(三過家門而不入) 흔히 '과문불입'(過門不入)이라 불리는 일화가 그것이다.

한번은 우가 자기 집 앞을 지날 때였다. 마침 우의 아내 도씨(途氏)가 아이를 낳는 중이었다. 우의 집 담장에서 출산의 고통을 호소하는 아내의 신음수리와 곧이어 아이익 울음소리가 요란하게 들려왔다. 그러나 우는 결국 그대로 집 앞을 지나쳐 갔다. 그는 지나치리만큼 공(公)과 사(私)를 확연히 했던 것이다.

그런 그였기에 마침내 넘쳐나는 홍수를 마치 길들여진 가축처럼 몰아 바다로 흐르게 하는 등 전국의 물길을 바로 잡아 사람들로 하여금 더 이상 재해에 대한 두려움 없이 생업에 종사토록 만들 수 있었던 것이다.

이로부터 사람들은 그를 대우(大禹)라고 높여 불렀다.

우가 치수에 커다란 성과를 거두어 많은 백성들로부터 깊은 신임과 추대를 받는 것을 본 순 임금은 마침 자신도 이미 정사를 돌보기엔 늙고 쇠약해진 터라, 즉시 요임금으로부터 물려받은 부락연맹 영

---

3) 풍찬노숙(風餐露宿):바람과 이슬을 맞으며 한데에서 먹고 잔다는 뜻으로 모진 고생을 이르는 말.
4) 즐풍목우(櫛風沐雨):바람으로 머리 빗고 비로 목욕한다는 뜻으로 긴 세월을 객지로 떠돌며 갖은 고생을 다함을 비유하여 쓰는 말.

수의 자리를 우에게 물려주었다.

이렇듯 중국 고대의 맹주들은 인척이나 친분 따위에 얽매이지 않고 능력과 덕에 따라 왕위의 공정한 물림을 이행했다. 이러한 것을 기록에는 "선양(禪讓)"이라 부른다.

선양은 곧 중국 고대의 씨족 공동사회 후기의 부락연맹 내에, 그들의 공동 영수를 추대하는 한 방법이었다.

이처럼 요, 순, 우로 이어지는 선양은 중국 고대의 빼놓을 수 없는 미담으로 오늘날에까지 전해지고 있다.

위수(渭水)가의 늙은 낚시꾼

은(殷) 나라의 마지막 임금인 주왕(紂王)은 황음무치5)(荒淫無恥)하고 포악무도6)(暴惡無道)한 군주였다.

주왕은 환락의 극치를 좇아, 주지육림7)(酒池肉林)에 빠져 지내며 심기에 거슬린 자에게는 잔혹한 형벌로 참하기 일쑤였다. 심지어 불에 달군 쇠위를 맨발로 걷게 하는 포락지형(炮烙之刑)이라는 혹형까지 만들어냈을 정도였다.

그리하여 그는 충간(忠諫)하는 신하는 물론 친척까지도 서슴없이 학살하여 온 조야는 물론 만 백성들에게까지 원성을 듣게 되었다. 민심은 점차 그를 등졌고 주위의 충신들은 하나 둘 사라져갔다. 그러나 주왕의 학정(虐政)은 날로 심해져갈 뿐이었다.

이때 서쪽에 둥지를 틀고 오랫동안 은나라에게 조공을 해오던 주(周)나라는 덕으로 정치를 베풀어 날로 강성해지고 있었다.

특히 주나라의 문왕(文王)인 희창(姬昌)은 즉위 후에 자신의 조부(祖父)인 고공단부(古公檀父, 즉 太公)의 유훈(遺訓)을 이어받아 한편으로는 백성들과 함께 농사로 생산에 힘쓰면서 다른 한편으로는 널

---

5) 황음무치(荒淫無恥) : 술과 여색에 빠져서 수치스러움을 모름.
6) 포악무도(暴惡無道) : 사납고 악하여 인간의 도리를 모름.
7) 주지육림(酒池肉林) : 술이 못을 이루고 고기는 숲을 이룬다는 뜻으로 굉장하게 잘 차린 술잔치를 이름.

리 각 방면의 인재를 초빙, 은나라의 무도함에 대항하여 천하를 다투어 볼 준비를 하고 있었다.

그는 많은 어진이들을 접대하느라 식음을 잊을 정도였다. 이러한 그의 열성에 감복한 천하의 지사(志士)와 인인(仁人)들이 주왕실(周王室)로 몰려들었고, 심지어 은나라의 일부 문신(文臣) 무장(武將)들조차 은을 포기하고 주나라로 피신해오는 지경이었다.

이 사실을 안 은나라 주왕은 불 같이 화를 내며 그 길로 주나라 문왕을 붙들어다 유리(羑里)라는 성(城)에 가두어 버렸다.

이에 문왕에게 충성을 바치던 지혜롭고 담대한 신하들은 미녀와 기이한 견마(犬馬)등으로 주왕의 환심을 사려했다. 그들은 그것을 가지고 주왕에게 나아가 주(周)나라는 은나라를 절대 존중하며 끝까지 심복할 것이라는 거짓 맹세를 하였다. 이러한 선물과 신하들의 언변에 넘어간 주왕은, 더 이상의 의심과 염려를 풀은 채 문왕을 석방해 주었다.

이 어이없는 사건은 주왕의 어리석음과 부패를 더욱 명확히 보여준 꼴이 되었다. 또한 문왕으로 하여금 은을 토벌할 결심과 자신감을 더욱 높여주는 결과를 빚어준 셈이었다.

은을 치기로 결심한 문왕은 무엇보다 병법에 능하고 치밀한 계획하에 준비를 맡아줄 군사가(軍事家)가 절대 필요했다. 문왕은 틀림없이 그러한 뛰어난 책략가가 이름을 드러내지 않고 어딘가에서 자신을 기다리고 있으리라고 믿었다.

과연 얼마 되지 않아 그 믿음은 현실로 나타났다.

어느 날 문왕은 많은 신하들을 이끌고 말을 몰아 사냥 길에 올랐다. 그러나 그것은 명목상 사냥이었지 실상은 이러한 기회를 통해 민가에 들어가 마땅한 인재가 있는가를 찾아보고자 했던 것이다.

문왕이 위수(渭水)가에 이르렀을 때였다.

문왕은 머리가 파뿌리처럼 세고 얼굴이 동안인 한 늙은이가 큰 바위에 걸터앉아 낚싯대를 드리우고 있는 모습을 발견했다.

사람과 말들의 대행렬이 시끄럽게 옆을 지나고 있었건만 노인은 눈 하나 깜짝 않고 유유히 낚싯대만 지켜보고 있었다. 문왕은 경험에 비추어 이 노인이 곧 범상한 인물이 아님을 직감했다.

문왕은 즉시 수레에서 뛰어내려 노인 앞으로 바투 다가가 공손하고 조심스럽게 말을 건넸다.

몇 마디의 대화 속에서도 노인이 필부가 아님을 깨달은 문왕은 그에게 천하대세를 분석하는 방법에 대해 가르침을 받고 싶다고 말했다. 그러한 문왕의 요구에 응하는 노인의 언변은 그야말로 세찬 물줄기가 막힘없이 흐르듯 거침없이 쏟아지는 달변이었다.

그는 정치문제로부터 군사·병법에 이르기까지 놀랄 만큼 정밀하고 뚜렷한 견해와 믿음을 가지고 있었다.

문왕은 기쁨에 차 소리쳤다.

　“옛날 내 조부이신 태공(太公)께서 언젠가는 훌륭한 인물 하나가 이 주나라에 와서 천하를 바로 잡을 수 있도록 보필하리라 믿고 그를 기다리고 있노라 하셨는데 당신이야 말로 바로 그 태공(太公)께서 기다리고 바라던 분이시군요.”

문왕은 즉시 그 노인을 수레에 모시고 궁으로 돌아왔다.

문왕은 곧 그를‘태공이신 고공단부께서 바라고 기다리던 분’이라는 뜻의「태공망」(太公望)이란 칭호로 높이 불렀다.

전하는 바에 의하면 이 태공망은 성은 강씨(姜氏)이며 이름은 상(尙), 자는 자아(子牙)라고 한다.

그의 조상은 원래 동방 은나라의 귀족이었으나 이때에 이르러서는 아주 몰락하여 끼니조차 잇기 어려운 한문산족8)(寒門散族)이 되어

---

8) 한문산족(寒門散族) : 가난하고 문벌이 없는 집안이 되어 뿔뿔히 흩어진 집안.

있었다. 그래서 그는 젊었을 적에 은나라의 도읍에서 소를 잡는 백정노릇도 했고 맹진(孟津)이라는 곳에서 술집을 차려 생계를 잇기도 하였다. 그러나 그런 낮고 천한 일을 하면서도 틈만 나면 책을 읽고 좋은 책이면 어디서나 빌려 이를 밤을 밝혀 베끼기를 되풀이 했다.

특히 그는 병법(兵法)과 군사학에 깊은 조예를 가지고 있었다.

그러나 지는 태양과 같은 은나라에서는 그러한 그의 학문을 펴볼 기회가 없었다. 70~80세에 이르도록 그 누구도 자신을 알아주지 않았으나 그 스스로는 깊은 뜻을 묻어둔 채 언젠가는 반드시 때가 오리라 믿으며 세월을 삭이고 있었던 것이다.

그는 문왕이 인재를 널리 구하여 무도한 은을 치려한다는 소식을 듣고 곧 여(呂)라고 하는 땅을 떠나 위수(渭水)가로 옮겨왔다. 그는 문왕이 늘 위수의 지류인 자천(滋泉)일대로 사냥을 나온다는 것을 알고 있었다. 그래서 그와 우연한 만남을 위해 자천 부근의 범곡(凡谷)에 자리를 잡아 낚싯대를 드리우고 있었던 것이다.

문왕을 만나기까지 강태공망은 정말 운도 억세게 없었던 인물이었다. 지난 날 백정 노릇을 할 때나 술집을 차렸을 때도 그는 실패만을 거듭했다. 팔십 노인이 된 그 때도 며칠씩 드리워 둔 낚시대엔 고기 한 마리 걸리지 않았다.

더구나 문왕을 만난 그 날도 사흘 동안 어린 고기 하나 낚아 올리지 못했던 것이다. 이에 화가 난 그는 옷도 벗어버리고 모자도 집어던지며 자신을 몰라주는 세상에 원망을 품기 시작했었다.

"아직도 때가 오지 않은 것인가?"

마침 지나던 한 농부가 이 꼴을 보고는 빙긋이 웃으며 말했다.

"낚시 줄은 가늘고 길어야 고기가 속겠지요. 미끼는 좀더 향기로운 것을 쓰고 낚시를 던질 때는 손과 발을 가볍게 하고 인내심을 가지고 기다려야 할 겁니다. 그래야만 큰 고기가 물릴 것 아니겠습니까?”

그 농부의 말은 강태공망으로 하여금 천하운세를 장악하는 천리를 깨닫게 하는 계기가 되었다.

이후 그는 은나라를 뒤집는 데도 조급함을 버리고 장기적인 계획을 세워 소리 없이 착실한 준비를 해야 할 것이라고 생각했다. 그래야만 바로 주왕이라는 대어(大魚)를 낚을 수 있다고 결론을 내렸다.

문왕은 강태공망을 군의 최고 사령관으로 삼아 우선 내치(內治)를 정돈하고 생산을 장려하며 군사를 훈련시켜 뒷일을 대비했다.

다른 한편으로는 주위의 작은 나라들에게 은혜를 베풀어 자신에 귀의해 오도록 했으며 말을 듣지 않는 소국들은 힘으로써 다스려 함부로 세력을 휘두르지 못하도록 만들었다.

이렇게 유화(宥和)와 강경(强硬)정책을 동시에 편 덕에 예(芮) 우(虞)등 소국들이 귀의해왔고 서쪽의 견융(犬戎), 밀수(密須)등은 정복을 당하는 꼴이 되었다.

이러한 정책으로 주위를 평정한 연후에 그들은 황하(黃河)를 건너 한(邗), 려(黎), 숭(崇) 등 은나라의 위성국들을 차례로 무너뜨리고 은의 조가(朝家)를 향해 들어갔다.

그러나 불행히도 이때 문왕은 병으로 죽고 말았다.

강태공망은 즉시 문왕의 아들 희발(姬發)을 무왕(武王)으로 세운 뒤 조가에서 70여리 떨어진 목야(牧野)라는 들로 달려가 은나라 군사와 접전을 벌여 대승을 거두었다.

주왕(紂王)은 녹대(鹿臺)로 도망해 분신(焚身)함으로써 국파신망9)(國破身亡)의 최후를 마쳤다.

이때부터 주왕실은 은을 대신하여 천하에 군림하게 되었고 무왕은 이 강태공망을 제(齊)에 봉하여 제후로 삼았다.

---

9) 국파신망(國破身亡) : 나라가 깨져 자신까지 망함.

이가 바로 춘추(春秋)전국(戰國)시대를 거치며 가장 강성했던 제나
라의 시조로 추앙받았던 인물인 것이다.

패자(霸者)를 낳은 우정

춘추시대에 이르러 종주국인 주(周)왕실이 쇠약해지자 각지의 제후들은 벌 떼처럼 일어나 패권다툼을 벌이게 되었다.

그 가운데 최초의 패자(霸者)이며 가장 오랜 세월 동안 그 자리에 군림했던 제후는 제(齊)나라의 환공(桓公)이었다. 이 제환공이 천하의 패자로 군림할 수 있었던 데에는 대정치가이며 대군사가인 관중(管仲)이라는 인물이 있었기 때문이다.

그러나 애당초 환공과 관중은 불구대천지원수[10](不俱戴天之怨讐)였다. 관중에게 포숙아(鮑叔牙)라는 친구가 없었다면 관중은 재능을 펴볼 기회는커녕 환공의 칼에 목이 달아나는 운명을 면치 못했을 것이다.

관중과 포숙아는 어릴 적부터 피를 나눈 형제 못지않은 절친한 친구사이였다.

그들은 서로 힘을 합해 장사 길에 나섰는데 밑천을 훨씬 적게 내놓은 관중이 이익을 나눌 때는 언제나 더 차지하곤 했다. 그럴 때마다 포숙아는 관중을 탐욕스러운 놈이라고 여기기는커녕 오히려 너무

---

10) 불구대천지원수(不俱戴天之怨讐) : 한 하늘 아래서는 더불어 살 수 없는 원수. 곧, 임금이나 부모에 대한 원수.

가난해서 그럴 것이라고 옹호했다.

함께 전쟁터에 나갔을 때도 관중은 세 번이나 싸움터에서 도망을 쳤지만, 포숙아는 그런 그를 비겁한 놈이라고 욕하기는커녕 오히려 늙은 어머니가 계신 때문이라고 감싸주었다.

이러한 포숙아를 두고 관중은

　　"나를 낳아 준 자는 부모요 나를 알아주는 자는 포숙"(生我者父母, 知我者鮑子)이다"

라는 말을 남겼다.

뒤에 이들은 함께 조정에 발탁되어 관중은 공자 규(糾)를 모시게 되었고 포숙아는 공자(公子) 소백(小白)을 모시게 되었다. 이들 두 공자는 모두가 제(齊)나라 희공(僖公)의 아들이었다.

희공이 죽은 후, 뒤를 이은 양공(襄公)은 흉포하기가 이를 데 없었다. 이 양공의 포악함이 점차 왕자들에게까지 미쳐오자 규(糾)는 노(魯)나라로 피난을 하게 되었고, 그를 보필하고 있던 관중도 당연히 따라나서게 되었다.

소백(小白) 역시 거(莒)로 떠나게 됨에 따라 포숙아도 그를 따랐다.

그 후 이 포악한 임금인 양공은 재위 12년 만에 결국 공손무지(公孫無知)라는 자에게 피살되었고, 공손무지 또한 한 달이 못되어 대신(大臣)에게 피살되어 제나라는 왕좌가 빈 채 극심한 혼란 속에 빠지게 되었다.

이렇게 되자 규와 소백은 서로 먼저 귀국하여 왕좌를 차지하려고 서둘게 되었다.

장래의 선린관계를 염려하지 않을 수 없었던 노나라는 자기에게 피난 와 있던 규를 보내면서 많은 호위병까지 붙여주었다.

한편 규를 따르던 관중은 자기들 보다 제나라 서울과 거리가 훨씬 가까운 거에 있는 소백이 걱정이 아닐 수 없었다.

마침내 관중은 정예부대만을 거느리고 앞서 달려, 제나라로 들던 소백의 행렬을 막고 소리쳤다.

　“너의 형인 규(糾)께서 이미 귀국하여 임금 자리에 오르셨다. 그
　러니 너는 서울로 갈 필요가 없다.”

그러나 소백과 포숙아는 이 말에 아랑곳하지 않고 계속해서 길을 서둘렀다.

어쩔 수 없게 된 관중은 결국 소백을 살해하기로 결심했다. 관중은 소백을 향해 활시위를 당겼다.

화살을 맞은 소백은 비명을 지르며 말에서 떨어져 짐짓 죽은 시늉을 했다. 소백은 입에 피를 문 채였다.

관중은 소백이 자신의 화살을 맞고 죽었다고 여기며 안심하고 즉시 되돌아 와서 규를 모시고 천천히 귀국길에 올랐다.

그러나 화살은 실상 소백의 대구11)(帶鉤)에 맞았던 것이다. 기지와 임기응변이 능한 소백은 위급한 가운데서도 꾀를 내어 비명을 지르며 자신의 혀를 깨물어 피를 토해내고는 말에서 떨어졌던 것이다.

이렇게 하여 규와 관중으로 하여금 더 이상 다툴 상대가 없다는 안심을 시켜 놓고는 사잇길로 먼저 서둘러 귀국하여 왕좌를 차지한 것이다.

이가 바로 제환공(齊桓公)이다.

규와 관중은 도리 없이 노(魯)나라에 다시 눌러 앉게 되었으나 무엇보다 제나라로부터 화가 미칠 것을 걱정한 이는 바로 노나라 장공(莊公)이었다.

장공은 고심 끝에 군대를 내어 제나라를 쳐들어갔으나 오히려 제

---

11) 대구(帶鉤) : 허리띠 조임의 쇠붙이 부분.

나라 군대에게 크게 패하고 물러나야 했다.

승기를 잡은 환공은 노나라를 치지 않는 대신 장공에게 몇 가지 요구사항을 강력히 제시했다.

그 요구는 우선 공자 규를 처단하라는 것과 관중의 신병을 제나라로 인도하라는 것이었다.

공자 규를 처단하라고 한 것은 같은 핏줄로써 직접 한 형제를 죽이는 패륜을 피하기 위함이요, 관중을 돌려 달라 함은 자신에게 화살을 쏘았던 분풀이를 직접 하려 함이었다.

많은 군사까지 잃은 장공은 선택의 여지가 없었다.

어쩔 수 없이 굴욕을 참고 규를 죽이고, 관중을 묶어서 죄인의 수레에 태워 제나라로 보내게 되었다.

그런데 관중이 탄 수레가 제나라 국경에 들어서자 그곳에는 포숙아가 이미 와서 기다리고 있었다.

포숙아는 관중을 보자 마치 귀한 보물이라도 얻은 듯이 기뻐하며 즉시 부하들로 하여금 관중의 포박을 풀게 했다. 그리곤 자리를 같이하고 제나라의 서울 임치(臨淄)로 향했다.

포숙아는 임치에 이르자 제 환공에게 오히려 관중을 추천했다. 그를 다시 중요한 자리에 임용하라는 것이었다.

깜짝 놀란 환공이 물었다.

"관중은 활로 나를 쏘아 죽이려던 놈이다. 내 몸소 이놈의 살가죽을 벗겨 그 살덩이를 씹어 먹어도 성이 차지 않을 터인데 어찌 도리어 그를 임용하란 말인가?"

포숙아가 말했다.

"그때는 각자 모시던 주인이 달랐기 때문이지요. 관중이 대왕의 가슴을 향해 살을 당겼을 때 그의 마음은 곧 공자 규만을 위하면 그것이 충(忠)이 아니었겠습니까? 지금 공자 규는 죽고 없사오니 그를 대왕의 수하(手下)로 감복시키는 일은 불가능하오나, 마침 관중은 살아있으니 이런 용맹스럽고 지조 있는 충신을 놓칠 수는 없습니다. 더구나 지금 임금께서는 막 자리에 오르셔서 천하를 바로잡겠다고 웅지를 품고 계신 터가 아닙니까. 천하의 현신들을 다 불러 모아도 부족할 텐데 어찌 사사로운 원한으로 대의를 그르쳐 현명하고 능력 있는 자를 버린단 말입니까. 만약 임금께서 이런 작은 일에 얽매여 큰 것을 못 보신다면 이 나라의 장래와 임금의 위망(威望)에 무엇이 유익될게 있겠습니까?"

제 환공은 평소 포숙아의 말이라면 무조건 신임하고 있었다. 또한 그 자신의 사람됨도 활달하고 도량이 넓었다. 환공은 결국 관중을 등용하기로 마음을 고쳐먹었다.

그래서 포숙아에게 한 가지 제안을 내놓았다.

"오랫동안 생각한 끝에 선생만큼 능력 있는 자가 없음을 알았소. 그래서 선생을 상국(相國)으로 모시고 추천한 관중을 선생의 보필로 삼아 부국강병(富國强兵)을 도모하고 싶소!"

그러나 포숙아는 이에도 만족하지 않고 다시 말했다.

"감히 어찌 저를 관중에게 비교하겠습니까. 저와 관중은 재능이 그야말로 천양지차입니다. 저는 그저 조심스럽고 근신하는 형으로 봉공수법12)(奉公守法)에나 능한 정도라면 관중은 큰일을 크게 볼 줄 아는 치국도패13)(治國圖霸)의 훌륭한 재상감입니다."

환공은 포숙아가 관중을 이렇게나 높이 추천하자 내심 못마땅했다.

---

12) 봉공수법(奉公守法) : 나라나 사회를 위해 힘써 일해 법을 수호하는 것.
13) 치국도패(治國圖霸) : 나라를 다스려 으뜸이 되도록 꾀함.

"그러면 내일 관중을 직접 보고 인물됨을 다시 토론해 보도록 합시다."

포숙아는 역시 이에도 굴하지 않고 재삼 환공을 설득했다.

"대체로 큰 포부를 가진 인물은 왕왕 거만하고 스스로 굽힐 줄 모르는 경우가 더러 있습니다. 임금께서 진정으로 관중의 진심을 얻고 싶다면 먼저 예를 갖추어 그를 대접함이 순서이리라 사려 됩니다. 그런데 어찌 아무렇게나 그를 불러 오라 가라 할 수 있겠습니까?"

마침내 환공은 포숙아의 건의를 받아들이기로 했다.

환공은 길일(吉日)을 택해 관중을 직접 찾아가 예를 갖추어 모신 다음 자신의 수레에 태우고 함께 궁궐로 돌아왔다.

관중은 궁궐에 이른 후, 급히 환공 앞에 무릎을 꿇고 머리를 조아려 죄를 빌었다. 환공은 그런 관중을 부축해 일으킨 뒤, 허심탄회하게 국정을 논의하기 시작했다.

둘은 서로 흉금을 털어놓고 국치(國治)와 패업(霸業)에 대해 의견을 주고받으며 계획을 세웠다.

관중은 자신이 닦아온 모든 학문과 경험을 토대로 주변 국가의 정세를 분석하여 제나라가 춘추 여러 나라 중에 패자로 성공할 수 있는 길을 거침없이 개진했다. 둘 사이의 의견은 갈수록 투합하여 이야기는 무려 사흘 낮 사흘 밤을 새워도 모자랐다. 둘은 왜 일찍 서로를 만나지 못했는가를 아쉬워할 정도였다.

환공은 다음날로 관중을 상국으로, 포숙아를 부상국(副相國)으로 삼았다.

관중은 마음과 힘을 다해 제환공을 도와 지리적 자연적으로 우월한 제나라의 조건을 충분히 살려 농업을 장려하고 어염(魚鹽)의 생산량을 늘렸다. 그리하여 제나라는 춘추 제후국 중에 제일 부국강병

한 나라가 되었다.

이후 제나라는 "천자(周王室)를 끼고 제후를 호령하는"(挾天子以令諸侯)방법으로 모두 아홉 차례에 걸쳐 회맹(會盟)을 가져 중국 최초의 "패자"(霸者)로서 그 맹주(盟主)의 지위도 40여년이나 지키게 되었다.

이 모두가 관중의 힘이며, 그 근원은 관중을 추천한 포숙아의 덕에서 비롯된 것임은 두말할 필요도 없다.

대하(大河)는 실여울로부터

　제 환공(齊桓公)은 뛰어난 인재를 모아들일 요량으로 정원에다 매우 크고 화사한 횃불 하나를 세워 놓았다.

　이를 "정료"(庭燎)라고 했다. 이는 곧 "어질고 재능 있는 선비라면 누구든 밤낮을 개의치 말고 문으로 들어서라"는 의도였다.

　이를 통해 환공은 인재에 목마른 자신의 심정과 그 어떤 간언이라도 성실히 들어주겠다는 성의와 아량을 천하에 내보인 것이다.

　그러나 환공의 뜻과는 달리 일년이 넘도록 그 누구하나 스스로 문을 찾아드는 자가 없었다.

　환공은 크게 실망하지 않을 수 없었다.

　그러던 어느 날, 추한 몰골과 남루한 행색의 노인이 궁문(宮門)에 이르러 환공을 찾았다. 머리와 수염이 파뿌리처럼 센 노인은 걸음조차 온전치 않았다.

　환공은 노인의 행색을 보자 크게 실망하여 비웃음을 머금고 경멸하는 투로 말했다.

　"노인네는 어디서 왔소? 무슨 남다른 재주라도 가지고 있기나 한 거요?"

노인이 대답했다.

"동야(東野)라는 곳에서 왔소이다. 그저 초야에 묻혀 땅이나 파먹는 비천한 보통 백성에 불과하오. 그러니 농사짓는 일 외에는 그 어떤 재주도 있을 리 만무하지요."

이 말을 들은 환공은 노인이 자신을 놀린다 여겨 화가 치밀었다. 그러나 표정을 바꾸지 않는 채 계속 비아냥조로 말을 이었다.

"노인장은 나이도 팔순이 지난 듯한데…."

그러자 노인은 가슴까지 내려온 긴 수염을 손으로 배배 꼬면서 느리게 중얼거렸다.

"나이는 용케 맞히는구려. 내 나이 금년이 보태고 빼지도 않고 구구 팔십일이외다."

환공은 여전히 비웃음을 거두지 않고 말했다.

"노인장은 뭐 특별난 재주도 없고 나이도 그렇게 많은데 천하 최고의 패주(霸主)인 내가 만나볼 티끌만한 가치라도 있다고 믿으시오?"

그때서야 노인은 정색을 해 환공을 준엄하게 꾸짖기 시작했다.

"그대의 방금 말투를 두고 어찌 천하의 패주라 할 수 있겠소이까? 그렇다면 우선 하나만 묻겠소이다. 그대께서는 정원에다가 '정료'를 세운지 일년이 넘도록 개미 새끼 하나 얼씬거리지 않았는데 그 이유를 알기나 하시오?"

노인의 갑작스러운 반문에 환공은 답변이 궁색해지지 않을 수 없었다. 환공도 정색하여 말했다.

"그렇소, 그 점에 대해서는 언제나 의문을 가지고 있는 터 이오만……."

노인은 말했다.

"천하의 현사들이 대왕을 방문하지 않는 이유는 다른데 있지 않소이다. 그대가 스스로 천하에 제일가는 영명(英明)한 군주로 자처하고 계시니 천하의 인재들이 자신들의 재능이 그대의 근처에도 못 미친다 여겨, 공연히 찾아왔다 멸시나 홀대를 당하지 않을까 염려하기 때문이외다."

환공은 그제서야 느낀 바가 있었다. 즉시 노인의 면전으로 다가가 간곡히 가르침을 청했다.

"노인장의 고견을 듣고 싶소이다. 어찌하면 이러한 소견을 고칠 수 있겠습니까?"
"제가 오늘 그대를 찾아온 것은 바로 그 점을 깨우쳐 주고자 함이었소이다. 이제 제 말이 그대에게 다소나마 도움이 되어준다면 저 또한 기쁘겠소이다."

노인은 빙그레 웃었다. 그리곤 말을 이었다.

"태산은 하찮은 흙덩이 하나 업수 여기는 법이 없기에 능히 그렇게 높을 수 있는 것이고, 강해(江海)는 산골의 실 여울조차 싫다하지 않기에 또한 그렇게 넓고 깊을 수 있는 거요. 시경에 이르기를

‘옛 성인은 어려움에 처하면 꼴 베고 나무하는 비천한 이들에게조차 찾아가 도움을 구한다’ 했소이다. 이는 곧 무슨 일을 처리함에 있어 누구의 의견도 소홀히 여기지 않고 들어줄 때 뜻을 이룰 수 있다는 가르침일게요. 이제 나는 천하의 선비들에게 한 가지를 일러주려 하오. ‘내 비록 행색이 이렇듯 초라하고 비천함에도 당신을 찾았더니 그 예우가 극진함이 이루 말할 수 없더라. 그러니 나보다 나은 천하의 대지대현(大智大賢)한 선비들에게 있어서야 어떻겠는가’ 하고 말이외다.”

노인의 말을 들은 환공은 뛸 듯이 기뻤다.

환공은 즉시 그를 위해 융숭한 연회를 베풀고, 그를 머물게 하여 국사를 의논했다.

이로부터 제 환공은 몸을 낮추어 천한 선비들조차 예로 대우했고 겸허한 마음으로 모든 사람들의 의견을 존중했다.

그러자 채 일 년이 못되어 각 제후국의 온갖 재능과 품덕을 가진 선비들이 물결처럼 제나라로 몰려들게 되었다.

담량(膽量)과 도량(度量)

　제 환공(齊桓公)은 북행14)(北杏)에서 제후들을 모아 회맹할 때 송(宋)나라의 환공(桓公)이 말없이 먼저 자리를 뜬 것에 대해 대단히 불쾌해 하고 있다가 이를 주(周)의 천자에게 고했다. 그리고는 진(陳)나라 조(曹)나라와 협약을 맺고 함께 송나라를 토벌하기로 했다.

　제나라는 관중(管仲)이 군대를 이끌고 제일 앞장서서 행군해 갔다. 군대가 송나라 국경 근처에 다다랐을 때, 관중은 다 헤진 초립에 맨발차림의 한 목동이 채찍을 휘두르며 유유자적하게 노래를 흥얼거리며 가는 것을 보게 되었다. 관중은 불현듯 기이한 느낌이 들었다.

　목동의 노래 소리와 총명하게 빛나는 눈동자가 범상치 않아 보인 것이다.

　옆을 지나던 관중은 수레를 멈추고 목동에게 물었다.

　"그대의 이름은 무엇이며 여기서 무얼 하고 있소?"

　"내 이름은 영척(寧戚)이라 하오. 위(衛)나라 사람이지요. 일찍이 제나라 재상 관중이란 자가 빼어나다는 말을 듣고 그를 만나보려고 고향을 떠나 예까지 왔소. 그러나 내 몰골에 아무도 알아주는 이가 없어 이렇듯 예서 남의 소를 몰아주며 입에 풀칠을 하고 있소."

---

14) 북행(北杏) : 당시 제나라 경내로 지금의 산동성(山東省) 아현(阿縣) 근처.

그렇게 시작된 대화는 지금의 시국과 치국(治國)의 도리까지 서로의 의견을 교환하기에 이르렀다.

얼마 안 있어 관중은 목동이 범상한 자가 아니라 뛰어난 통찰력과 학식을 가진 자라는 것을 깨달았다.

관중은 그를 떠나면서 편지 한 통을 써주며 일러주었다.

"얼마 후 우리의 임금이 이곳을 지나게 될 거요. 그때 선생께서는 이 편지를 그에게 보여주시오. 나는 우리 임금이 틀림없이 당신을 중히 쓰리라 믿소. 솔직히 말씀드리지요. 내가 바로 당신이 만나고자 하던 바로 관중이요."

며칠 후, 과연 제나라 환공과 그의 대부대가 호호탕탕하게 그 길로 들어섰다.

그 위세에 놀란 목동들이 모두 멀리 숨어버렸지만, 영척은 여전히 낡은 초립을 들어 부채질을 해대며 노래를 부르고 있었다.

"창랑(滄浪)의 물이여,
파도는 높고
잉어 한 마리 유유히 뛰놀도다.
아, 요순 같은 성인이여
다시 한번 이 세상에 거듭날 순 없단 말인가?
곡기 끊기고 입을 옷도 없는 세상
칠흑 같은 어둠, 길도 사라지고
아! 시절이여,
어느 때야 밝은 날이 올꺼나?
............"

이 광경을 본 제 환공의 호위병들이 영척을 잡아다가 수레 앞으로 끌고 왔다.

그를 본 환공은 크게 호통 쳤다.

"너는 어디서 온 거렁뱅이기에 감히 그런 노래를 부르며 내 앞을 가로막느냐?"

영척은 조용히 그러나 담대하게 말했다.

"저는 위(衛)나라 사람 영척으로 남의 소를 먹이는 머슴일 따름입니다. 저는 그저 소나 몰며 노래나 흥얼거릴 줄 알 뿐, 누구를 토벌해야 하며 누구는 비방 받아야 하는지 따위는 알 수도 없거니와 관심도 없습니다."

환공은 괘씸한 생각이 들어 재차 호통 쳤다.

"지금 세상은 주(周)나라 천자가 천하를 통치하고 그 아래 내가 제후들을 이끌고 있어, 백성은 평안히 생업을 즐기니 이것이 태평성대(太平聖代)가 아닌가, 지금이 저 요순시대와 무엇이 다르단 말인가? 그런데도 너는 칠흑같이 어두운 세상 운운하고 있으니 이 무슨 건방진 짓거리인고?"

그러자 영척은 냉소를 띠면서 되물었다.

"요순시대라구요? 아니 각국의 제후들이 북행(北杏)에서 회맹을 하다가 송나라 하나가 인사도 없이 먼저 갔다고 군대를 일으켜 천하를 시끄럽게 하는 시대가 말입니까? 어디 그 뿐입니까? 제(齊)와 노(魯)가 가지(柯地)에서 맹약(盟約)을 맺을 때 노나라 장군 하나가 거만하게 감히 칼을 목에 대고 협박을 한다고 그 땅을 다 되돌려주는 세상이 말입니까? 또 태평성대라 하셨습니까? 당신은 주나라 천자의 깃발을 앞세우고 오늘은 이 나라를 공격하고 내일은 저 나라를 협박하여 천하의 죄 없는 백성들로 하여금 고향을 등지고 떠날 수밖에 없도록 하고 있습니다. 온 천지가 배정이향15)(背井離鄕)신세인 실향민들의 원성으로 가득 차 있습니다. 들리지 않습니까? 이것이 칠흑같이 어두운 세상이 아니고 무엇입니까?"

환공은 화가 머리끝까지 치밀어 주위의 호위병에게 명령했다.

"이런 발칙한 놈! 되도 않는 말을 지껄이며 나를 능멸하려 드는 이놈의 목을 당장 쳐라!"

말이 끝나기 무섭게 호위병들이 달려들어 그를 결박했다.
그러나 영척은 조금도 당황하거나 두려워하는 빛이 없었다. 오히려 조용히 미소를 지으며 중얼거렸다.

"옛날 관룡봉16)(關龍逢)은 폭군 걸왕에게 죽었고, 왕자 비간17)(比干)은 주왕에게 죽었다. 이제 그에 똑같이 이 영척(寧戚)은 지금 환공에게 죽는구나. 관룡봉과 비간이 대대로 충신으로 알려졌는데 그렇다면 이거야말로 정말 크게 경사스러운 일이 아닌가?"

환공은 그렇듯 당당하고 담이 큰 영척을 보자 비로소 느껴지는 바가 있어 그를 풀어주도록 했다. 그리곤 웃음을 띠며 말했다.

"내 어찌 그대를 죽이기까지 할 생각이었겠소. 그저 그대의 담량(膽量)을 시험해 봤을 뿐이오."
그제서야 영척은 환공에게 관중이 써 준 추천서를 보여주었다. 환

---

15) 배정이향(背井離鄕) : 우물을 등지고 고향을 떠남.
16) 관룡봉(關龍逢) : 하(夏)나라 때의 대신. 걸왕(桀王)에게 충간을 했다가 죽음.
17) 비간(比干) : 은나라 때의 귀족. 주왕(紂王)의 숙부(叔父)

공은 이를 보고 깜짝 놀라며 원망하는 투로 말했다.

"아니. 어찌 즉시 내게 보이지 않았소. 하마터면 일을 크게 그르칠 뻔 하지 않았소!"

영척은 빙긋이 웃으며 말했다.

"임금께서 사람을 살필 때 담량(膽量)의 크기를 보시는데 저라고 사람을 살필 때 도량(度量)의 크기를 시험해 보면 안 되겠습니까?"

환공은 마침내 자기의 수레에 영척을 함께 태우고 길을 떠났다.
환공은 뒤이어 그를 대부로 삼았다.
이들은 송나라 국경에 이르러 주(周)나라의 군대 및 진(陳), 조(曹)의 군대와 합하여 곧 송을 향해 진격할 참이었다.
이때 영척은 제 환공에게 건의했다.

"송나라에 대하여 먼저 도리로써 말을 해보고 그래도 듣지 않으면 그때에 군대를 움직여도 늦지는 않을 겁니다. 만약 그로써 일이 해결된다면 이는 칼에 피 한 방울 묻히지 않고 결과를 맺는 일인데 그 보다 더 바람직한 일이 어디 있겠습니까?"

환공은 그 말을 듣고 고개를 끄덕였다.
"참으로 좋은 생각이요. 그렇다면 당신 말대로 해 보도록 합시다."
하여 제 환공은 영척을 송 환공에게 보냈다.
영척은 송 환공을 만나 말했다.

"지금 송나라의 처지가 매우 위험하게 되어 있습니다."
"그러니 어쩌면 좋겠소?"

송 환공이 근심스럽게 물었다.

"제 환공이 주나라 천자의 부탁을 받고 북행(北杏)에서 제후들을 불러 모아 회맹을 한 것은 바로 송나라에서의 귀하의 임금 자리를 확정 시켜주기 위한 것이었소이다. 이는 곧 귀하 스스로에게 뿐만 아니라 모두에게 매우 유익한 일이었습니다. 그런데 귀하께선 도리어 임금 자리에 방금 올라앉은 터에 회의도 끝나기 전에 인사 한마디 없이 자리를 훌쩍 떠버렸으니 이것이야말로 피할 수 없는 과실이었습니다. 이 때문에 주나라 천자와 제 환공이 여러 제후국의 군대를 모아 귀하를 문책하러 온 것입니다. 심하게는 토벌도 서슴지 않겠다고 벼르고 있는 중이니 이들의 행동은 오히려 이치에 맞는 일일 터입니다. 그러하니 만약 귀하께서 머리 숙여 잘못을 시인하지 아니하고 도리어 맞대결을 해 보겠다 한다면 이는 사리에도 맞지 않을 뿐더러 더욱 나쁜 결과를 초래하게 될 것입니다. 청컨대 어서 잘못을 시인하셔서 더 이상 벼랑으로 떨어지는 일이 없도록 바랍니다."

송 환공은 고개를 끄덕이며 영척의 손을 잡았다.

"당신이 내게 좋은 방법을 일러 줄 수는 없겠소. 진퇴유곡의 지경이니 어쩌면 좋겠소."

이에 영척이 회심의 미소를 짐짓 감추고 말했다.

"어서 예물을 갖추어 제 환공에게 상납하고 잘못을 확실하게 시인한 뒤 서약을 맺으십시오. 그렇게 되면 추후 당신은 배후에 주나라 천자와 여러 제후들의 지지를 얻게 되어 제 환공도 더 이상 어쩌지 못할 것입니다. 그렇게 된다면 송나라는 안전을 얻을 수 있습니다."

그러나 송 환공은 여전히 걱정을 다 떨치지 못한 듯 말을 이었다.

  "지금 많은 군사들이 이미 국경에 진을 치고 우리에게 쳐들어 올
기세인데 겨우 선물 몇 가지로 일이 해결되겠소이까?"
  "어찌 그런 걱정을 하십니까? 제나라 환공은 도량이 넓고 커 지
난날의 원한 따위를 가슴에 두고 있을 인물이 아닙니다. 일찍이 관
중도 환공을 활로 쏘았던 인물이지만 오히려 그를 등용하여 높이
쓰고 있지 않습니까?"

  송 환공은 영척의 말대로, 곧 예를 갖추어 신하를 통해 예물을 바
치며 스스로의 잘못을 인정한 뒤 용서를 구했다.
  환공은 이 예물을 받아 주나라 천자에게 전해주고, 다시 송나라가
입맹(入盟)해 오는 것을 쾌히 동의했다.
  이렇게 하여 송나라 국경에 몰려들었던 각국의 군대들은 활 한번
당김 없이 물러설 수 있었으니, 이 또한 관중이 영척의 인물됨을 알
아보고 제 환공에게 추천한 데에서 이룬 성과인 것이다.

민심(民心)이 곧 승기

제 환공(齊 桓公)은 포숙아(鮑叔牙)를 대장군으로 임명하여 노(魯)나라를 치려했다.

제나라 군대는 가는 곳마다 승승장구하여 오래지 않아 노나라의 장작(長勺)에까지 이르렀다.

노나라 조정은 겁에 질려 당황했고, 민심은 갈수록 흉흉해졌다.

노나라가 태평성대를 구가할 때 취생몽사[18](醉生夢死)에 도취되었던 대신들은 누구하나 나서서 싸울 생각은커녕 서로 앞 다투어 도망길에 오르기 바빴다.

노나라 장공(莊公)은 이런 꼴들을 보면서 서글픔과 근심스러움을 떨칠 수 없었다.

장공은 곧 시백(施伯)이라는 신하를 불러 이 일을 어찌하면 좋겠냐고 의논했다.

장공의 근심을 들은 시백은 조심스럽게 한 사람을 천거했다.

"임금께 제가 출중한 자 한 명을 추천하겠습니다. 그에게 군사를 맡겨 싸우도록 한다면 틀림없이 효과를 보실 수 있을 겁니다."

---

18) 취생몽사(醉生夢死) : 취몽 속에 살고 죽는다는 뜻으로, 아무 뜻도 없이 한평생을 흐리멍텅하게 살아감을 이르는 말.

장공은 급히 물었다.

"누구요? 어서 말해보시오."
"그는 동평(東平)에 있는 조귀(曹劌)라는 이올시다. 어려서부터 알
고 지낸 사이인데 그는 병법(兵法)에 밝고 학덕(學德)이 고매한 전술
가며 선비입니다. 장군이나 재상감에 전혀 손색이 없을 것입니다."

장공은 크게 기뻐하며 시백에게 즉시 그를 모셔오도록 했다.
시백이 동평이라는 시골에 이르러 조귀에게 자신이 온 뜻을 설명
했다. 그러자 조귀는 웃으면서 반문했다.

"이상한 일도 다 있군. 지체 높고 학식 깊은 대관도 넘쳐흐를 텐
데 그들 가운데 찾아보지 않고 오히려 나 같은 비천하고 궁색한 인
물을 찾아오다니!"
"다른 사람은 몰라도 나는 자네를 잘 아네. 나라가 이처럼 위급한
데 더 이상 사양 말고 궁궐로 감이 백성 된 도리가 아니겠는가?"

나라가 위급하다는 시백의 말을 조귀는 끝까지 물리칠 수 없었다.
시백을 따라 나서며 조귀는 나라를 구하는데 미력이나마 다하겠다고
결심했다.
그런 조귀를 보고 마을 사람들은 한결같이 그를 비웃었다.

"부재기위 불모기정19)(不在其位, 不謀其政)이라는 말이 있지 않은
가? 국가의 대사야 그 자리에 있는 나라님들이 도모할 일이지 자네
같은 촌사람이 무슨 힘이 되겠는가!"

그런 이들에게 조귀는 백성 된 도리를 깨우쳐 주었다.

---

19) 부재기위 불모기정(不在其位 不謀其政) : 자기 자리가 아니면 그 일을 도모(왈가
    왈부)하지 말라.

"국가의 흥망성쇠는 모든 사람에게 다 책임 있는 법. 우리가 노나라의 백성으로서 노나라의 운명과 같이 하지 않는다면 과연 누가 우리를 돕겠는가? 망한 나라의 노예가 되길 원하는가, 아니면 작은 힘이나마 나라를 위해 보탬으로써 힘들지만 주인이 되는 길을 택하겠는가? 나라는 힘들고 어려울 때일수록 앞장서 나서줄 뜻있는 선비를 필요로 하는 법. 어찌 직위만 믿고 용렬해진 대신들에게 나라 운명을 맡긴 채, 망해가는 꼴을 팔짱끼고 기다리고만 있겠는가. 그들에게만 기댄다면 나라의 운명은 불을 보듯 뻔한 지경이 아닌가!"

이런 우여곡절 끝에 장공을 만난 조귀는 물었다.

"제나라 대군이 이렇듯 밀려와 있는데 임금께서는 무슨 대책이라도 세우고 있습니까?"

"무엇보다도 나는 대신들에게 잘 먹이고 잘 입히고 넉넉히 베풀었소. 그러기 위해 이제껏 내 스스로의 욕구를 채우기 위해 탐욕스러웠던 적은 없었소. 그렇기에 대신들이 모두 나의 은덕에 힘입어 이 나라의 어려움에 발 벗고 나서리라고 믿고 있었소."

이에 조귀는 고개를 흔들었다.

"그것은 하찮은 은혜에 불과합니다. 더군다나 그러한 은혜를 입은 이들이라고 해야 임금의 주변에 있는 몇몇에 불과합니다. 대다수의 백성은 전혀 그런 은사와 거리가 먼 것입니다. 따라서 백성들은 아마 임금을 위해 목숨을 내놓는 일은 없을 것입니다."

장공은 고개를 끄덕인 뒤 다시 말했다.

"다음으로 나는 신용(信用)을 말하고 싶소. 신(神)에게 제사를 지낼 때 언제나 경건하게 임했고 허투루 가장을 꾸민 적도 없소. 나는 믿소. 천지신령이 보우해 반드시 제나라 군대를 물리쳐 주리라는 것을……"

조귀는 다시 고개를 가로저었다.

"그 또한 아주 작은 일입니다. 그런 믿음이 이런 전쟁을 막아줄 수는 없습니다. 우리가 아무 일도 않고 있는데 신령이 제나라를 물리쳐 주리라고 믿고 있는 것은 있을 수 없는 일입니다."

장공은 다시 말했다.

"또한 나는 백성을 진정으로 사랑했소. 백성들이 억울한 일로 재판을 요구해 올 때면 비록 나는 일일이 그 억울함을 조사할 수는 없었지만 판결을 내릴 때는 가능한 관대하고 인자하게, 그리고 공평한 이치에 맞도록 처리해 왔소. 그때마다 그들은 모두 만족했었소."

그제서야 조귀는 기쁨을 감추지 못하며 고개를 끄덕였다.

"그 정도면 됐습니다. 한 나라의 임금이 되어 백성들의 고통을 덜어 주려고 노력했다면 그것은 곧 민심을 얻은 셈입니다. 그 민심하나만으로도 노나라는 이번 전쟁에 승리할 수 있을 것으로 여겨집니다."

장공은 기뻐하며 물었다.

"그러면 이제 제나라를 물리칠 수 있는 당신의 묘책을 듣고 싶소."

조귀가 대답했다.

"전쟁이란 천변만화[20](千變萬化)한 것입니다. 지휘자가 반드시 실
제 싸움터에 임해 사정을 살피고 그 변화에 적절히 대응해야 하는
것입니다. 어찌 책상물림을 하고 앉아 천하에 필승의 계책이라는 것
을 입에 올릴 수 있겠습니까."

장공은 조귀의 말이 합당하다고 여겨 그와 함께 전차(戰車)를 타
고 싸움이 한참인 전쟁터인 장작으로 갔다.

전장(戰場)에 이르렀을 때, 두 나라 군대는 진지를 구축하고 대치
해 있었다.

이윽고 적진의 제나라 포숙아는 그들의 군사에게 출격의 북소리를
울렸다. 적진의 출격명령을 들은 장공도 자신의 군사들에게 떨치고
나가 응전하라고 명령했다.

그때 곁에 있던 조귀는 황급히 그 명령을 저지했다. 그리고 장공
의 허락을 얻어 대신 명령을 하달했다.

"모든 병사들은 들으라. 제멋대로 행동을 한다든가 명령도 없이
시끄럽게 수선을 피우는 자는 목을 베리라. 지시가 있을 때까지 대
열을 유지하라!"

제나라 군대는 자신들이 공격해 들어가는 데도 노나라 군대가 꼼
짝 않고 응전을 해오지 않자 오히려 당황하여 머뭇거리다가는 되돌
아가는 수밖에 없었다.

잠시 후 포숙아는 다시 두 번째의 진격 북소리를 울리며 병사들을
독려했다.

그러나 노나라 진영에서는 역시 아무런 반응을 보이지 않았다.

맥없이 진지로 되돌아와야 했던 포숙아는 또다시 세 번째의 독전
북소리를 울려댔다.

---

20) 천변만화(千變萬化) : 변화가 한이 없음. 천만가지로 변화함.

제나라 군대가 세 번째로 노나라 진영 가까이 다가오자, 조귀는 그제서야 북을 치며 소리를 질러 출격명령을 내렸다.

노나라 진영에서는 북소리가 하늘을 진동했고, 전사들이 일제히 함성을 지르며 내달았다. 그 모습은 마치 호랑이가 산을 내리뛰는 것 같고 화살이 시위를 떠난 것 같이 용맹스럽고 재빨랐다.

제나라 군사 대열은 순식간에 아수라장을 이루어 물러설 수밖에 없었다.

이를 보고 있던 장공은 뛸 듯이 기뻐하며 계속해서 추격할 것을 명했다.

"잠깐!"

그런 장공을 조귀는 다시 말렸다. 그리고는 수레에서 뛰어내려 땅을 살폈다. 수레에 다시 오른 그는 가로목(橫木)에 기대어 도망가고 있는 제나라 군대를 살펴본 연후에야 장공에게 말했다.

"추격명령을 내리십시오."

이리하여 달아나는 제나라 군대를 30여리나 추격한 노나라 군사는 마침내 잃었던 땅을 되찾고 무기와 전차, 갑옷 등 많은 전리품까지 얻게 되었다.

이러한 승리를 얻은 후 장공은 왜 조귀가 제나라가 세 차례의 북소리를 울릴 때까지 응전하지 않았는지, 그리고 왜 수레에서 내려 땅을 살피고 달아나는 적들을 살핀 연후에야 추격명령을 내리도록 한 것인지 궁금하지 않을 수 없었다.

장공은 조귀에게 그 이유를 물었다.

“전쟁에서 가장 중요한 것은 사기(士氣)입니다. 사기가 왕성하면 어떤 경우라도 이길 수 있지만 그렇지 못하다면 아무리 좋은 조건을 갖추고 있다 해도 실패할 수밖에 없을 겁니다. 상대가 처음 북소리에 내 달려 올 때는 그들의 사기가 가장 왕성할 때입니다. 이때 그 예봉(銳鋒)과 맞닥뜨리는 것은 불리할 수밖에 없는 것입니다. 그러나 두 번째 세 번째로 오면서 그들의 사기는 점점 떨어질 수밖에 없고 도리어 기다리던 쪽은 자신감을 얻게 됩니다. 세 번까지 기다리도록 한 것은 바로 그런 연유에서였습니다. 또한, 저는 제나라가 워낙 대국(大國)이어서 그 허실(虛實)을 측량하기 어렵다고 보았습니다. 혹 그들이 매복을 해둔 것은 아닌가 주의했던 것입니다. 하여 그 수레에서 내려 바퀴자국을 살펴보았더니 그 모습이 이리저리 제멋대로 난 것을 보고 그들이 매복할 여유가 없음을 알았고, 다시 수레에 올라 멀리 퇴각하는 적군의 깃발들을 살폈을 때 깃발이 서로 얽히고 부러지고 눕고 한 것을 보고 역시 그들이 정신없이 달아나느라 우리를 유인할 책략 따위는 꾸며볼 여유조차 없다는 것을 확신했던 것입니다. 그래서 임금께 추격명령을 내리도록 한 것입니다.”

이 말을 들은 장공은 크게 감탄하여 조귀에 대한 존경을 감추지 않았다.

“당신은 정말로 병법에 능통한 군사가이십니다.”

장공은 조귀에게“대부”(大夫)의 관직을 주고 그를 추천한 시백에게도 큰 표창과 상을 내렸다.

양피(羊皮) 다섯 장으로 산 대부(大夫)

진(秦)나라 목공(穆公)은 춘추오패(春秋五霸)중의 하나로 널리 알려진 군주이다. 그도 부국강병(富國强兵)과 패업달성(霸業達成)을 위해 백방으로 인재를 구하기 위해 노력했다.

이렇게 하여 추천을 통해 얻은 인재가 바로 뒤에 재상자리까지 올라 중국 역사에 널리 알려진 백리해(百里奚)라는 걸출한 인물이다.

백리해는 원래 우(虞)나라 출신으로 어려서 집이 가난하여 남의 소를 돌봐주며 간신히 공부한 사람이었지만, 치국(治國)과 경세(經世)에 탁월한 식견을 터득하고 있었다.

그는 나이가 들어 더욱 식견이 풍부해지자 자신의 정치 포부를 실현해 보고자 처자를 떠나 제(齊)나라로 향했다.

그러나 누구도 우나라 사람인 백리해를 제나라 임금에게 가까이 할 수 있는 길을 열어 주지 않았다. 결국 그는 각지를 유랑하며 빌어먹는 꼴이 될 수밖에 없었다.

백리해가 유랑 끝에 송(宋)나라에 이르렀을 때는 이미 나이 40이 넘어 있었다. 백리해는 그곳에서 경륜(經綸)이 뛰어난 은사[21](隱士)인 건숙(蹇叔)이라는 사람을 만났다. 둘은 오래지 않아 흉금을 터놓

---

21) 은사(隱士) : 벼슬을 하지 아니한 선비.

는 막역지우22)(莫逆之友)가 되었다.

하루는 건숙이 백리해에게 제의했다.

"내 절친한 친구 궁지기(宮之奇)라는 자가 마침 당신의 고국 우나
라에서 큰 벼슬을 하고 있으니 우리 한번 찾아가 보는 게 어떻겠소?"

하여 두 사람은 우나라를 찾게 되었다.

건숙이 백리해를 소개하자 궁지기는, 두 사람 모두에게 우나라에
서 관직을 줄 테니 도와 달라고 요청했다.

이에 건숙과 백리해는 의견을 나누었다.

먼저 건숙은 거절할 뜻을 비쳤다.

"나는 이 우나라에 들어오면서 이미 여러 가지를 알아보았네. 임
금은 어리석고 강퍅(剛愎)하여 자기 밖에 모르며, 큰일에는 어둡고
작은 이익에는 집착하는 인물로 대사를 성취시킬 만한 군주는 못됨
을 알았네. 이런 나라에서 벼슬을 하다가 문을 잘못 들어서 스스로
의 정치철학도 펴보지 못하고 도리어 불충부지23)(不忠不智)하다는
오명만 뒤집어 쓸 바에야 차라리 궁벽한 내 고향으로 돌아가 농사
나 짓는 편이 나을 것 같네."

그러나 백리해는 의견을 달리했다.

"나는 참으로 긴 세월을 유랑하던 중이었네. 더군다나 이 우나라
는 나의 조국이 아닌가. 나는 이 곳에 머물겠네!"

이리하여 건숙은 돌아가고 백리해는 우나라의 대부 벼슬을 하게 되
었다.

---

22) 막역지우(莫逆之友) : 아주 허물없는 벗.
23) 불충부지(不忠不智) : 지혜롭지 못하고 충성을 다하지 못함.

　진(晋) 헌공(獻公) 22년(B.C. 655년), 과연 우나라 임금은 탐욕에 눈이 어두워 화를 당하고 말았다. 우임금은 받아서는 안 될 뇌물인 천리마 한 마리와 옥벽 한 쌍을 진나라로부터 받아 그만 망국의 지경에 이르게까지 되었던 것이다.

　백리해 역시 망국의 죄수가 되고 만 것이다.

　그는 갇힌 몸이 되어서야 건숙이야말로 정말 앞날을 내다보는 심모원려24)(深謀遠慮)한 인물이라고 탄복을 아끼지 않았다.

　그런 와중에 진(晋)나라 헌공은 백리해의 출중한 능력을 알고 진나라의 벼슬자리를 권한 적이 있었다.

　그러나 백리해는 이를 한마디로 거절했다.

　　"이미 한 나라의 벼슬아치로써 망국의 아픔을 맛 본 것으로 족하
　　오. 다시 고개 숙여 적국(敵國)의 벼슬자리에 앉는다는 것은 명분상
　　으로도 맞지 않을 뿐더러 내 자신이 우선 용납할 수 없소이다."

　마침 이때에 진(秦) 목공(穆公)이 공자(公子) 집(縶)을 보내어 진(晋) 헌공(獻公)의 딸을 아내로 맞이해 오도록 하고 있었다.

　이때 한 신하가 헌공에게 건의했다.

　　"백리해는 우리나라에서 벼슬도 않겠다고 버티고 있으니 이 기회
　　에 공주를 모시는 종의 숫자에나 채워 보내시지요."

　진 헌공은 신하의 제의에 별 생각 없이 그렇게 하도록 동의했다.

　하여 백리해는 여러 수행 종들에 섞여 함께 공자집의 행렬을 따라 길을 나서게 되었다.

　그러나 백리해는 생각할수록 자신의 포부가 삭아드는 것이 견딜

---

24) 심모원려(深謀遠慮) : 깊이 그 원인과 결과를 생각하고 꾀하여 먼 장래에 어떠한
　　이해가 올 것인가를 염려한다.

수 없었다. 결국 백리해는 그 대열에서 눈을 피해 도망쳤다.

그는 우선 초(楚)나라로 몸을 피하여 그곳에서 역시 남의 소를 돌봐주며 목숨을 연명하고 있었다.

그는 본시 어려서부터 가축을 돌보는 데는 이골이 난 터라 그의 손길이 닿는 소는 모두가 튼실히 자라 오래지 않아 그는 소먹이는 전문가로 널리 알려지기 시작했다.

이러한 명성은 곧 초(楚) 성왕(成王)의 귀에까지 들어갔다. 마침 성왕은 양마(養馬)에 관심이 깊어 백리해를 불러 멀리 해남도(海南島)에 가서 말을 키워보도록 명령했다.

한편, 진(秦) 목공(穆公)은 진(晋)나라로부터 온 노예의 명단을 훑어보다가 백리해란 이름은 있으나 사람은 없는 것을 기이하게 여겨 그 이유를 물었다.

그때 공자(公子) 집이 말했다.

"그는 원래 진(晋)에게 망한 우(虞)나라의 대부였다고 합니다. 아마 스스로 노예로 전락한 것을 수치스럽게 여겨 오던 도중에 도망을 친 것 같습니다."

때마침 진(晋)에서 온 공손지(公孫枝)라는 사신이 옆자리에 있어 목공은 내친 김에 그에게도 혹 백리해란 자를 아느냐고 물었다.

이에 공손지는 공손하게 일러주었다.

"들기로는 꽤나 큰 인물인 듯 했습니다. 아깝게도 임금을 잘못 만나 스스로를 망친 꼴이 되었지만…… 그는 망국(亡國)의 대부로서 갇힌 죄수로 남을지언정 적국(敵國)의 벼슬자리를 얻어 남은 영화를 구하지는 않겠다고 진(晋)의 벼슬 요청을 거절했다고 합니다."

진 목공은 이 말을 듣자 곧 그를 찾아야겠다고 생각했다. 목공은 곧 각지에 사람을 보내어 그의 종적을 수소문토록 했다.

마침내 백리해를 찾아낸 목공은 초나라에 사람을 보내 많은 예물을 주어 그를 넘겨줄 것을 부탁할 참이었다.

그러자 공손지는 고개를 저었다.

"그렇게 많은 예물을 주어서는 오히려 백리해를 넘겨받을 수 없을 겁니다."

"무슨 이치요?"

말뜻을 이해 못한 목공은 기이히 여겨 물었다.

공손지는 웃으며 대답했다.

"초나라에서 그에게 겨우 말이나 먹이라고 직분을 준 것을 보면 아직도 그의 재능을 모르고 있음이 분명합니다. 그런데 임금께서 그에 걸맞지 않게 과분한 예물로 그를 바꾸자고 하면 초나라 조정은 이를 수상히 여겨 필시 그를 중용(重用)해 버릴 게 아닙니까."

그제서야 목공은 고개를 끄덕였다.

"선생께서 일러 주지 않았더라면 일을 크게 그르칠 뻔했구려. 그럼 어쩌면 좋겠소?"

"그저 보통 노예가 이웃나라로 도망쳤을 때와 똑같은 관례대로 다섯 장의 양가죽을 배속금(賠贖金)으로 삼아 초로부터 그를 찾아오면 될 것입니다."

그의 말대로 검은 양가죽 다섯 장을 보내자 과연 초나라에서는 의심 없이 백리해를 진나라로 넘겨주게 되었다. 이런 연유로 뒷날 역사책은 백리해를 검은 양가죽 다섯 장으로 샀다 하여 흔히 오고대부(五羖大夫)라 부르기도 한다.

이윽고 죄수를 실어 나르는 수레가 백리해를 태우고 진나라에 이르자 진 목공은 스스로 나가 그를 맞았다. 그러나 수레의 문을 연 목공은 크게 실망하지 않을 수 없었다. 수레 안에는 수염이 잡다하고 행색이 비루한 늙은 노인 하나가 앉아 있었던 것이다.

목공은 실망의 빛을 감추지 못하고 혀를 찼다.

"아니! 볼품없는 늙은이가 아닌가?"

그런 목공에게 백리해가 말했다.

"그렇소. 나로 하여금 산에 가서 범을 잡으라고 한다면 당연히 늙어 해낼 수 없는 기력이요. 그러나 나로 하여금 궁중에서 치국의 도를 논하고 진중(陣中)에서 병법의 이치를 셈하게 한다면 그래도 나는 아직 저 강태공망이 문왕을 만났을 때보다는 훨씬 젊은 게 아니겠소?"

목공은 그의 말이 범상치 않음을 보고 즉시 그를 궁궐로 모셔 치국과 군사에 대한 이야기를 나누어 보았다.

이야기는 사흘 밤낮으로 이어졌고 마침내 둘은 서로의 의기가 투합함을 확인했다. 둘은 그제서야 만나게 된 것을 한(恨)스럽게 생각할 정도였다.

이에 목공은 즉시 그를 상국(相國)에 임명코자 하였다.

그러나 백리해는 그런 그를 저지하며 말했다.

"서둘지 마십시요. 제가 우선 한 인물을 임금께 추천해 드릴 테니 한번 만나 보도록 하십시요. 그는 건숙(蹇叔)이란 자로 저의 덕과 재능은 그에게 비한다면 그야말로 보잘것없는 것입니다."

어진이라면 그저 목마른 자가 물 찾듯 하던(思賢如渴) 목공인지라 백리해의 추천을 마다할리 없었다.

그러마고, 기뻐한 목공은 백리해로 하여금 편지를 쓰게 하여 공자집을 보내 후한 예물로 건숙을 모셔오도록 했다.

건숙은 본래 벼슬에는 뜻이 없었으나 오랜 친구인 백리해를 생각하여 마지못해 제의에 응하게 되었다.

한편 공자집은 건숙을 설득하는 중에 그의 두 아들인 서걸술(西乞術)과 백을병(白乙丙) 또한 범상한 인물이 아님을 알아보고 함께 진나라로 데리고 왔다.

진 목공은 생각지 않게 세 사람의 인재를 더 얻게 되자 띨 듯이 기뻤다.

건숙은 서두름 없이 치국과 병법의 도를 상세히 목공에게 일러주었고, 목공은 그들의 의견을 경청하느라 밤을 낮으로 알고 때를 거르기까지 했다.

이렇게 하여 목공은 건숙을 상국(相國)으로, 백리해를 부상국(副相國)으로, 그리고 공손지, 서걸술, 백을병을 대부(大夫)로 삼아 국정을 이끌게 되었다.

그로부터 얼마 후, 몇 십 년 동안 헤어져 지내던 그리웠던 아들이 백리해를 찾아왔고 무예로 출중한 맹명시(孟明視) 또한 그를 찾아왔다.

진 목공은 이들에게도 즉시 대부 벼슬을 내렸다.

이리하여 진 목공은 짧은 기간 중에 인재를 규합해 서방의 야만인이라 하여 중원(中原)으로부터 멸시를 받고, 제후의 회맹에서 조차 따돌림을 당하던 진(秦)나라를 일약 서방의 패자로 군림할 수 있게 했다. 더 나아가 후일 전국시대를 마감하는, 천하통일의 기틀을 마련했다.

이 모두가 추천을 통한 인재등용, 어진이를 기꺼이 받아들이는 목공의 탁월한 인인성사25)(因人成事)의 혜안(慧眼) 때문이었음은 두 말할 필요도 없겠다.

---

25) 인인성사(因人成事) : 무슨 일이든 사람에 의해 이루어진다. 곧 적재적소에 사람을 써야 한다는 뜻.

뒤늦게 임명된 특사(特使)

문공(文公) 43년(B.C. 630년), 정(鄭)나라는 진(秦)과 진(晋)이 동맹을 맺고 쳐들어와 수도(首都)마저 물샐틈없이 포위당하는 지경에 이르렀다.

하지만 진(秦)과 진(晋)이 서로 동맹관계이면서도 미묘한 갈등이 있다는 점을 알게 된 정 문공은 이를 이용한 묘책을 하나 강구하게 되었다. 그것은 두 나라 진영 중 한 곳인 진(秦)나라 진영에 특사를 보내어 비밀협상을 제의하는 방안이었는데 여기에 발탁된 자는 당시 모사(謀士)였던 촉지무(燭之武)라는 인물이었다. 촉지무는 적군이 눈치 채지 못하도록 야음을 틈타 밧줄로 성벽을 오르내렸다.

협상은 밤마다 이어졌고, 결국 진(秦)은 정나라의 제안을 받아들이게 되었다.

그리하여 진(秦)의 대부이며 장군인 기자(杞子)는 봉손(逢孫), 양손(楊孫) 등으로 하여금 2천여 명의 주둔병만 인솔하여 정나라 도성 문을 지키도록 하고 나머지 군대는 모두 철수시켰다.

이에 진(晋)의 군대도 당연히 물러서야 했고, 정나라는 드디어 안도의 숨을 쉴 수 있었다.

3년 뒤, 정나라에서는 문공이 죽고 목공(穆公)이 그 뒤를 잇게 되

었다. 정나라는 국상(國喪)으로 어수선하게 되었다. 이 틈을 타 기자
(杞子)는 비밀리에 본국의 진(秦) 목공(穆公)에게 사람을 보내 다음
과 같이 보고했다.

"정나라는 문공이 죽고 지금 막 공자(公子) 란(蘭)이 들어서 새
임금으로 즉위했습니다. 이 일로 지금 국정은 어수선합니다. 마침
우리 주둔군이 궁문의 열쇠를 쥐고 있으니 이 기회에 군사를 내어
쳐 오시면 틀림없이 정나라를 무너뜨릴 수 있을 것입니다."

진 목공은 이 밀보(密報)에 접하자 즉시 맹명시(孟明視)를 대장군으
로, 서걸술(西乞術)과 백을병(白乙丙)을 부장군으로 각각 임명하고 300
량의 전차(戰車)를 앞세워 정나라로 향하도록 했다. 때는 12월이었다.
이듬해 봄, 이들의 행군은 활(滑)이라는 작은 나라에 이르게 되었다.
그런데 어느 날, 이들의 행군 앞에 돌연 길을 막는 사람이 있었다.

"저는 정나라의 사신 현고(弦高)라 합니다. 저희 임금의 명을 받
고 이곳까지 와서 특별히 장군을 뵙고자 합니다."

맹명시는 놀람을 금치 못했다. '그렇다면 정나라는 이미 우리의
파병소식을 알고 있다는 것일까? 어떻게 이 멀리까지 사신을 보냈을
까?' 의혹을 거두지 못한 채 맹명시는 현고를 맞았다.

"특사께서 이곳까지 오셔서 저를 뵙자고 하시니 무슨 일입니까?"
"우리 임금께서는 진(秦)나라에서 많은 군사를 보내어 우리 정나
라를 보호해 주려 하신다는 말을 듣고 크게 기뻐하시며 저에게 살
찐 소 열두 마리와 우피(牛皮) 넉 장을 내려주시면서 극진히 위무하
라 하셨습니다. 작은 성의이오나 받아 주십시오."

현고의 말을 들은 맹명시는 더욱 의혹을 떨쳐버릴 수가 없었다. '정 나라는 정말 우리의 출병의도를 알고 있다는 말인가? 그렇다면 이미 도성의 모든 방비까지 철저해져 있다는 것 아닌가'

그러나 맹명시는 그런 의혹을 내색하지 않은 채 태연히 부하에게 위문품을 받도록 지시했다. 그리고 감사의 말을 이었다.

"들자하니 귀국은 지금 국상(國喪)을 당해 어려움을 겪고 있다 하더군요. 그래서 저희 임금께서는 귀국의 그런 어수선한 틈을 타 진(晉)나라가 딴 짓을 부릴지도 모른다고 염려하시면서 제게 군대를 딸려 보내 보호하라 이르셨습니다."

현고(弦高)는 그런 맹명시를 우선 치하하며 말을 이었다.

"그렇습니다. 우리 정나라는 아주 조그만 나라로써 진(秦)과 진(晉)의 두 대국사이에 끼어 스스로의 안전을 도모하고 있습니다. 이 때 문에 우리 병사들은 창을 베고 잠을 자며 밤이나 낮이나 경계를 늦추지 않고 훈련을 거듭하고 있습니다. 만약 그 누구라도 우리 정나라를 침범해 온다면 온 백성이 목숨을 내걸고 싸우는 데에 조금도 주저함이 없을 겁니다. 그러니 진(晉)이 우리를 넘보지 않을까 하는 걱정을 안 하셔도 좋을 듯 합니다."

맹명시는 현고의 말에 짐짓 불쾌하다는 표정으로 되물었다.

"그렇다면 정나라는 더 이상 우리 진나라 군대의 도움이 필요 없다는 말인가요?"

현고는 침착하게 되받았다.

"우리는 이미 일체의 방비가 갖추어져 있습니다. 그러나 만약 귀국의 군대가 기어이 오시겠다면 막지는 않겠습니다. 대신 귀 군대의 군량미 등 군수품 일체를 모두 부담하고, 또한 귀국 군대의 안전 된 전도를 도모해드리기 위해 우리 군대를 보내 호위토록 하겠습니다.”

현고의 말을 듣던 서걸술, 백을병의 안색이 어두워지는 것을 맹명시는 보았다.

결국 맹명시는 말머리를 돌릴 수밖에 없었다.

“사실대로 그대에게 말하지요. 이번의 군대이동은 바로 활(滑)을 치려는 것이 주된 목적이었소. 물론 다른 한편으로는 귀국에 도움을 주고자 했던 것인데 귀국이 도움을 원치 않는다니 더 이상 정나라 쪽으로 군대를 움직이지 않겠으니 그리 아시오.”

“그럼 그리 알고 돌아가겠습니다.”

현고는 예를 갖추고 일어섰다.

현고가 돌아간 후, 서걸술과 백을병이 정말로 정나라를 치지 않을 작정이냐고 묻자 맹명시는 그들을 설득했다.

“정나라를 치기 위해 우리는 먼 길을 불구하고 왔소. 우리가 이기리라고 본 것은 불의의 기습과 기자(杞子) 등의 내응(內應)을 염두한 때문이오. 그런데 정나라는 이미 우리의 출병의도를 알아차렸고, 모든 방비를 해 둔 뒤요. 그렇다면 우리와 합류하기로 한 기자의 무리들도 어찌 되었을지는 불을 보듯 뻔한 것 아니겠소. 이렇듯 모든 조건이 도리어 불리해진 지금 끝내 처음 의도를 고집한다면 어리석은 일이 아니겠소. 만약 이 싸움에 진다거나, 이긴다 해도 큰 손실을 입게 될 것이요. 그땐 우리가 돌아가 임금 앞에 뭐라고 아뢸 수 있겠소.”

그리하여 세 사람은 협의 끝에 그곳까지 온 김에 활나라를 치기로 결론지었다. 하여, 활나라를 토벌한 그들은 그곳에서 획득한 금 은

보화 등의 전리품을 싣고 진나라로 돌아가 버렸다.

그러나 자칭 "특사"(特使)라고 나섰던 현고(弦高)는 실상 정나라에서 파견한 사신이 아니었다. 그는 정나라 출신의 그저 이름 없는 소 장수에 불과했다.

당시 현고는 소를 몰고 낙양(洛陽)으로 가는 길에 우연히 진(秦)나라로부터 돌아오고 있던 건타(蹇他)라는 친구를 만났다. 오랜만의 해후를 끝낸 뒤 현고는 지나가는 투로 건타에게 물었다.

"요사이 진(秦)나라에 무슨 재미있는 소식 없습니까?"

그에 건타는 대수롭지 않게 일러주었다.

"들자하니 진나라는 정나라를 치기 위해 지난해 12월에 세 명의 대장군을 앞세워 함양(咸陽)을 떠났다고 하더군. 오늘 내일 쯤 아마 이 일대를 지나게 될지 모르겠군."

이 소식을 접한 현고는 깜짝 놀랐다. 조국인 정나라에 알리자니 이미 늦은 시간이었다.

그는 우선 급히 사람을 사서 지름길로 정나라로 보내 방비를 당부했다. 그리고는 12마리의 살찐 소와 넉 장의 소가죽을 준비하고 의관을 대부처럼 갖춘 뒤 수행원을 대동해 진나라 군대가 반드시 지날 길을 가로막고 맹명시를 기다렸던 것이다.

이리하여 정나라로 하여금 불의의 습격에 대비할 태세를 갖추게 하고 자신은 진나라 맹명시를 달래어 정나라 습격을 포기토록 하는 데 성공했던 것이다.

한편 정 목공은 현고가 보낸 심부름꾼의 보고를 접하고 즉시 사람을 보내 성문의 진나라 주둔군의 동정을 살피도록 했다.

과연 주둔군들은 바삐 움직이며 군대를 조련시키고 말에게는 먹이

를 주고 병기를 손질하는 등 비밀스러운 가운데 야단을 피우는 모습
이 역력했다. 목공은 이에 기자와 봉손, 양손 등 진나라 장군을 불
러 진상을 밝힌 뒤 그들을 국외로 추방해 버리고 2천여 명의 진나
라 군사들은 모두 해산시켜 버렸다.

일이 끝난 후 목공은 현고를 만났다.

"그대는 정말 나의 임명이 있기도 전에 스스로 특사가 되어 이같
이 훌륭한 일을 했구려. 풍전등화 같았던 우리 정나라의 국운이 당
신 같은 인재로 인해 어려움에서 헤어났소. 어찌 천군만마에 가늠할
힘든 일이 아니었겠소. 정말 고맙소!"

목공은 즉시 현고에게 군위(軍威)라는 군사책임의 중책을 맡겼다.

삼위일체로 이룬 번성(繁盛)

초(楚)나라 때 장왕(莊王)은 사마(司馬)와 영윤(令尹)까지 지낸 두월초(斗越椒)가 반란을 꾀하자 이를 진압한 후 그 뒤를 이어 우구(虞丘)라는 인물을 영윤으로 삼았다.

영윤이라 함은 오늘날의 국무총리에 버금가는 재상의 지위로 춘추시대에는 각 나라마다 두었던 상국(相國)이란 직책과 거의 같다.

수년의 세월이 흐른 어느 날, 초장왕은 우구와 밤늦도록 국사를 논의하다가 새벽녘이 되어서야 침소에 들게 되었다.

이때 왕후 번희(樊嬉)가 물었다.

"오늘 조정에 무슨 중요한 일이 있으셨기에 이렇게 늦었나요?"
"우구와 정무를 의논하느라 시간이 이렇듯 흐른 것을 몰랐구려!"

왕후와의 의례적인 대화는 점차 그 열기를 더해가기 시작했다.

"우구 그 사람 어떤 사람인가요?"
"말할 나위도 없이 그는 우리 초나라의 가장 뛰어난 인재가 아니겠소?"
"제가 보기에는 그리 뛰어난 인물로 보이지 않던데요?"

뜻하지 않은 왕후 번희의 말에 장왕이 되물었다.

"무슨 뜻이요. 우구 같은 인물을 그렇게 깎아 내리다니…?"

번희가 정색하여 말했다.

"우구가 그렇듯 영윤 벼슬을 오랫동안 지키면서 임금과 밤낮 없이 정사에 힘을 쏟는 노고는 충분히 알만 합니다. 그러나 이제껏 그가 임금께 쓸만한 사람 하나 추천하더라는 말은 제가 아직 들어 본 적이 없습니다. 한 사람의 지혜와 재능의 높고 낮음을 아는데는 어려움이 있습니다. 더군다나 우리 초나라라고 해서 어찌 뛰어난 인물이 전혀 없다고 하겠습니까? 우구는 스스로가 영윤이라는 높은 자리에 있으면서도 훌륭한 인물의 추천이나 등용에 주의를 기울이지 않으니 이는 바로 자신 한 사람만의 지혜로 많은 사람의 지혜를 가리는 셈이니 이 또한 잘못이라 하지 않겠습니까? 어찌 그런 인물을 초나라의 가장 큰 현자라 일컬을 수 있겠습니까?"

장왕은 번희의 지적이 이유가 있다고 여겼다.
다음날 일찍 우구를 만난 장왕은 번희의 말을 전했다.
우구는 대단히 부끄러워하면서 말했다.

"제가 정말 어리석었습니다. 어질고 능력 있는 자를 추천해 올리지 못한 이 무지를 꾸짖어 주십시오. 용서만 해주신다면 앞으로 새로운 방법을 찾아 임금님의 은혜가 헛되지 않게 해 보겠습니다."

그 후 우구는 연로한 체력을 무릅쓰고 널리 인재를 찾아 그의 능력과 품덕에 맞추어 장왕에게 추천했다.
그러던 중에 두생(斗生)을 비롯한 많은 이들이 손숙오(孫叔敖)라는 인물을 장상(將相)감이라고 추천해 왔다.

우구는 유심히 손숙오를 살펴본 뒤, 과연 재덕(才德)있는 인물이라고 여겨 장왕에게 아뢰었다.

"제가 영윤자리에 오른 지가 벌써 10년입니다. 이제는 늙고 쇠잔하여 더 이상 국사를 돌보기엔 온전하지 못한 형편입니다. 이제는 물러나야겠다고 말씀드리려던 차에 마침, 저보다 한결 능력 있고 어진 젊은이를 알게 되었습니다. 그는 손숙오라는 인물로 그라면 이 나라 영윤의 자리를 맡아 대왕을 보필하며 국사를 훌륭히 처리해 나갈 수 있으리라 여겨집니다. 청컨대 대왕께서는 저의 사직을 허락해 주시옵고 아울러 제가 추천해 올리는 손숙오를 등용하여 주시옵소서."

장왕은 우구의 추천과 양현(讓賢)의 태도를 보고 감동했다.

"당신의 진실 된 마음은 정말 높이 살만하오. 그러나 내가 듣기로 손숙오는 '고매한 은자'26)(隱者)라 하던데 그가 과연 우리의 요청에 응해 오겠소?"
"제가 스스로 가서 청해 보지요. 절대로 임금님의 간절한 소망에 어긋나지 않도록 하겠습니다."

장왕은 고개를 끄덕이며 흐뭇해했다.
이 손숙오라는 인물은 성이 위(蔿)요, 이름은 오(敖), 자는 숙오(叔敖)였다.
일찍이 두월초의 난을 피해 어머니를 모시고 몽택(夢澤)에 은거하면서 농사를 짓고 있었다. 그는 어려서 각고면려27)(刻苦勉勵)로 공부하여 대단한 학식을 갖추고 있었다. 그에게는 어릴 때의 고사로 다음과 같은 일화가 있다.

---

26) 은자(隱者) : 벼슬을 아니 한 숨은 선비. 은사와 동의어로 쓰임.
27) 각고면려(刻苦勉勵) : 고생을 이겨내면서 몹시 애쓰며 근면하게 힘을 기울임.

어느 날 밖에 나가 놀다가 머리 둘 달린 뱀(兩頭蛇) 한 마리를 보았다. 당시 사람들에겐 이 양두사를 본 사람은 반드시 죽는다는 속설이 전해지고 있었다. 어린 손숙오는 놀라지 않을 수 없었다.

'그래 나는 이미 보았으니 틀림없이 죽게 되겠지만 저 뱀을 그대로 두면 또 누군가가 보고 나처럼 죽게 될 거야. 저 뱀 때문에 죽는 것으로는 나 하나로 충분한 거야.'

용기를 낸 손숙오는 곧 뱀을 후려쳐 잡았다. 그리고는 다시는 기어 나오지 못하도록 꽁꽁 묶어 땅에 묻고 슬픔을 가득 안은 채 집으로 돌아왔다. 집으로 돌아온 그는 어머니를 보자 슬픔에 못 이겨 울음을 터뜨렸다.

영문을 모르는 어머니는 왜 우느냐고 아들을 달랬다.

손숙오는 흐느끼며 말했다.

"오늘 양두사를 보았어요. 그 뱀을 보면 반드시 죽게 된다면서요. 어머니 제가 죽으면 누가 어머니를 봉양하지요? 어머니 어쩌면 좋지요?"

"그 뱀이 어디 있느냐?"

"다른 사람이 보면 또 저처럼 죽게 될까봐 죽여서 땅에 묻었어요."

손숙오의 대답에 어머니는 흐뭇한 표정을 지었다.

"음덕양보28)(陰德陽報)란 말이 있지 않니. 네가 남을 생각하고 한 그 행동이 곧 음덕(陰德)이란다. 그 뱀이 너를 물지도 않았는데 사람이 죽는다는 말을 믿을 수 있겠니? 그건 그런 뱀은 독이 있으니 조심

---

28) 음덕양보(陰德陽報) : 남몰래 덕을 닦은 사람은 비록 사람들이 몰라준다 하더라도 하늘이 알아주어 겉으로 나타날 만한 복을 받는다는 것.

하라는 뜻이지, 보기만 해도 죽는다는 말은 아니란다. 너는 오히려 음
덕을 베풀었으니 하늘의 보답을 받을게다. 그러니 걱정하지 말아라.”

이러한 손숙오였기에 자라면서 그 덕과 선을 쌓고, 공부를 게을리
하지 않아 결국 초나라의 고매한 인자로 널리 알려지게 된 것이다.
이야기는 다시 본래로 돌아간다.
우구는 마차를 몰아 몽택에 이르러 공손하게 예의를 갖추고 손숙
오를 찾았다. 그러나 숙오는 어머니 모시는 일이 더욱 중요하다며
우구의 청을 몇 번이고 사양했다.
이를 지켜보고 있던 어머니가 더 이상 참지 못하고 말했다.

“숙오야, 임금의 부름에 응하렴. 네가 어릴 때 양두사를 땅에 묻
은 일로 보아 너는 이미 남을 아끼고 위할 줄 아는 인물임에 틀림
없다. 지금 영윤께서 천리를 멀다하고 이렇게 누추한 곳까지 너를
찾아와 나라와 백성을 위해 일해 달라고 하는데 어찌 이 늙은 어미
를 이유로 거절한단 말이냐? 나라를 위해 좋은 일을 하는 것이 곧
이 어미를 위하는 길이다. 정 그렇다면 내가 함께 가마!”

마침내 우구는 손숙오와 어머니를 함께 수레에 모시고 초나라 도
읍인 영29)(郢)으로 돌아왔다.
장왕은 손숙오를 만나자 날이 새는 줄 모르고 담론을 벌였다.
초나라의 내정(內政)에서 외교로 다시 치안문제에서 병법으로, 두
사람의 대화는 시간이 지날수록 그 심도가 깊어갔다.
장왕이 크게 기뻐하며 손숙오에게 부탁했다.

“당신의 이야기를 들어보니 이 초나라 그 누구도 선생만큼 심원한 견
해를 가진 자가 없구려. 우구가 그렇게 중요한 자리를 내놓으면서까지

---

29) 영(郢) : 지금의 호북성(湖北省) 강릉(江陵)서북. 초문왕(文王) 때 도읍으로 정해짐.

선생을 추천한 이유를 알겠소. 선생이 이 나라 영윤을 맡아 주시오.”

그러나 손숙오는 장왕의 청을 사양했다.

“저는 시골에서 땅이나 파먹던 한낱 농사꾼일 따름입니다. 아직 나이도 어려 혈기만 있을 뿐 남을 설복시킬 덕이나 판단력도 갖추지 못했습니다. 더구나 영윤이란 직위는 이 나라의 모든 대신들 중 가장 윗자리인데 저 같은 자가 어찌 온 대신들의 마음을 다 신복(信服)시킬 수 있겠습니까? 대왕께서 저를 꼭 쓰시고 싶으시다면 대신들 중에 제일 말단의 자리에 앉게 해 주십시오.”

“나는 이미 선생의 재능과 덕을 충분히 알았소. 더 이상 사양은 마시오.”

우구도 또한 그런 손숙오를 격려했다.

“아직도 모든 신하가 내 말이라면 믿고 따르고 있소. 그러니 내말이라면 당신을 따를 것이요. 그대는 다만 진심갈력30)(盡心竭力)하여 이 나라를 이끌어 주기만 하면 되오. 다시 말하지만 대신들의 복종에 대한 문제라면 더 이상 걱정할 필요는 없는 듯하오.”

결국 손숙오는 장왕과 우구의 신뢰와 지지에 힘을 얻어 영윤의 직책을 맡게 되었다.

영윤이 된 손숙오는 먼저 어떠한 격식이나 사심이 없이 능력 있고 어진 사람을 모아들이기에 힘썼다.

다방면의 인재들을 확보한 손숙오는 점차로 국정을 쇄신하고 군대를 조련시켜 나갔다. 그리고는 황무지를 개간하고 수로(水路)를 정비, 농업생산에 온 힘을 기울였다. 수재와 한발로 인해 해를 걸러

---

30) 진심갈력(盡心竭力) : 마음과 힘을 있는 대로 다함.

고통을 받던 지역은 직접 나가 지형을 측량하고 물길을 바로 잡았다. 특히 10여만이 동원된 초나라 최대의 제방인 작피 대수로 공사도 그가 이룬 성과였다.

그는 온갖 어려움을 무릅쓰고 현지를 답사, 백성을 격려하여 끝내 수로 공사를 완성해 육료(六蓼) 지역의 바다같이 넓은 땅에 안심하고 농사를 지을 수 있는 기반을 마련해 주었던 것이다.

이로써 백성들은 젊고 패기 있는 이 영윤에 대해 칭송을 아끼지 않았다. 처음 손숙오가 영윤자리에 올랐을 때 젊은 나이에 의외라고 여겨 불만을 가지고 있던 대신들 또한 그의 능력 있는 일처리와 겸허한 태도에 감복해 점차 믿고 따르게 되었다.

마침내 부강과 번영을 구가하게 된 초나라 사람들은 이구동성으로 행복을 누리게 된 덕을 이들 모두에게 돌렸다.

"손숙오도 훌륭하지만 그 보다 그를 알아보고 추천한 우구도 훌륭하지. 아니 그러한 추천을 흔쾌히 받아 쓴 장왕은 어떻고…"라고.

장왕도 또한 우구를 칭찬하는 데 인색하지 않았다.

"이렇게 훌륭한 인물을 추천해준 자네야말로 이 나라의 은인일세!"

춘추시대의 오패(五霸) 즉, 제환공(齊桓公) 송양공(松襄公) 진문공(晋文公) 진목공(秦穆公) 초장왕(楚莊王) 등과 전국시대의 사공자(四公子), 즉 제(齊)의 맹상군(孟賞君) 위(魏)의 신릉군(信陵君), 조(趙)의 평원군(平原君), 초(楚)의 춘신군(春申君) 등은 바로 춘추전국을 이끌어온 대표적인 얼굴들이다.

그런데 이들에겐 하나의 뚜렷한 공통점이 있다.

바로 자신들이 수하(手下)에 두고 쓴 인재들의 추천과 활용에 뛰어났다는 점이다.

손색없는 추천(推薦)

진(晉)나라에 중군위(中軍尉)라는 높은 벼슬을 하던 기해(祁奚)라는 인물이 있었다.

그는 자신의 나이가 이미 70이 넘었고 나라의 군대 또한 질서가 잡혀 더 이상 자신이 관여하지 않아도 될 정도에 이르렀다고 보았다.

기해는 곧 진(晉) 도공(悼公)에게 나아가 재덕(才德)을 겸비한, 젊고 혈기왕성한(年富力强) 인물을 찾아 자신의 직무를 대신하게 해달라고 청했다.

도공 역시 그러한 사실을 인정하고 물었다.

"중군위란 직책은 군사상에 있어서 실로 중요한 직위입니다. 당신이 보시기에 당신의 뒤를 잇기에 누가 과연 가장 적합하리라 보십니까?"

기다렸다는 듯 기해가 대답했다.

"저 또한 그 일을 고심해 보았습니다. 재덕을 겸비하여 이 직무를 능히 해낼 수 있는 인물은 바로 해호(解狐)뿐일 것 같습니다. 그러면 제 뒤를 잇기에 손색이 없습니다."

"아니, 해호라면 바로 당신과 원한 관계에 있는 원수지간이 아니오? 어찌 스스로 그를 추천할 수 있소?”

기해가 되물었다.

“임금께서 제게 물은 것은 그 자리를 이을 자가 ‘누가 제일 적합하
냐’였지 ‘저의 사사로운 원수가 누구냐’는 것은 아니지 않았습니까?”

도공은 그의 말에 고개를 끄덕였다.
그는 곧 기해의 말대로 해호를 불러 그에게 중군위 자리를 내리려
했다. 그러나 그 사이 해호는 마침 병으로 죽고 말았다.
도공은 대단히 애석하게 여기며 다시 기해를 불렀다.

“해호가 죽었으니 다른 마땅한 인물은 없겠소?”

기해는 역시 망설이지 않고 말했다.

“그렇다면 기오(祁午) 정도면 가능할 것입니다.”
“아니 기오는 바로 당신의 아들 아닙니까?”

도공은 놀라 눈을 둥그렇게 떴다.

“그렇습니다. 그러나 임금께서 제게 물어온 것은‘누가 그 일에 적
임자’인가였지‘저의 아들이 누구냐’고 하신 것은 아니잖습니까?”

도공은 기해의 사심 없고 어진 추천 태도에 크게 감복했다. 원수
일지라도 일의 적합에 맞추어 추천하는 태도와 남에게 오해받을 아
들이지만 그 능력에 맞는 것은 맞다고 하는 용기를 높이 산 것이다.
도공은 거리낌 없이 기오를 중군위로 임명했다.

얼마 후, 기해의 부하였던 부중군위(副中軍尉) 양설직(羊舌職)이 병으로 세상을 뜨게 되었다.

도공은 다시 기해를 불러들였다.

"그대에게 다시 한 가지 부탁을 해야겠소. 양설직의 임무를 대신 하기에 가장 적합한 이로 누굴 들겠소?"

기해는 반나절을 곰곰 생각하다 말했다.

"제가 보기에 그 자리는 양설적(羊舌赤)이 가장 적합하다고 봅니다."

"아니, 양설적은 바로 당신의 오래된 부하의 까마득한 후배가 아니오?"

기해는 역시 거리낌 없이 대답했다.

"그렇습니다. 허나 임금께서는 제게 '양설직의 후임이 누가 적합하냐' 물으셨지 내 오랜 부하의 후배에 대해 묻지는 않으셨습니다."

도공은 역시 그의 의견을 좇아 양설적을 기오의 부수(副手)로 임명했다.

기오와 양설적은 직위에 오른 후 스스로 조심하고 충심으로 임무에 힘써 많은 업적을 쌓았다.

한편 기해가 재주 있고 어진 자라면 누구를 막론하고 공평하게 추천한다는 소문은 곧 소리 없이 번져나갔다. 이후 이러한 기해의 넓은 도량과 고매한 품격이 진나라를 바로 세웠다는 칭찬이 자자해졌다.

최으뜸의 경지

진(秦)시대에 목공(穆公)을 섬기던 백락(伯樂)은 말을 잘 가려내기로 천하에 널리 알려진 인물이다.

그가 나이가 들어 더 이상 그 직무를 수행하기 어렵게 되자 목공이 간곡히 부탁했다.

"원래 말을 살펴 양육시키는 일은 선생의 집안에서 대대로 맡아주지 않았소. 그러니 그대의 집안에 뒤를 이을 만 한 자를 하나 추천해주시오."

백락은 자신의 자녀들을 하나씩 꼽아 보았지만 누구하나 맞춤한 이가 없었다. 생각 끝에 백락은 목공을 찾아뵙고 그 어려움을 털어놓았다.

"보통의 양마(良馬)는 그 모습, 골격, 털색으로 보아도 감별할 수 있으나 천하에 얻기 어려운 천리마(千里馬)는 그 모습이 마치 보통 말 같기도 하고 때로는 그 보다도 못한 것 같기도 해서 감별이 여간 어려운 게 아닙니다. 지금 집안에 비록 사람은 많으나 그러한 혜안까지 갖춘 자는 한 명도 없습니다. 그런 집안사람에게 이 임무를 맡기면 제 자신부터 불안해 견딜 수가 없을 것입니다.”

그러자 목공은 되물었다.

　“그렇다면 선생의 직책을 뒤이을 인물로 누가 적당하오?”
　“구방고(九方皐)라는 인물이 있습니다.”
　“그가 어떤 사람이요?”
　“그는 저와 어린 시절부터 같이 꼴베고 나무하며 자란 막역한 벗
이지요. 말에 대한 식견은 저보다 오히려 한결 나을 것입니다. 다만
제가 대대로 이 일을 맡고 있어 그에게 기회가 닿지 못했던 것입니
다. 임금님께 그 자를 자신 있게 추천하오니 시험 삼아 일을 시켜보
시지요. 틀림없이 안심할 수 있을 겁니다.”

백락의 말에 반신반의 했지만 목공은 우선 구방고를 만나보았다.
목공은 시험 삼아 그에게 천리마 한 필을 구해오도록 명했다.
석 달이지나 구방고는 멀리 사구(沙丘)라는 곳에서 훌륭한 말 한
필을 발견하고는 즉시 궁궐로 돌아와 목공에게 아뢰었다.

　“대왕님! 훌륭한 천리마 한 필을 구했습니다.”

목공은 놀라며 어디에서 구한, 어떻게 생긴 말이더냐고 물었다.

　“예! 사구라는 곳에서 보았습니다. 누런색의 암말이었습니다.”

구방고가 대답했다. 그러나 함께 갔다 돌아온 수행원들은 이 소리
를 듣자 모두가 의아해 했다. 그러면서 임금에게 아뢨다.

　“아닙니다. 구방고는 잘못 알고 왔습니다. 그 말은 검은 색의 수
말이었습니다.”

목공은 색깔은 물론 수말과 암말인지조차 구별 못하는 멍청이가 어찌 백락의 뒤를 잇겠는가 싶어 크게 실망하고 말았다.

백락을 보자 임금은 매우 언짢은 빛을 감추지 못하고 따지듯 물었다.

"선생께서 추천해주신 그 구방고란 인물 말이요. 수놈 암놈은 둘째 치고 색깔도 구분 못하니 그게 어찌 말에 대한 식견을 갖춘 인물이란 말이오?"

백락은 오히려 빙그레 웃으며 대답했다.

"그 사람이 정말 그런 고수(高手)의 경지에까지 이르렀군요. 정말 대단한 인물입니다. 저는 이제 발끝까지도 못 가게 됐습니다. 구방고는 말의 풍골(風骨)과 정신, 품격을 보는 것이지 말의 덩치나 외형, 색깔, 암수의 구별을 염두에 두지 않은 것입니다. 정말 필요한 것에 정신을 팔다보면 그 외의 것은 눈에 들지도 않는 이치지요. 이야말로 최고 경지라 이를 것입니다."

얼마 후, 구방고는 그 말을 궁중까지 직접 몰고 왔다.
말은 수행원들의 말대로 검은색의 수말이었다.
그러나 이리저리 시험을 해본 결과 그것은 천하의 어떤 말과도 비교가 안될 만큼 뛰어난 천리마였다.
목공은 백락의 사람 보는 혜안과 구방고의 말을 살피는 경지에 탄복하며 구방고를 추천한 백락에게 큰 상을 내리고, 구방고에게는 백락의 직무를 대신 이어 받도록 했다.

가장 어진 이

자공(子貢)은 공자(孔子)의 제자 중에 거침없이 질문을 하는 것으로 유명했다. 그는 의문 나는 점이 있으면 무슨 수로든 풀어야 성이 풀리는 성격이었다.

어느 날 그는 공자에게 여쭈었다.

"선생님, 여러 제후나라의 대신들 중에 누가 가장 어질었다고 할 수 있겠습니까?"

공자는 한참을 생각하다 대답했다.

"제(齊)나라의 포숙아(鮑叔牙)와 정(鄭)나라의 자피(子皮)라고 할 수 있지!"

자공은 전혀 신뢰가 가지 않는다는 표정을 지으며 반문했다.

"선생님, 혹, 잘못 알고 계신 건 아닙니까? 제나라의 관중(管仲)과 정나라의 자산(子産)을 말입니다. 이들이야말로 가장 명망 높은 재상들이었잖습니까?"

공자는 빙긋이 웃으며 말했다.

"그래 네 말도 옳다. 그러나 제나라의 명재상 관중은 포숙아가 추천해서 그리 된 것이며, 정나라의 상국 자산은 또 자피라는 이의 추천이 없었다면 그리 될 수 있었겠느냐? 그런데 그들 두 사람이 다같이 추천을 받아 재상에 오른 다음 정말 자신들 못지않은 훌륭한 인물을 추천해 뒤를 이었다는 기록을 난 아직 보지 못했다."

그제서야 자공은 확연히 깨달은 듯 얼굴이 밝아졌다.

"선생님의 뜻은 바로 어진 이를 찾아 그를 옳은 자리를 추천할 수 있는 자야말로 정말 참된 인물이란 뜻이군요!"

"아무렴! 현재(賢才)를 식별하는 능력을 갖추었다 함은 바로 지혜가 풍부하다는 뜻이고 나아가 마음을 비우고 어진 인재를 추천할 수 있는 도량은 관후(寬厚)하다는 뜻이다. 추천된 이들로 하여금 마음 놓고 국정을 펴 나가도록 한다는 것은 그 누구보다 나라와 백성을 사랑한다는 뜻이지. 이 세 가지를 고루 갖춘 인물이외에 이 세상에서 더 어진이가 뉘라 하겠느냐!"

냉혈인(冷血人)이 필요했던 시기

오자서(伍子胥)는 본래 이름이 오원(伍員)으로 초(楚)나라 대대로 이어오던 충신집안 혈통이었다.

당시 오자서가 살고 있던 초나라는 평왕(平王)의 시대였다. 오자서의 아버지 오사(伍奢)는 평왕의 아들 건(建)의 스승인 태부(太傅)였다.

마침 태자 건이 나이가 차, 그의 혼인 상대로 진(秦)나라 공주로 결정되었다. 그 혼사를 위해 진나라로 보내진 사람은 태자의 소부31)(少傅)인 비무기(費無忌)란 자였다. 그는 음험한 인물이었다.

진나라에 가 공주를 만나본 비무기는 그녀의 미모에 혀를 내둘렀다. 급히 돌아온 비무기는 우선 평왕을 만났다.

"공주는 천하절색이었습니다. 이런 정도의 미인이라면 대왕께서
차지하심이 옳습니다. 태자에게는 따로이 배필을 얻어주면 되지 않
겠습니까?"

비무기의 말에 혹한 평왕은 그의 말을 좇아 공주를 자신의 비로 삼았다. 여자는 총애 끝에 진(軫)이라는 사내아이까지 낳게 되어, 태

---

31) 소부(少傅) : 오늘날의 선생. 태부(太傅)의 바로 아래 직책.

자 건은 더욱 평왕으로부터 멀어질 수밖에 없었다.

기회를 엿보던 비무기는 계속해서 평왕의 마음을 흔들었다.

> "태자 건은 대왕께서 진나라 공주를 가로챈 일로 큰 불만을 품고
> 있습니다. 지금 성부(城父) 땅에서 군사를 키우며 몰래 다른 나라
> 제후들과 친분을 맺고 있다 합니다. 언제 반란을 일으킬지 모르니
> 대왕께선 방비를 하셔야 합니다."

계속되는 비무기의 거짓 간언에 두려움을 느낀 평왕은 우선 태자
의 스승인 오사를 불러 사실을 물었다. 오사는 그것이 모두 비무기
의 모략임을 깨닫고 있었으므로 왕에게 그 사실을 일러주었다.

왕이 오사의 말에 반신반의하고 있는 사이 비무기는 한술 더 떠
왕을 설득했다.

> "빨리 손을 쓰지 않는다면 오사는 태자에게 이 사실을 알릴 것이
> 고, 그렇게 되면 궁서설묘32)(窮鼠囓猫)격으로 태자는 반란을 서두를
> 것입니다."

마침내 평왕은 이성을 잃고 장군 분양(奮揚)을 시켜 성보로 가 태
자를 죽이고 오라고 명했다.

그러나 분양은 그 일이 도리에 맞지 않다고 여겨 성보로 향하면서
먼저 심복을 몰래 보내어 태자를 송(宋)으로 도망치도록 일러주었다.

일이 그쯤에 이르자 비무기는 자신을 향한 후환을 없앨 참으로 오
사의 집안까지 완전히 제거할 음모를 꾸몄다.

> "오사의 가족을 그냥 두었다가는 후환이 남을 것입니다. 오사에게
> 는 두 아들이 있는데 둘 다 범상한 인물이 아니옵니다. 마침 아비를

---

32) 궁서설묘(窮鼠囓猫) : 궁지에 든 쥐가 고양이를 문다 함이니 사경에 이르면 아무
리 약한 놈이라도 강적에게 용기를 내어 대든다는 말이다.

잡아두고 있으니 이를 인질로 불러 들여 없애버리도록 하십시오.”

평왕은 역시 비무기의 말을 곧이곧대로 믿어버렸다.
이 말을 옥중에서 전해들은 오사는 걱정이 되었다.

“큰 아들 상(尙)은 애비의 신상에 관한 일이라면 반드시 달려오겠지만, 작은 아들 원(員)은 어떤 불효의 오명을 쓴다 해도 대의를 위해서 나타나지 않을 것이다.”

평왕은 이러한 오사의 말에는 아랑곳하지 않고 두 형제에게로 병사들을 보냈다.

“너희들이 출두하게 되면 대신 아버지가 풀려나게 될 것이다.”

상(尙)은 역시 그들의 말에 순순히 따르려 했다. 그러나 오자서는 달랐다.

“우리가 간다고 아버지를 놓아준다는 것은 함정입니다. 우리가 출두하면 그들은 우리 삼부자를 몰살시킬 것입니다. 그렇게 되면 우리 집안은 영원히 대가 끊기고 맙니다. 우리가 살아야 진실을 밝히고 원수를 갚을 게 아닙니까?”

상(尙) 역시 오자서의 말을 이해 못하는 것은 아니었다.

“우리가 간다고 해서 아버지가 살아나지 못한다는 것은 나도 잘 안다. 그러나 아버지를 두고 우리만 살겠다고 도망치는 것은 더욱 못할 일. 또 우리가 뒤에 꼭 원수를 갚을 수 있다는 보장도 없지 않으냐? 그렇게 되면 우리는 제 목숨을 챙기느라 아버지를 버렸다는 조롱거리밖에 얻을 것이 더 있겠느냐? 그러니 너는 도망치거라.

너 정도라면 끝내 가문의 원한을 풀어줄 수 있으리라 믿는다. 나는
혼자 아버지에게로 가마!"

말을 마친 상은 순순히 병사들을 따라 나섰다.

그 길로 초나라를 빠져나온 오자서는 먼저 송나라로 들어갔다.

그는 그 곳에서 태자 건을 만나 행동을 같이하게 되었다. 그들의
망명생활은 치욕과 고통 속에서 쉽사리 자리를 잡지 못하고 끝없이
계속되었다.

송나라에서 정나라로 다시 진(晋)나라로…….

그러나 그러한 가시밭길의 여정(旅程)도 진에 이르러 일단락 지어
져야 했다. 진나라 경공은 태자 건이 정나라와 가까웠던 것을 알고
그를 이용하려 했다.

"정을 침략해 빼앗게 되면 그곳을 당신(태자)에게 주겠소! 그러니
지금 다시 정으로 들어가 안에서 싸울 준비를 하고 있으시오."

경공의 말을 믿은 태자와 오자서는 다시 정나라로 들어갔다.

그러나 이 사실은 정나라의 자산(子産)에게 발각되어 태자는 그
자리에서 참살당하고 말았다. 간신히 목숨을 건진 오자서는 황급히
태자 건의 아들 승(勝)을 데리고 오(吳)나라로 도망쳐왔다.

곧 오나라 공자 광(光)을 찾아 가게 되었다.

공자 광은 당시 오나라 요왕(僚王)에게 큰 불만을 품고 있는 터였
다. 본래 선왕 수몽(壽夢)에게는 네 아들이 있었는데 왕위는 곧 수몽
으로부터 첫째 아들 제번(諸繁)에게로 넘겨졌었다. 그리고 둘째 아들
여제(餘祭)를 거쳐 셋째 여매(餘昧)에게로 이어졌다. 다음번은 당시
가장 현명하기로 이름 높던 넷째 아들 계찰(季札)에게로 이어져야
했지만 엉뚱하게도 여매의 아들 요에게로 돌아갔던 것이다.

공자 광은 바로 첫째 아들 제번의 장손으로 자신이 왕위를 잇지

못한 것으로 인해 요왕에게 좋지 않은 감정을 가지게 되었다.

오자서는 그러한 사정을 이미 파악하고 공자 광의 수하로 굴신(屈身)해 들어가 기회를 엿보게 되었던 것이다.

공자 광의 속내를 읽고 있던 오자서는 어느 날 그에게 칼 쓰기에 능한 용사 한 명을 추천해 주었다.

"전제(專諸)라는 자가 있는데 아마도 공자의 뜻을 이루도록 하는
데 부족함이 없을 것입니다."
"고맙소이다. 이렇듯 내 뜻을 헤아려 일꾼까지 추천해주니."

공자 광은 이미 오자서의 통찰력과 지략을 충분히 알고 있던 터라 두말없이 그를 받아쓰기로 했다.

공자 광은 또한 그런 오자서를 항시 곁에 두고 싶어 했으나 오자서는 이에 응하지 않았다.

"만약 거사가 성공해 공자께서 뜻을 이루게 되면 그때 만나도록
하지요."

오자서는 곧 농부로 변신해 땅을 파며 때를 기다리고 있었다.

이윽고 요왕 12년, 초나라의 평왕이 죽었다는 소식이 오나라로 전해져왔다. 오자서의 철천지원수이기도 했던 평왕이 죽자 요왕은 그 틈을 타 초나라를 칠참이었다.

요왕은 곧 초나라의 국상을 기해 아우인 개여(蓋餘) 촉용(燭庸)을 좌우 장군으로 삼아 진격토록 했다. 그러나 오군은 오히려 초군에게 완패해 사면초가의 신세에 처하게 되었다.

"때는 지금이다!"

마침내 공자 광은 결단을 내린 것이다.

공자 광은 즉시 오자서를 통해 추천받은 전제를 불러들였다.

"지금 왕의 두 아우는 초군에 포위되어 독안의 생쥐 꼴이 되어 있다. 그러니 궁궐 내에 요왕이 믿을만한 신하는 거의 없는 것과 마찬가지가 아니겠는가?"

전제에게 요왕을 피습할 방법을 일러준 공자 광은 곧 연회를 준비해 요왕을 초대했다. 지하실엔 비밀리에 무장한 병사를 숨겨놓았지만 왕의 경계도 만만치 않았다. 게다가 왕 옆에는 단검을 든 등치 큰 호위병이 딱 버티고 있었다.

이윽고 연회가 시작되었다.

때를 보아 광은 발이 아프다고 잠시 자리를 떠서 지하실로 숨었고, 뒤이어 전제가 주방장으로 변장하여 구운 생선접시를 들고 왕에게 다가갔다. 그는 왕 앞에 접시를 내밀면서 생선 속에 숨겼던 비수를 꺼내어 단숨에 왕을 찔러버렸다.

이렇게 공자 광은 요를 죽이고 왕좌를 차지했으니 이가 곧 합려(闔廬)이다. 이 소식을 들은 두 장군인 개여와 촉용은 그대로 초나라에 항복하였고 더 이상 오나라로 돌아오지 않았다.

합려는 즉위하자마자 즉시 오자서를 외교고문으로 등용했다.

그즈음 초나라로부터 백비(伯嚭)라는 자가 오나라로 망명해왔다. 그는 조부인 백주리(伯州犁)가 살해되자 초나라에 원한을 품고 도망쳐온 것이다.

둘은 초나라에 대한 사무친 원한을 지닌 터였기에 쉽사리 의기가 투합 됐다. 그들은 오나라를 위한다기보다 오나라를 이용해 자신들의 원한을 풀겠다는 점에 더욱 마음을 같이하고 있었던 게 사실이다.

오자서는 이 백비를 대부로 삼도록 추천했다.

합려가 왕위에 오른 지 3년째 오자서는 마침내 그 소망을 이룰 기회를 맞았다. 앞서 초나라에 투항하여 서(舒)땅을 상급으로 받아 지내고 있던 두 공자를 친다는 명목으로 군대를 동원한 오자서는 우선 그들을 제거했다.

그리고 다시 3년 후 탁월한 병법가인 손무(孫武)와 함께 초나라 도읍까지 쳐들어가게 되었다. 실로 16년 만에 밟은 땅이었다.

오자서는 평왕과 하희 사이에서 난 진(軫), 즉 소왕(昭王)을 놓치고 나자 평왕의 무덤을 파헤쳐, 그 시신을 꺼내 수없는 채찍질로 그 분을 삭혔다.

그러한 오자서의 복수 행각은 지독스러울 정도로 잔인해 친구인 신포서(申包胥)로부터도 동정을 얻지 못할 정도였다.

　　"아무리 복수라고는 해도 그건 너무 지나치지 않았는가? 옛말에 사람이 한 순간은 하늘을 이길 수 있다 해도 끝내는 하늘의 응보를 받는다고 했는데…… . 어쨌거나 대대로 모시던 왕을, 그것도 시신까지 꺼내어 그렇듯 욕을 보였다면 이는 하늘의 뜻을 모르기는 서로가 마찬가지 아닌가…… ."

이 말을 전해 듣고도 오자서는 당당했다.

　　"해는 지고 갈 길은 머니, 어떤 다른 방법이 있었겠는가!"

그 뒤 합려를 도와 계속해서 초를 공략한 끝에 오나라는 마침내 남방의 대국으로 성장하게 되었다.

오나라와 초나라가 계속해서 전쟁을 치르고 있던 그즈음 그보다 조금 남쪽에선 월나라가 부흥하고 있었다.

구천(句踐)이 임금으로 들어서면서 범여와 문종의 뛰어난 보필을 받아 그 세력이 날로 성장해간 월나라는 이윽고는 오나라와 어깨를 나란히 할 정도로 부상했다. 이를 두려워 한 합려는 구천의 선친인

윤상(允常)이 죽던 해에 그 상사(喪事)를 틈타 공격을 시도했다. 이 싸움에서 오나라는 오히려 월나라에게 대패했다.

오왕 합려는 이 싸움에서 화살을 맞고 부상해, 그로인해 죽음에까지 이르렀다. 임종 직전 합려는 태자인 부차(夫差)를 불러 월나라에 대한 원수를 기필코 갚아줄 것을 당부했다.

합려에 이어 왕이 된 부차는 백비를 태재(太宰)로 임명했다.

이후 꾸준히 힘을 키운 오나라는 마침내 월나라 구천과의 일대 결전에서 대승리를 거두게 되었다. 싸움에 진 구천은 회계산으로 쫓겨 숨게 되었다. 부차는 추격을 멈추지 않고 그곳까지 쫓아가 구천을 죽일 참이었다.

이때 범여와 문종이 오나라 태재인 백비를 통해 많은 미녀들과 뇌물을 보내 화친을 요구해왔다. 부차는 백비의 말을 듣고 흔쾌히 받아들일 참이었다.

그러나 오자서는 이에 적극적으로 반대하고 나섰다.

“후환을 남기지 않기 위해서는 마땅히 구천을 죽여 버려야 합니다.”

그러나 오자서의 충심어린 간언은 받아들여지지 않았다.

회계산에서의 이러한 치욕을 겪고 난 월나라는 치욕을 되돌려 줄 날을 기다리며 와신상담33)(臥薪嘗膽) 기회를 엿보고 있었다.

한편 기세가 오른 부차는 다시 북쪽의 제나라를 칠 준비를 서둘렀다. 그러나 이번에도 오자서는 반대했다.

“안됩니다. 들리기로 구천은 신하들과 고통을 함께 나누며 기회를 엿보고 있다 합니다. 구천이 살아있는 한 안심해서는 안 됩니다. 월

---

33) 와신상담(臥薪嘗膽) : 지난날 중국 오왕 부차가 섶나무 위에서 자면서 월왕 구천에게 복수할 것을 맹세하였고, 또 구천이 쓸개를 핥으면서 부차에게 복수할 것을 잊지 않았다는 데서 유래된 고사로 원수를 갚으려고 괴롭고 어려운 일을 참고 견딤의 비유.

을 먼저 없애지 않고서는 그 어떤 쪽으로의 출병도 위험합니다.”

  그러나 부차는 오자서의 말을 듣지 않고 뜻대로 제나라를 치러 출병했다. 결과는 대승이었다.

  부차는 사사건건 반대의견을 내는 오자서를 불러 보란 듯이 자랑삼았다.

  “어떻소. 아무런 위험도 없이 승리를 이끌어 오지 않았소!”

  그때 월나라에서 사신을 보내왔다.

  사신으로 온 대부 문종은 부차에게 월나라의 고통을 호소했다.

  “오나라의 식량을 좀 꾸어 주십시오. 지금 월나라는 극심한 가뭄
  에 백성들이 큰 고통을 겪고 있습니다.”

  물론 그것은 구천의 계략이었다. 그것을 눈치 챈 오자서는 역시 반대하고 나섰다.

  그러나 부차는, 만약 자신이 월나라에 아량을 보여 은혜를 베풀어 준다면 더 이상 덤벼들지 않으리라는 영웅심에 사로잡혀 오자서의 반대는 아랑곳하지 않았다.

  “월나라가 필요로 하는 식량을 내어주도록 하라!”

  오자서는 탄식했다.

  “아! 간언에 귀를 기울이지 않을 정도니 자만이 갈 때까지 갔구나.

  두고 봐라. 이제 3년 내에 이 오나라의 도읍은 쑥밭이 되고 말리라.”

  오자서의 탄식은 백비를 통해 부차의 귀로 전해졌다.

  백비는 자신의 잘못을 사사건건 반대하는 오자 서와는 일찍이 사

이가 멀어져 있었던 것이다.

"아무리 오나라를 위해 큰일을 했다고는 하나 그렇게 차가운 사람
은 없습니다. 지난번 제나라의 일이나 또 월에게 식량을 빌려주는 일
등 그는 모두가 반대했지만 결국 결과는 성공적이었습니다. 오자서는
자신의 예측이 빗나가자 우리를 원망해 모반을 꾀하고 있다 합니다."

부차는 처음 백비의 비방에 그다지 신경을 쓰지 않는 듯 했다.
마침 제나라에 일이 생기자 부차는 오히려 오자서를 보냈다.
그때 오자서는 일을 마치고 돌아오면서 자신의 아들을 제나라에
남겨두고 왔다.
그제서야 부차는 크게 노여워했다.

"과연 그랬었구나. 아들을 두고 온 것은 이 오나라에서 반역을 일
으키는데 위험스러웠기 때문이 아니고 무엇인가!"

부차는 곧 오자서에게 속루검(屬鏤劍)을 보냈다. 스스로 목숨을 내
놓으라는 뜻이었다.
검을 받아든 오자서는 껄껄 웃었다.

"그래, 부차 이놈! 네 애비가 왕이 되고 또 네놈이 왕이 된 것도
모두가 내가 이루어준 것이 아니더냐. 너는 네가 왕위에 올랐을 때
내게 이 오나라의 땅 절반을 주겠다고 했었다. 그런데 이제 와서 그
런 나를 죽여. 어디 이 나라가 망하지 않고 얼마나 견디는지 보자!"

그리고는 사자에게 일렀다.

"내가 죽거든 반드시 내 두 눈동자를 뽑아 오나라 서울 동쪽 문
에 걸어두어라. 월나라 군대가 그 문을 통해 밀려드는 꼴을 내 똑똑
히 보리라."

이리하여 오나라 실권은 태재 백비에게 모두 돌아갔고 급기야, 오자서가 죽은 지 3년 만에 대군을 앞세워 몰려온 월나라에 의해 오나라는 초토화가 되었다.

고소산(姑蘇山)으로 도망쳤던 부차는 옛 회계 산에서 구천이 그랬던 것처럼 목숨을 구걸했다.

그러나 부차의 청은 받아들여지지 않았다.

"아! 구천에 가면 오자서를 만날 텐데, 내 무슨 낯으로 그를 대할꼬?"

부차는 결국 오자서를 죽인 자신을 원망하며 스스로 목숨을 끊었다.

버릴 줄 아는 용기

오나라에 패해 회계산으로 피신한 구천은 더 이상 소생의 희망이 보이지 않게 되자 한숨을 몰아쉬었다.

"아! 이제 모든 게 끝장이구나!"

그때 범여(范蠡)와 문종(文種)은 끝까지 포기하지 않고 마침내 오나라 태재 백비를 통해 뇌물과 미녀를 부차에게 상납해 구천을 살릴 수 있었다.

회계산에서 돌아온 구천은 스스로 고통을 만들어 인내하면서 복수의 일념을 잊지 않았다. 언제나 자신의 곁에 말린 쓸개를 놓아두고 일어날 때나 누울 때나 무시로 쓴 쓸개를 씹으며 자신을 채찍질했다.

"회계의 치욕을 잊었느냐?"

스스로 밭에 나가 땅을 파고 왕후 역시 베틀에 앉아 일을 하게 하던 구천은 모든 국정을 범여에게 맡기고 오직 오나라에 대한 복수만을 준비하는데 전념하려 했다.

그러나 범여는 구천의 뜻을 따르지 않았다.

“국정은 모두 문종에게 맡기십시오. 저는 오나라에 인질로 가 있
겠습니다.”

스스로 고난의 길을 선택해 떠난 범여는 2년이 지나서야 월나라
로 돌아올 수 있었다.
‘회계산 치욕’으로부터 7년이 지나자 마침내 국력은 본래대로 회
복되었다. 봉동(逢同)은 오나라로 하여금 제, 진, 초와 차례로 싸우게
한 뒤 지친 틈을 이용해 그를 치자는 계략을 진언하였으나 그조차
여의치 않았다.
다시 오나라의 오자서가 죽고도 3년이 지났다.
구천은 범여에게 오나라를 언제 쳤으면 좋겠느냐고 재차 물었다.

“오자서가 죽은 이후 오나라에 더 이상 기둥이 될만한 인물이 없
으니 이제는 쳐들어가도 될게 아니오?”

그러나 범여는 이듬해 봄까지 기다리자고 했다.
마침내 봄이 되자 기회가 주어졌다.
오왕 부차가 황지(黃池)에서 제후들과 회맹을 갖기 위해 곧 나라
를 비우게 된다는 것이었다.
구천은 범여의 말대로 그동안 훈련시켜두었던 모든 군사들을 동원
해 일시에 오나라를 습격하여 태자를 죽여 버렸다. 급보를 전해들은
부차는 이를 숨긴 채 간신히 회맹을 마치고 서둘러 되돌아왔다.
오와 월의 3년간의 긴 싸움은 그렇게 시작되었다. 전쟁은 월나라의
승리로 굳어져갔고, 부차는 간신히 고소산(姑蘇山)으로 피신해 공손
웅(公孫雄)을 구천에게 보내 사죄하고 목숨을 구걸했다.
사신을 맞아들인 구천은 옛 회계산에서의 시절을 회상하곤 부차를

살려줄 참이었다.

그러나 범여가 반대하고 나섰다.

"옛날 회계산에서의 일은 우리가 살기 위한 것이었고, 지금은 하늘이 오나라를 월나라에게 주려고 하는 것입니다. 받아들이지 않는다면 이는 하늘의 뜻을 거역하는 일입니다. 우리가 그 고통 속에서 지금까지 살아온 것은 바로 오나라에 보복하기 위해서였습니다. 22년이란 시간을 온갖 신고를 감내하며 기다려온 것은 바로 오늘 이 순간을 위해서가 아니었습니까?"

그래도 구천은 쉽사리 결단을 내리지 못했다.

망설이고 있는 구천을 보고 범여는 즉시 신하들을 시켜 오나라의 사신일행에게 이르도록 했다.

"어서들 되돌아가라! 그렇지 않으면 모두 이 자리에서 목을 베리라."

끝내 구천의 용서를 받아내지 못한 사신들은 눈물을 뿌리며 돌아서야 했다. 구천은 그때까지도 마음을 확고히 하지 못하고 부차를 가엾게 여겨 다시 사신을 보냈다.

"저 동쪽의 용동이란 섬으로 가서 백 호 쯤 되는 곳의 수령으로 살면 어떻겠소?"

그러나 이번엔 부차가 거절했다.

"내 이제 늙어 나라까지 망친 자로서 백 호는 커녕 단 몇 사람도 거느릴 면목이 없다고 일러주게."

말을 마친 부차는 스스로 목숨을 끊었다.

이렇게 하여 역사상 그 유례를 찾기 힘든 오와 월의 대 혈투는 마침내 종지부를 찍게 되었다.

부차의 장례까지 마치고 나자 범여는 알 수 없는 허전함에 심각하게 시달리기 시작했다.

'아! 그 긴 세월을 오로지 오나라를 없애기 위해 살아왔건만 이제 남은 것은 무엇인가? 사냥감이 없어지면 양궁은 거두어 두는 법이요. 토끼를 잡을 일이 없으면 사냥개가 솥에 삶기기 마련, 밖으로 적을 잃으면 내부에서 다툼이 이는 법이다. 세상에는 고통은 함께 할 수 있으나 그 후의 기쁨은 남과 나누지 못하는 사람과 기쁨은 함께 할 수 있으나 고통이 오면 함께 할 수 없는 인간이 있지. 내 구천의 인상을 보건대 목이 길고 입이 검어 공동의 목표를 두고서는 죽음까지 같이 할 수 있지만 그 목표를 이룬 다음 기쁨은 같이 할 수 없는 사람임을 알고 있다. 또한 무엇보다 사람은 공을 이룬 자리엔 오래 머무는 것이 아니라 했다.'

범여는 이러한 자신의 생각을 글로 적어 문종에게 보냈다. 그리고는 재산을 대강 정리하여 가족과 함께 배에 싣고는 월나라를 떠났다.

그들을 태운 배는 곧 제나라에 이르렀다.

범여는 그곳에서 이름까지 치이자피(鴟夷子皮)로 바꾸고 가족들과 함께 농사를 지으며 살았다.

수년 만에 범여는 그곳에서도 수십만 금의 재산을 모은 큰 부자로 성장해 그의 이름은 제나라 천지에 알려지기에 이르렀다.

그러자 제나라에서는 그의 능력을 인정해 재상 자리를 받아줄 것을 청해왔다. 범여는 한숨을 쉬며 말했다.

"내 이미 조정에서는 재상에 올라봤고, 들판에서는 천금을 모아 보았으니 필부의 몸으로 이 이상의 영달이 어디 있으랴. 그러나 영화가 길면 화근이 싹트는 법이다."

생각 끝에 범여는 자신의 재산을 주위 사람들에게 모두 나누어 주고는 다시 가족과 함께 몰래 도(陶)라고 하는 작은 나라로 이주했다.

그곳에서도 범여는 농경과 목축에 힘쓰면서 물가의 변동에 맞추어 물건을 미리 사두었다 파는 방법으로 큰 돈을 모았다.

이런 범여를 두고 그곳 사람들은 도주공(陶朱公)이라 높여 불렀고, 그는 다시 천하의 재물가로 알려지게 된 것이다.

이처럼 일생 자체가 유랑과 도전으로 점철되었던 범여에게 하나의 사건이 발생했다. 그는 이곳 도나라로 와서 아이를 하나 더 얻어 세 아들을 두게 되었다.

도에서 난 막내가 성숙했을 무렵 둘째 아들이 초나라에서 사람을 죽여 그곳에 갇히게 되었다. 그 소식을 접한 범여는 난감해지지 않을 수 없었다. 사람을 죽였다 하니 사형에 처해질 것은 당연했다.

생각 끝에 범여는 막내아들을 초나라에 보내기로 했다. 급히 황금 일천 금을 달구지에 실어 놓고는 아들을 출발시킬 참이었다.

그때 범여의 장남이 수레를 가로막고 섰다.

"안됩니다. 이 길은 당연히 제가 가야 할 길입니다!"

그러나 범여는 동요하지 않고 막내를 보내겠다는 고집을 꺾으려 하지 않았다. 장남은 크게 서운한 표정을 감추지 못하고 말했다.

"집안의 장남이란 가독(家督)이라 하여 집안일을 도맡아 책임을 진다했습니다. 지금 동생이 죄를 짓고 갇혀 있는 데 장남인 저를 젖혀두고 어린 막내를 보내려 하시는 것은 저를 무능하다 여기고 계시기 때문이 아닙니까? 이렇듯 인정을 받지 못할 바에야 차라리 죽어 없어지겠습니다!"

곁에서 이를 지켜보고 있던 범여의 아내가 이 말을 거들고 나섰다.

"막내를 보낸다고 해서 둘째를 반드시 살려 내온다는 보장도 없
는 터에 먼저 큰 아들부터 죽이려 하십니까?"

결국 장남이 길을 떠나게 되었다.
출발에 앞서 범여는 따로 편지 한 통을 적어 주며 자신의 옛 친
구인 장생(莊生)에게 전하라면서 당부했다.

"초나라에 닿자마자 장생을 찾아 싣고 간 천금을 모두 그에게 넘
겨주고 일체에 간섭을 하지 말아라. 되풀이 말하지만 그가 어떤 일
을 하던 그에게 네 의견을 제시하려 해서는 절대 안 된다."
"아버님 말씀 명심하겠습니다."

그러나 장남은 범여 몰래 자신이 필요로 할 것 같아 따로이 수백
금을 더 준비하고 길을 떠났다.
초나라 장생의 집은 성밖 도읍의 변두리에 위치한 오막살이였다.
집둘레는 잡초들이 무성해, 무릎까지 빠지는 풀숲을 헤치고서야 사
립문을 들어설 정도였다. 장남은 크게 실망스러웠지만 우선 아버지
의 말대로 일천금의 금을 편지와 함께 내밀었다.
편지를 읽은 장생은 별다른 설명도 없이 장남에게 일렀다.

"됐네. 자네는 더 이상 초나라에 머물지 말고 돌아가 있게. 또 뒤
에 아우가 석방되더라도 그 경위를 누구에게도 묻지 말게."

장생의 집을 나온 장남은 속이 편치 않았다. 그가 그다지 미덥지
도 못했거니와 자신이 그냥 이대로 돌아간다면 과연 자신의 역할이
무엇이었는가 하는 생각도 들었다. 결국 장남은 장생 몰래 초나라에
머물면서 자신이 가지고 온 수백 금을 가지고 나름대로 로비를 펴기
로 마음먹었다.

한편 장생은 비록 생활은 궁핍하게 꾸려가고 있었지만, 곧은 행동과 청빈한 삶은 물론 높은 학식으로 초나라에선 왕으로부터 일반 백성에 이르기까지 누구에게나 존경을 받는 인물이었다. 그런 그였기에 물론 범여가 보내온 황금을 받을 생각이 전혀 없었다.

장남이 돌아간 뒤 장생은 그 보따리를 아내에게 맡겨 주며 다짐조로 말했다.

"저 보따리는 범여가 맡긴 거요. 목욕재계도 않고 신물단지를 집 안에 들여 놓은 듯 마음에 걸리는 물건이니 한쪽에 치워 두구료. 뒤에 그대로 돌려줄 것이니 절대 손대지 말고……."

장남은 떠나면서 아무리 이름난 장생이지만 돈 앞에선 별 수 없다고 생각했다. 그러나 장생은 달랐다. 범여를 안심시키고 그 아들을 위해 힘써주겠다는 약속을 보일 양으로 잠시 맡아 두었던 것뿐이었다.

기회를 보고 있던 장생은 이윽고 궁궐로 임금을 찾아갔다. 임금은 기뻐하며 장생을 맞았다.

"요사이 하늘의 별자리를 읽으니 우리 초나라에 좋지 못한 일이 있는 듯싶습니다. 그래서 찾아온 것입니다."

장생의 말이라면 무엇이나 믿고 따르는 임금이었다.

"그렇다면 어떻게 하면 좋겠소?"
"한 가지 방법이 있으니 걱정하실 것까지는 없습니다."
"그것이 무엇이오?"
"임금께서 덕행을 베푸시면 재난은 곧 사라질 것입니다."
"알겠소. 내 당장 그리 하리다."

임금은 즉시 사자를 시켜 국가의 금고인 삼전지부(三錢之府)를 봉인토록 했다. 장남으로부터 뇌물을 받았던 초나라 신하 하나가 이 사실을 미리 알고 급히 장남을 찾아왔다.

"곧 이 나라에는 대사면 령이 내려질 걸세!"

의외란 듯 장남이 물었다.

"어떻게 알았소?"
"대사면 령이 있기 전에는 반드시 국고인 삼전지부를 봉인하지. 어제 저녁에 임금이 그것을 명하셨다네."

장남은 크게 기뻤다. 대사면 령이 내린다면 자신의 동생이 살아나게 되는 것은 당연한 이치였다. 장남은 그 모든 것이 자신이 뿌린 돈 때문일 것이라고 스스로를 치하했다.
그러다 불현듯 장생에게 준 황금이 생각났다. 공연히 그에게 그 큰 금을 주었다는 아까운 기분을 떨쳐버릴 수 없었던 것이다.
장남은 그길로 성 밖 장생의 집으로 찾아갔다. 황급히 사립문을 들어서는 그를 보고 장생은 놀라지 않을 수 없었다.

"아니, 자네 아직도 여기에 있었는가?"
"그렇습니다. 아우를 구하러 왔으니 목적을 이루고 가야겠기에……. 그런데 지금 조정에선 대사면 령이 내렸다면서요?"

머뭇거리는 장남을 보고 장생은 이미 깨달았다. 그가 자신에게 맡긴 금이 아까워서 돌아왔다는 것을. 그리고 그 사면령이 자신으로 인해 이루어졌다는 것은 전혀 알 턱이 없다는 것을.

"음, 그대의 보따리는 방 한구석에 그대로 잘 보관해 두었으니 가져가게!"

장남은 방으로 들어가 보따리를 챙겨들고 인사를 차리는 둥 마는 둥 하고는 홀연히 사립문을 나섰다. 장생은 어처구니없기도 하거니와 그 불쾌감을 쉬이 떨쳐버릴 수 없었다.

그는 당장 초왕을 찾아갔다.

"엊그제 별자리가 불길하다 말씀드렸을 때 임금께서는 덕을 베풀어 대처하시겠다 하셨지요? 그런데 제가 거리에 나가 들어보니 묘한 풍문이 성안에 떠돌고 있었습니다."

"그게 무슨 소문이요?"

"도 땅의 주공의 아들 하나가 지금 초나라에서 살인죄를 짓고 옥에 갇혔는데 그 집 아들이 많은 재물을 가지고 와 임금의 신하들에게 뿌림으로써 나라에 대사면 령이 내려졌다는 것입니다. 따라서 이번 임금의 덕행은 주공의 아들을 살리기 위해서이지 결코 초나라 사람들을 위해서가 아니라는 것입니다."

장생의 말을 들은 초왕은 크게 노했다.

"내 비록 덕이 모자라기는 하나 어찌 주공의 아들 하나를 빌미로 국민을 속이는 일을 하겠는가?"

그리고는 명을 내려 주공의 둘째 아들을 법대로 참형에 처한 뒤에야 사면령을 내렸다.

결국 장남은 다된 밥에 재를 뿌린 격이 되었다. 이젠 동생의 시신을 수레에 싣고 돌아갈 수밖에 없었다.

집 앞에 이르자 어머니와 마을 사람들이 모두 나와 탄식하며 슬퍼했다. 그러나 정작 범여는 말없이 쓸쓸한 미소만을 흘릴 뿐이었다.

그리곤 중얼거렸다.

"내 진실로 둘째가 죽어 돌아올 것이라 이미 예측하고 있었지. 물론 큰 녀석이 동생을 끔찍이 위한다는 것을 모르는 게 아니야. 그러나 큰놈은 그 나름에 있어 행하지 못하는 것이 있어. 큰놈은 어릴 때부터 삶이 얼마나 고달프다는 것을 뼈저리게 체험하고 자란 녀석이기에 돈이 얼마나 귀한 것인 줄 너무 잘 알아서 차마 크게 버릴 줄을 모르지. 하지만 막내는 달라. 태어났을 때는 이미 큰 부자였고 돈이 어떻게 벌려 들어오는 것인지 조차 모르니 그것을 모으는 고통 따위는 자신의 일처럼 여겨지지 않는 것이 당연하지. 만약 훌륭한 수레를 타고 사냥을 나갔다 바퀴라도 하나 빠져 고장이라고 나게 되면 막내는 쉽게 그것을 버리고 돌아오겠지만, 큰놈은 어떻게 해서든 그것을 집으로 끌고 와 스스로 뚝딱거려 고쳐 쓸 놈이지. 막내가 아낌없이 버릴 줄 아는 것을 배웠다면 큰놈은 아까워 쉽사리 손에서 놓지 못하는 법을 배웠던 것이야. 떠나보낼 때 내가 막내를 보내고자 했던 것은 그런 차이를 알고 있었기 때문이었는데…… 결국 큰놈은 버리질 못해 제 동생을 죽인 셈이니 이는 세상에 이치, 그리 슬퍼할 것도 못되지! 나는 큰놈을 떠나보내고 나서 밤낮으로 그가 둘째의 주검을 싣고 오는 것을 기다렸어."

어느 추천법

순우곤은 고매한 제(齊)나라의 학자였다.

제(齊)나라 선왕(宣王)은 어느 날 순우곤(淳于髡)을 불러 어질고 지혜로운 사람의 추천을 부탁한다고 했다. 그러자 순우곤(淳于髡)은 하루사이 무려 일곱 명의 선비를 임금에게 추천했다.

선왕은 대단히 놀라 순우곤에게 물었다.

"듣자니 천 리에 한 명씩의 선비만 있어도 이는 어깨가 부딪칠 정도로 많다 하고, 백세(百世)에 한 명의 성인만 출현해도 이는 발꿈치가 서로 닿을 정도로 빽빽한 것이라 하던데, 어찌 하루 동안에 일곱 명이나 되는 선비를 추천하실 수 있소?"

그러자 순우곤은 고개를 흔들었다.

"꼭 그렇게 볼 것만은 아닙니다. 세상의 물건이란 같은 것끼리 서로 모이게 마련이지요. 그렇듯 사람 또한 서로 무리를 지어 구분되는 법(人以群分)입니다. 저 하늘을 나는 새는 같은 족속끼리 무리지어 함께 날고, 땅위의 짐승들은 같은 발굽을 가진 것들끼리 또한 무리지어 내닫지 않습니까? 시호(柴胡)[34]라는 약재는 늪지나 호숫가에 가서 평생을 찾아본들 구하지 못할 것입니다. 그러나 저 택서(澤黍)나양부(梁父)의 북쪽에 가면 금방 수레 가득 구해올 수 있을 겁니다.
이 세상 모든 사물이란 이처럼 모여 있는 곳에 가서 찾아야하듯 인
물 또한 마찬가지입니다. 나는 어쨌거나 이 시대 이 나라의 현사가
아닙니까? 그러니 이 시대의 인물이 내 근처에 없고 어디에 모여 있
겠습니까. 마침 대왕께서 저더러 현사를 추천하라 하시니 이는 곧 하
수(河水)에서 물구하기나 부싯돌로 불을 구하는 일처럼 쉬운 일입니
다. 어찌 하루에 일곱 명의 선비를 많다 이르십니까? 오히려 저는 아
직도 추천해 올릴 현재(賢才)가 무궁무진할 따름입니다.”

---

34) 시호(柴胡) : 미나리과에 속하는 다년생 풀. 각지의 산야에 저절로 나며 뿌리는
   한약재로 씀.

진짜 국보(國寶)

제(齊)나라 위왕(威王)은 위(魏)나라 혜왕(惠王)과 함께 교외에서 사냥을 즐기고 있었다. 이리저리 짐승을 쫓아 숲 속으로 말을 몰고 시위를 당기며 한껏 즐거운 시간을 보낸 뒤였다.

휴식을 가지며 한담을 주고받던 중에 위 혜왕이 제 위왕에게 물었다.

"귀국 제나라에는 어떤 진귀한 보물이 있습니까?"

위왕은 겸손하게 없다고 대답했다.
이에 혜왕은 의기양양해져 뽐내며 말했다.

"우리 위나라는 그리 큰 나라라고는 할 수 없지만 직경이 일촌(一寸)씩 되는 10개의 보주(寶珠)가 있답니다. 이 구슬은 그 빛이 영롱하고, 투명해 밤이 되면 스스로 빛을 발하여 사방으로 퍼집니다. 그 빛은 12량(輛)의 마차를 나란히 늘어놓은 곳까지 뻗칠 정도지요. 정말 세상에 둘도 없는 귀한 보배랍니다. 그런데 이렇게 큰 나라에 그런 귀한 보물하나 없다니 매우 유감스럽군요!"

그러자 제나라 위왕은 빙긋이 미소 지며 말했다.

"제가 말하는 국보(國寶)와 대왕께서 말하는 국보는 너무나 다른 것 같군요. 우리나라에는 이름이 단자(檀子)라 하는 대신이 있는데 현재 남쪽 국경을 지키고 있소이다. 그가 자기 직무를 충실히 하여 병사들을 친자식처럼 아끼고 밤에도 갑옷을 벗지 않고 국방에 힘쓰니 그 강한 초나라도 더는 남방을 괴롭힐 뜻을 갖지 못하게 되었고, 남쪽의 사수(泗水)지역 12개의 작은 제후국이 모두 우리나라에 귀의해왔소.

또 분자(盻子)라 하는 대신이 있는데 병사를 거느린 채 고당(高唐)에 주둔하고 있지요. 그가 방비를 잘하는 덕에 저 조(趙)나라 사람들이 우리나라 호수나 강가에 와서 마구 고기를 잡아가던 불법이 없어졌다오. 그 때문에 우리는 안심하고 고기를 잡을 수 있어 국고에 큰 도움이 되지요.

또 검부(黔夫)라는 대신은 서주(徐州)의 치리(治理)를 맡고 있지요. 그는 문무(文武)를 겸용하고 은위(恩威)를 함께 써서, 연(燕)나라 백성으로 하여금 무리를 지어 스스로 북문에 찾아와 인사를 하도록 하고, 조(趙)나라 백성으로 하여금 두려운 나머지 스스로 찾아와 배례를 하게 하여 무려 7천여 호가 스스로 이주해 오겠다고 조르는 중이랍니다.

그런가하면 종수(種首)라는 대신이 있는데 그는 질서를 지키고 도적을 잡아들이는 책임을 맡고 있지요. 그는 각지에 포고령을 내려 백성들에게 이익과 해로움이 뭔지를 일깨워주어 백성들이 스스로 무리를 이루어 도둑이 되는 것을 감시하고 있습니다. 이 때문에 어디를 가도 죄짓는 자가 없으며, 죄를 지었더라도 즉시 자수하여 밤에는 대문을 닫지 않고 잠들며 길에는 그 어떤 물건을 잃었더라도 다시 가보면 그 자리에 그대로 있는, 아주 살기 좋은 나라로 만들어 놓았지요.

우리나라의 국보를 들라면 이 네 사람의 인재이지요. 이들의 업적과 공헌을 빛으로 따진다면 사방 천리 이상씩 비추고 있는 셈이니 어찌 수레 12대의 길이와 비교가 되리까."

위 혜왕은 얼굴이 붉어져 쥐구멍이라도 찾고 싶은 심정이었다. 그리고는 손을 모아 연신 제 위왕에게 존경을 표했다.

“정말 고맙소. 대왕의 한마디는 10년 독서보다 낫습니다. 저도 돌아가면 보물을 바로 알아 어진 인재를 뽑아 그들이 능한 바를 맡겨 자신의 능력들을 최대한 발휘토록 하겠소이다. 그러니 사람과 물건을 뒤바꾸어 보물이라고 한 나의 어리석음을 어서 잊어주시오.”

아집(我執)은 명품을, 명품(名品)은 인재를

춘추시대 초(楚)나라에 변화(卞和)라는 이가 있었다.

어느 날 그는 산중에서 커다란 옥 덩어리 하나를 줍게 되었다. 변화는 이를 초나라 여왕(厲王)에게 상납했다. 여왕은 이를 옥을 감정하는 장인에게 감정토록 했다. 옥공은 그것을 돌덩어리라고 판정했다. 변화는 임금을 속인 죄로 왼쪽 다리를 잘리는 형벌을 받았다.

억울함에 고통스러워하던 변화는 여왕에 이어 무왕(武王)이 즉위하자 다시 이 원석을 갖다 바쳤다. 그러나 역시 똑같은 결과가 빚어져 남은 한 쪽 다리마저 잘리고 말았다.

무왕도 죽고 문왕(文王)이 즉위했을 때 변화는 원석을 껴안고 형산(荊山)에서 통곡했다. 통곡은 사흘 낮 사흘 밤으로 이어져 눈에서는 피가 쏟아졌다. 이런 사실은 곧 문왕의 귀에까지 이르게 되었다.

문왕은 즉시 사람을 보내 그 연유를 캐물었다.

"임금을 능멸한 자가 얼마나 큰 죄인지 모르는가? 죽음을 당하지 않고 목숨을 부지한 것만으로도 황송해야 할 터인데 또 무엇을 속이려고 그리 우는가?"

변화가 억울함을 호소하며 말했다.

"나는 내 다리가 잘렸다고 해서 슬퍼하는 게 아니랍니다. 천하의
진기한 옥돌을 알아보지 못하고, 임금에 대한 충성을 사기라 하니
그것이 억울하고 슬퍼서 우는 것이요."

변화의 말을 전해들은 문왕은 그 원석을 가져다가 깎고 다듬어 보
라고 지시했다. 마침내 볼품없었던 커다란 원석은 천하에 둘도 없는
귀한 보물이 되어진 것이다.

그 보석은 화씨벽(和氏璧)이라 명명되어졌다.

이후 중국 전체 제후국 사이에 그 이름이 퍼져 이를 차지하기 위
한 분쟁과 다툼이 끊이지 않았다. 제후들 사이에서 오가던 이 화씨
벽은 전국시대에 이르러 조(趙)나라의 소유가 되었다.

조나라 혜문왕(惠文王) 때에 이르러 당시 천하의 강대국으로 명성
을 떨치던 진(秦)이 이를 탐내게 되었다. 그래서 진의 소양왕(昭襄
王)은 조의 혜문왕에게 편지 한 통을 띄웠다.

내용인즉 진나라의 15개 성(城)과 그 보물을 바꾸자는 것이었다.
그렇지 않아도 화씨벽을 가지고 있다는 것이 오히려 화근이 되지 않
을까 염려하고 있던 혜문왕은 편지를 받자 즉시 대장군 염파(廉頗)
를 비롯한 여러 중신들을 모아 회의를 가졌다.

"벽옥을 진나라에 넘겨준다 해도 그들이 준다고 하는 15개의 성
을 얻지 못할 것은 뻔하다."

"넘겨주지 않으면 그로인해 미움을 사 진이 군대를 몰고 올 것도
또한 당연하니 차라리 넘겨주자."

"인접국들의 여론에 호소해 다만 얼마간의 보상이라도 챙기는 게
합리적이다."

중신들의 의견은 분분하여 쉽사리 한 뿌리로 결론지어 지지 않을
듯 했다. 다람쥐가 쳇바퀴 돌리듯 회의는 시간만 낭비할 뿐이었다.

이에 혜문왕은 우선 진나라로 사신을 보내보기로 결정했다. 그러나 아무런 결론도 얻지 못한 그 일을 두고 진나라로 가겠다고 선뜻 나서는 사람이 있을 리 없었다. 일의 어려움으로 미루어 괜한 봉욕을 당하지는 않을까 모두 두려워했던 것이다. 하기에 쉽사리 누구를 추천하기도 어려운 일이었다.

혜문왕이 근심을 지우지 못하고, 회의장에 침묵이 감돌고 있을 때 불쑥 목현(繆賢)이라는 자가 나섰다. 목현은 바로 화씨벽을 조나라에서 처음 개인 소장했던 사람이었다.

"제가 인상여(藺相如)라는 인물을 알고 있는데 그라면 이 일을 맡아할 수 있으리라 여겨집니다."

혜문왕이 기뻐하며 물었다.

"그래요? 그런데 그가 어떤 인물인데 이 어려운 일을 해낼 수 있다고 생각하게 됐소?"

목현은 자신이 경험한 인상여의 재능에 대해 말하기 시작했다.

"바로 그 화씨벽을 제가 소장하게 되었을 때 일이지요. 어느 날 초라한 몰골의 한 떠돌이 장사꾼이 흰 옥인 백벽(白璧) 하나를 팔기 위해 저의 집에 들렀습니다. 제가 보기에 그 구슬은 전혀 흠집이 없었고, 그것이 품어내는 광채 또한 훌륭해 아낌없이 500냥의 금을 주고 사들였습니다. 며칠 뒤에 저는 이것을 우리나라에서 가장 경험이 많고 뛰어나다는 옥공(玉工)에게 감정하도록 부탁했지요. 그랬더니 이를 감정한 옥공은 깜짝 놀라면서 '이것은 바로 그 천하의 보물 화씨벽(和氏璧)입니다. 지난날 저 초나라 변화의 옥돌을 다듬은 것입니다. 일전에 초나라 영윤(令尹)이었던 소양(昭陽)이 잔치 석상에서 자랑하다가 잃어버린 적이 있었죠. 소양은 이것을 자리에 참석했던 장의(張儀)의 소행이라 의심하였고, 그 일로 장의는 거의 맞아죽을 뻔 했습니다. 그 뒤 장의는 진(秦)나라로 건너갔고, 이제 온 천하가 강력해진 진나라 때문에 고통을 당하게 된 것도 다 그 이유 때문입니다. 그 뒤 소양은 천금의 현상금을 걸고 이것을 찾았지만 아직껏 찾지 못하고 있다고 들었는데 이것이 선생의 손에 들어와 있다니요! 이것은 정말 하늘이 내려준 무가지보35)(無價之寶)입니다.'라고 하더군요.

저는 너무도 놀라 정말이냐고 재차 삼차 확인하며 물었지요. 그랬더니 옥공은 한 치의 거짓도 없다며 거기에 덧붙여'이 보물은 어두운 데에 두면 스스로 빛을 발하고 주위의 더러운 티끌조차 다 불어 없애지요. 그래서 달리 야광지벽(夜光之璧)이라고도 합니다. 이를 방안에 두면 겨울에는 따뜻하고 여름에는 시원하게 해주어 난로나 부채가 필요 없습니다. 그런가하면 백보(百步)거리 안에는 파리나 모기조차 날아들지 못합니다. 이렇게 기이한 보물이니 그 밖에 다른 보물이야 비교나 되겠습니까?'라는 설명까지 하더군요.

저는 그것이 정말인가 하고 직접 실험을 해 보았더니 과연 옥공의 말과 다르지 않더군요. 너무 놀라 얼른 튼튼한 상자를 만들어 그 속에 넣고는 머리맡에 놓고 즐겼지요. 그런데 대왕께서 이런 이야기를 들으시고 저에게 헌납할 것을 요구하셨지 않습니까. 하지만 저는 이 보물을 너무 아끼고 귀히 여긴 터라 차일피일 미루었지요. 그러던 중 대왕께서 사냥을 갔다가 돌아오시는 길에 몸소 저의 집을 찾아 그 옥석을 가져다가 지금껏 궁중에 보관케 된 것이지요. 지금까지의 내용은 대왕께서도 잘 아시고 계시겠지요."

목현은 숨을 고른 뒤 계속해서 말을 이었다.

"그런데 저는 이 일로 틀림없이 대왕의 노여움을 사게 될 것을 염려하여 국외로 도망칠 궁리를 했었습니다. 그때 저의 집가신(家臣)이었던 인상여가 저의 옷깃을 잡으며 어느 나라로 도망갈 거냐 묻더군요.

---

35) 무가지보(無價之寶) : 값을 매길 수 없이 귀중한 보배.

저는 늘 염두에 두었던 연(燕)나라를 떠올렸지요. 그랬더니 연나라 임금과는 무슨 안면이나 연고가 있느냐고 다시 묻더군요. 해서 제가 '내가 일찍이 우리 임금을 모시고, 연나라 임금과 회담을 할 때에 연왕이 사사로이 내 손을 쥐면서 나와 친구가 되고 싶다고 했다. 이는 연왕이 나의 능력을 인정한 것이니 지금이라도 그에게로 가면 받아줄 것이 아니냐?'라고 했지요. 그러자 인상여는 고개를 저으며 '말도 안 되는 착각이십니다. 그때 조나라는 연나라보다 훨씬 강한 나라였습니다. 그래서 연나라 임금은 조나라 임금의 신임을 독차지하고 있는 주인님을 통해 조나라 임금의 환심을 사기 위해서였지 단지 주인님 하나의 능력만 보고 그랬겠습니까? 지금 주인께서 그런 조나라에 죄를 짓고 연나라에게 갔다고 하면 연왕이 자청하여 주인님을 받아들여 주리라 생각하십니까? 받아주기는커녕 오히려 주인님을 묶어 조나라에 되돌려 보내려 할 것입니다. 그렇게 되면 주인님은 더 이상 살아남을 길이 없습니다.'라고 말하더군요.

그래서 제가 깜짝 놀라 어쩌면 좋으냐고 물었지요. 그의 대답은 이랬습니다. '주인께서 그 보물을 일찍 갖다드렸더라면 더 이상 문제는 없었겠지요. 그러나 그것은 이미 늦은 일. 지금으로서 최선의 길은 어서 웃통을 벗고 형틀을 짊어지고 임금께 벌을 내려 달라고 달려가십시오. 그러면 틀림없이 임금님의 사면을 받을 수 있을 겁니다'라고요. 저는 그의 말대로 하여 대왕님으로부터 용서를 받아 오늘날에 이르렀습니다. 그 이후로 저는 인상여가 지모도 있고 용기도 있는 인물이라 여기고 늘 지켜봐 왔습니다. 그런 정도의 인물이라면 진나라에 사신으로 보내기에 부족함이 없다 여겨집니다."

혜문왕은 목현의 긴 이야기를 듣고 인상여를 불러오라고 명했다. 그리고는 궁에 든 인상여에게 물었다.

"탐욕스런 진왕이 그의 15개성과 우리 화씨벽을 바꾸자고 편지를 보내왔으니 어쩌면 좋겠소? 허락을 해야 하오, 아니면 허락지 말아야 하오?"

"진나라는 강하고 우리 조나라는 약합니다. 허락해야겠지요."

"그럼 만약 진왕이 우리의 화씨벽을 받고 성은 주지 않으면 어쩌지요?"

"성과 화씨벽을 바꾸자고 제의한 쪽은 진나라입니다. 우리가 거절하면 그 책임은 우리에게 돌아옵니다. 그런데 우리가 허락하고 화씨벽은 주었는데 성을 주지 않게 되면 그때부터 책임은 진에게 있게 됩니다. 이런 저울질을 해 볼 때 어느 편이 유리하겠습니까? 그래서 허락을 하자는 것입니다."

혜문왕이 다시 물었다.

"그럼 선생께서 진나라에 사신으로 가실 수 있겠습니까?"

그러자 인상여는 자신 있게 대답했다.

"대왕께서 진나라로 보낼 사신을 구하시지 못한다면 제가 그 화씨벽을 가지고 진나라로 가겠습니다. 가서 만약 그들이 15개성을 우리에게 주면 화씨벽을 진나라 궁전에 두고 오겠지만 그렇지 않으면 이 화씨벽은 조금도 다치지 않고 온전한 채로 다시 가지고 돌아오겠습니다.36)"

혜문왕은 매우 흡족해하며 그 자리에서 인상여에게 대부(大夫) 벼슬을 내리고 화씨벽을 주어 진나라로 떠나도록 명했다.

인상여 일행이 진나라에 도착했을 때 진의 소양왕은 장대궁(章臺宮)이란 곳에서 이들을 접견했다.

인상여는 조심스럽게 화씨벽을 소양왕에게 바쳤다.

---

36) 이 말은 한자성어 완벽귀조(完璧歸趙)를 풀이한 것이며, 여기에서 완벽(完璧)이란 말이 유래된 것이다. 흠이 없어 온전한 구슬이라는 뜻.

진 소양왕은 신이 나서 이를 받아 이리저리 싫도록 살펴보고는 주위의 대신과 궁녀들에게까지 돌려가며 보도록 했다. 모두들 이 진귀한 보물을 얻게 되자 진왕을 향해 축원하며 환호성을 올렸다.

인상여는 그 옆에서 반나절을 기다리며 눈치를 살폈다. 하지만 진왕은 좀처럼 교환조건이었던 15개 성에 대해서는 운을 띌 기미를 보이지 않았다. 진나라의 진의를 확실히 알았다고 판단한 인상여는 소양왕 앞에 나아가 말했다.

　　"그 화씨벽에는 아주 작고 희미한 흠이 있습니다. 나중에 발견하
　　시고 저를 원망할 듯싶어 알려드리니, 저에게 잠시 주신다면 찾아
　　드리겠습니다."

소양왕은 아무런 의심을 품지 않은 채 좌우에게 명하여 그 화씨벽을 인상여에게 넘겨주도록 했다.

인상여는 화씨벽을 받아들자 뒤로 몇 발 물러서서 기둥 근처에 딱 버티고 노발충관37)(怒髮衝冠)하여 큰 소리로 호령했다.

　　"대왕께서는 이 보옥을 얻고 싶어 저희 나라에 국서(國書)를 보내
　　셨지요. 그때 우리 임금께서는 문무백관을 불러 모아 다각적인 토론
　　을 하셨습니다. 그러나 모두들 진나라의 탐욕스러움을 알고 있었던
　　터라 15개의 성과 바꾸자는 것은 거짓이므로 묵살하자고 했었습니다.
　　그때 저는 평민이나 천민들조차도 신용을 바탕으로 살고 있는데
　　하물며 천하를 호령하는 진나라 같은 대국이 국제간의 신의를 저버
　　리겠느냐고 했습니다. 더구나 한 덩어리의 옥 때문에 양국 사이의
　　오랜 선린을 상하게 하는 것이 우리 조나라에서 비롯된다면 이는
　　돌이킬 수 없는 잘못이라고 주장했습니다. 그래서 저의 임금께서 저

---

37) 노발충관(怒髮衝冠) : 노한 머리털이 관을 추켜올린다는 뜻으로 몹시 성낸 용사
　　의 모양을 말함.

를 특파하여 이 보물을 대왕께 전해드리게 된 것입니다.

 그런데 지금 보자 하니 대왕께서는 저를 정식 특사 대접도 하지 않을 뿐만 아니라, 이 귀한 보옥을 군신과 궁녀 같은 아녀자들에게까지 마구 돌려 희롱하시니, 이는 옥의 가치도 모를 뿐더러 나아가 우리 조나라를 조롱하는 것으로 여겨집니다. 들던 대로 성의도 신의도 없는 나라군요. 그러니 어떻게 대왕이 이 보옥과 15개성을 교환하자는 말을 믿을 수 있겠습니까. 이 보옥은 제가 도로 가져가겠습니다. 만약 대왕께서 이 보옥을 저에게서 빼앗고자 완력으로 덤벼든다면, 제 머리와 옥을 함께 이 기둥에 부딪쳐서 부숴버리겠습니다.”

 말을 마치자 인상여는 화씨벽을 이마에 대고 기둥에 부딪치는 시늉을 했다. 놀란 소양왕은 우선 귀한 옥이 깨어질까봐 겁을 내며 연신 인상여에게 미안하다고 굽신거리며 어서 지도를 가져오라고 신하에게 소리쳤다.

 신하가 지도를 가져와서 펴자 왕은 황급히 명령했다.

 “여기서부터 여기까지 15개성을 그어 조나라에 주어라.”

 인상여는 진왕의 그런 행동이 어떤 신빙성이나 효력도 없는 그저 허구의 희롱임을 알아 차렸다. 그래서 얼른 기지를 발휘하여 너스레를 떨듯이 말했다.

 “이 화씨벽은 천하의 보배임을 잘 아실 것입니다. 그래서 저의 임금께서는 이 보물을 저를 통해 대왕께 보낼 때에 닷새 동안 음식은 먹지 않고 재계(齋戒)한 뒤 온갖 의식(儀式)과 예를 갖추어 문무대신 앞에서 고이 보내셨습니다. 그러니 대왕께서도 이를 받아들이실 때에도 마땅히 닷새의 목욕재계를 하신 뒤 각 국의 사절을 초청하여 정전(正殿)에서 이에 걸맞은 외교의식을 거행하셔야 합니다. 그렇게 하셔야만 정식으로 이 보옥을 대왕께 바치겠습니다.”

소양왕은 인상여의 의기로 미루어 화씨벽을 강제로 빼앗음이 불가능하다고 판단했다. 결국 인상여의 요구는 받아들여졌고, 그 일행은 그때까지 빈관(賓館)에 머물게 되었다.

하지만 인상여는 소양왕이 끝내 약속을 지키지 않을 것이라고 여기고 곧 수행원 하나를 남루한 옷으로 변복시킨 후 화씨벽을 주어 조나라로 돌려보냈다. 그리고 그 수행원에게 이렇게 보고토록 했다.

"아무리 보아도 소양왕은 화씨벽과 15개의 성을 바꿀 의도가 없습니다. 그래서 화씨벽을 되돌려 보냅니다. 제가 진나라에서 죽는 한이 있어도 조국에 욕이 되는 일은 없도록 하겠습니다."

이 소식을 접한 혜문왕은 안타까움을 금할 수 없었다. 하지만 그 의기로움에 감탄했다.

"인대부는 정말 지혜와 용기가 뛰어난 인물이군. 한다면 하는 인물이야!"

마침내 예정된 닷새가 지나갔다. 소양왕은 각 국의 사절들을 초청하는 등 정전에서의 성대한 의식을 거행할 준비를 모두 갖추어 놓고 있었다.

그런데 막상 인상여는 두 손에 아무것도 들지 않은 채 의식 장소에 걸어 나갔다. 그리고 의아해 하는 소양왕에게 조용히 말했다.

"귀국 진나라는 옛날 목공(穆公)이래 20여분의 임금이 권좌를 이어오면서 유감스럽게도 한번도 국제적인 신의를 지켜본 적이 없습니다. 이번에도 저 역시 같은 경우를 당했습니다. 하여 저는 저의 중요한 임무를 그르칠까 두려워 이미 그 보옥을 다른 사람을 시켜 우리 조나라로 보내어 안전하게 보관하게 했습니다."

그러자 소양왕은 분에 못 이겨 부르르 떨면서 소리쳤다.

"어서 저 사기꾼 같은 조나라 사신 놈을 잡아 묶어라!"

그러나 인상여는 얼굴색하나 변하지 않고 태연히, 그러나 강한 어조로 대꾸했다.

"청컨대 대왕께서는 벽력같은 노여움을 잠시 푸시오. 나의 말은 아직 끝나지 않았소. 현재 진나라는 강대국, 우리 조나라는 약소국이요. 그렇기에 귀국이 우리 조나라를 조롱하기는 쉬우나 우리처럼 약한 조나라가 귀국을 속이기는 어렵다는 것이 정한 이치 아니겠소. 그러니 대왕께서 정말로 그 화씨벽을 갖고 싶다면 먼저 15개의 성을 조나라에게 할양하면 되는 일. 그러면 화씨벽은 대왕 수중에 있는 거나 마찬가지인데 뭘 그리 화를 낼 일이 있겠소. 어떻게 15개성을 떼어주었는데 조나라가 감히 화씨벽을 못 주겠다 버티겠소이까?
제가 알기로는 대왕을 속인 죄는 극형에 처한다고 들었소. 이제 대왕께서는 어서 기름 솥을 준비하시오. 그렇게 한다면 여기 모인 각 국 사신들 앞에서 대왕이 화씨벽을 손에 넣지 못하여 조나라 사신인 이 인상여를 기름 솥에 넣어 처형했다는 것은 널리 알려지게 될 것이고 시비곡직38)(是非曲直)은 곧 천하의 공론으로 밝혀질 것 아니겠소. 자, 내가 스스로 뛰어들 테니 솥이나 준비하시오!"

소양왕과 주위의 신하들은 인상여의 당차고 조리 있는 말에 뭐라고 대꾸를 해야 할지 모르고 어안이 벙벙해 있었다.
그때 옆에 있던 시위병(侍衛兵) 하나가 칼을 뽑아 인상여에게 달려들려고 했다. 소양왕은 황망히 그 행동을 제지시켰다.

---

38) 시비곡직(是非曲直) : 옳고 그르고 굽고 곧음. 잘잘못의 의미.

　"잠깐! 지금 저 자를 죽인다고 해서 화씨벽을 얻는 것도 아니다.
도리어 각 나라로 하여금 의롭지 못하다는 오명만 뒤집어 쓸 것이고,
그나마 유대관계가 깊던 조나라조차 우리와 적대관계가 된다. 나는
그런 오명을 뒤집어 쓸 수가 없다. 이익 없는 어리석은 일이지!"

　소양왕은 혀를 차며 분을 삭이는 수밖에 없게 되었다. 그 후 소양
왕은 억지춘향 격으로 쓴 웃음을 참으며 예에 맞게 인상여를 접대한
후 조나라로 돌려보냈다.

　이로부터 진나라는 조나라를 더 이상 약소국이라고 업신여기지 못
했으며, 조나라도 당당히 진나라와 대등하게 국제무대에서 활동하게
되었다. 물론 성과 옥을 교환하자는 등의 하찮은 놀림 따위는 다시
는 재현되지 않았다.

　그 후 인상여는 정치와 정책결정에 아주 중요한 임무를 맡게 되었
고 혜문 왕으로부터는 더없는 충신으로 인정받게 되었다. 벼슬도 귀
국 후 상대부(上大夫)를 거쳐 곧바로 상국(相國)까지 올라 명실상부
한 조나라의 최고 실권자가 되었다.

　그런데 이때 조나라에는 군사 책임을 맡아 많은 공을 세우고 명망
이 높아 실권을 쥐고 있던 염파(廉頗)가 있었다. 염파는 인상여가 자
기보다 높은 지위에 오르게 되자 심기가 몹시 불편했다. 그래서 주
위에 만나는 사람마다 불평을 노골적으로 털어놓고 다녔다.

　"나는 조나라 장군으로 뜨거운 태양과 매서운 바람을 무릅쓰고 들
판에서 싸워 많은 공을 세웠다. 그런데 상여는 그저 입술 하나로 나의
윗자리에 앉다니. 더구나 그는 아주 미천한 출신 아닌가? 어찌 그런
자와 같이 앉아 국사를 논한단 말인가? 정말 부끄럽고 기분 나쁘다!"

　그리고는 "언젠가 기회만 와 봐라. 내 고개를 못 들게 모욕을 주
리라!"하고 늘 벼르고 있었다.

이 소문은 당연히 인상여의 귀에 들게 마련이었으나 인상여는 가능하면 그와 마주치기를 피하여 조회할 때에도 병을 핑계로 다 끝난 후 따로 임금을 만나 국사를 논할 뿐이었다.

그러던 어느 날 인상여가 무리를 이끌고 밖에 나갔다가 마침 멀리 염파 일행의 수레가 다가오자 즉시 말머리를 돌려 딴 길로 피하고 말았다. 이를 본 인상여의 수행원들은 자존심이 상한다는 듯이 물었다.

"나으리, 저희들이 처자를 떠나 나으리를 모시고 있는 것은 바로 나으리의 그 높은 덕과 의로움을 흠모해서 입니다. 그래서 나으리 모시는 것을 항상 자랑삼곤 했지요. 그런데 지금 오히려 나으리보다 직급이 낮은 염파가 가는 곳마다 나으리를 험담하고 있는데도, 이런 기회에 한마디 따끔하게 꾸짖어 주시기는커녕 오히려 그를 두려워하여 골목으로 피하시다니 이해할 수 없습니다. 우리 같은 평범한 필부라도 따지고 넘어가야 할 일이온데 하물며 장상(將相)의 지위에 계신 나으리께서⋯⋯. 저희들이 너무 불초하여 그런 것 같사오니 저희들은 이만 사직하고 집으로 돌아가겠습니다."

그러자 인상여는 그들에게 되물었다.

"그대들 보기에 염파장군과 진나라 소양왕 둘 중 누가 더 무서운가?"
"그야 염파장군이 진나라 소양왕만 하겠습니까?"
"아무렴! 그 위세 높은 진왕 앞에서 눈을 부릅떠, 온 진나라 조정을 꾸짖고 군사들을 꼼짝 못하게 한 나 인상여일세. 내 지금 비록 늙었으나 어찌 염장군이 무서워 그러겠나? 가만히 생각들 해보게. 그 강한 진나라가 우리 조나라에게 무력이나 힘으로 더 이상 어쩌지 못하는 것은 바로 우리 두 사람이 있기 때문이지. 이러한 든든한 두 호랑이가 서로 싸워보게. 반드시 둘 다 온전하기는 어렵겠지. 그 다음 이 나라는 어찌되겠는가? 내 이래서 사사로운 서운함은 뒤로 미루고 있는 것이라네. 우리 둘 사이야 언젠가는 서로 이해하고 협력할 길이 있지 않겠나!"

이 말을 들은 수행원들은 미처 헤아리지 못한 인상여의 깊은 생각에 눈물까지 글썽거렸다. 이 말이 역시 염파의 귀에 들어갔다. 염파는 깜짝 놀라 지금까지의 자신이 부끄러워 견딜 수 없었다. 그래서 웃통을 벗어 죄인임을 자처하고 가시덩굴을 등에 지고 인상여를 찾아갔다.

　　"이 비천한 자가 그대의 높은 덕을 모르고 날뛰었습니다. 제발 저
　　에게 벌을 내려 주십시오."

마당에 머리를 조아리며 이렇게 말하는 염파를 인상여는 버선발로 달려 나가 부축해 일으켰다.

　　"무슨 말씀이요. 정말 와 줘서 고맙소. 내가 찾아가야 될 일을…. 덕
　　이 부족한 저를 이해하여 주시고 함께 이 나라를 잘 이끌어 갑시다."

누구랄 것도 없이 둘은 서로를 부둥켜안았다.

뒤에 이들은 서로를 아끼고 사랑하여 나라를 위한 두 기둥으로서 부족함이 없었다. 이들의 우정은 갈수록 긴밀해져 갔고, 이에 따라 조나라는 더욱 강성해졌다.

사가(史家)들은 이런 미담과 우정을 흔히 "목을 쳐도 원망 아니할 우정"이란 뜻의 "문경지교"(刎頸之交)라 기록하고 있다.

죽은 뼈가 천리마 되기까지

연(燕)나라 소왕(昭王) 때의 일이다.

제(齊)나라에게 잃었던 땅을 되찾은 소왕은 부국강병은 능력 있는 인재들의 등용에 달렸다고 믿고 많은 사람들을 등용하여 군사력을 키워 제나라에 당한 치욕을 되돌려 주리라 벼르고 있었다. 하지만 딱히 마음에 드는 인물들은 쉽게 모여들지 않았다. 이에 소왕은 친히 성밖으로 인재를 찾아 나서게 되었다. 소왕은 우선 당시 연에서 고매하기로 이름난 곽외(郭隗)라는 이를 찾아갔다.

"노선생(老先生), 제나라는 우리의 정세가 어지러운 상황을 틈타 갑작스런 침략으로 우리의 국도(國都)를 함락했고, 많은 국보들을 약탈해 갔습니다. 그때 욕을 당한 선량한 백성들은 하늘을 우러러 그 원통함으로 아직도 울부짖고 있습니다. 그러나 그 힘이 제나라에 비해 말할 수 없이 미약했던 나로서는 그 지경을 지켜보면서도 어쩔 도리가 없었습니다. 이제 나는 많은 인재들을 모아 국론을 상의하고 제도를 개혁해 힘을 키워 이전의 욕됨을 설욕하고자 고심하고 있습니다. 하지만 어디서부터 손을 대어야 할지 모르겠습니다. 부디 가르침을 주십시요."

신념에 찬 소왕을 가만히 지켜보던 곽외는 입을 열었다.

"제업(帝業)을 이룰 만큼 도량 있는 군주는 자신의 스승이 될 정도의 사람들과 함께 일을 하고, 왕도(王道)를 행할 능력의 군주라면 선량한 친구 정도는 되는 이들과 함께 무리를 짓지요. 또 패업(霸業)을 성취할 정도의 군주라면 주위에 어떤 어려움도 이겨낼 수 있는 능력 있는 자들이 둘러싸고 있고, 나라를 망칠 군주의 주위에는 항상 공적인 일을 미루고 사리를 앞세우는 용렬한 자들이 우글거리지요."

곽외는 계속해서 말을 이었다.

"만약 군주로서 스스로 마음을 비우고, 재덕 있는 사람의 가르침이라면 어떤 입에 쓴 충고라도 달게 받는 자세를 갖춘다면, 곧 자신보다 백배 이상 어진이들이 문 앞에 모여들게 될 겁니다. 또한 고통을 먼저하고 쾌락을 뒤로하여 아랫사람들로부터 듣기를 가리지 않고 학이불염(學而不厭)한다면 자신보다 몇 십 배 어진 이들이 모여들게 될 겁니다. 반면 신중한 생각 없이 그저 좋은 게 좋다고 여기며 정사를 이끈다면 자신과 다를 게 없는 사람들만이 주위에 모여들 것이고, 노한 얼굴을 항시 풀지 않고 완력과 폭언으로 정사를 다스리는 임금이라면 주위에는 깡패나 범죄자들 밖에 더 모이지 않지요. 이것은 예로부터 내려오는 국가를 다스리는 군주와 그 군주의 주위로 몰려드는 인재들의 연관 관계를 설명한 이야기입니다.

그러니 대왕께서 진실로 널리 훌륭한 인재들을 초빙코자 한다면 먼저 몸소 몸을 낮추어 그런 이들을 찾아가 가르침을 청하십시오. 대왕께서 그렇듯 어진 이들에 목말라하고 계시다는 것을 알게 되면 천하의 재덕을 갖춘 어진 선비들이 작은 개울들이 바다를 찾듯 몰려들 것입니다."

곽외의 긴 이야기를 들은 소왕은 기쁨으로 가슴이 벅차올랐다. 소왕은 한결 자신감에 차 재촉해 물었다.

"곽선생! 정말 값진 얘기 소중하게 들었소. 그렇다면 지금 당장 가르침을 청할만한 인물을 구해 와야 하지 않겠소."

그러나 곽외는 그런 소왕의 조급함을 깨우쳐 주기라도 하려는 듯 서두르지 않고 조용히 옛 이야기 하나를 들려주었다.

옛날 어느 나라에 임금 한 분이 계셨습니다. 그는 늘 천리마 한 필을 가지고 싶어 신하에게 황금 일천 량을 주어 전국을 돌아보며 말을 구해보라 일렀지만 3년이 지나도록 허사였습니다.

그러던 어느 날 한 신하가 나타나 자신 있게 천리마를 구해올 방법이 있다고 나섰습니다. 이 신하는 3개월을 돌아다닌 끝에 과연 천리마를 구했다고 임금에게 알려 왔습니다. 날듯이 기쁨에 찬 임금이 한 걸음에 쫓아나가 그 신하를 맞이했지만, 신하가 내민 것은 죽은 말의 뼛조각이었습니다.

신하는 그것을 오백 금을 주고 샀다고 말했습니다.

이에 크게 놀라고 노한 임금은 호통을 쳤습니다.

"내가 원한 것은 단숨에 천리를 달릴 수 있는 살아 있는 말이었지 죽은 말의 뼈다귀가 아니었다. 더군다나 그 놈의 말뼈를 오백 금이나 주고 샀다고?"

임금의 호통을 다소곳이 듣던 신하는 기회가 오자 조용히 말했습니다.

"이렇게 한 데에는 그만한 이유가 있어서였습니다. 만약 임금께서 죽은 천리마조차 거금인 오백 량을 주고 사더라는 소문이 천하에 퍼진다면 살아 있는 천리마를 가진 자들이 어찌 가만히 있겠습니까? 아마도 일년 내에 천리마들이 이 궁궐 앞으로 모여들 것입니다."

임금은 할 말을 잃었고, 과연 미처 일 년이 못되어 세 필의 천리마가 나타났습니다.

곽외의 이야기를 들은 소왕은 고개를 끄덕였다.

자신의 조급함을 깨달았던 것이다.

"이야기의 속뜻을 알 것 같습니다. 선생의 뜻은……."

곽외는 소왕의 다음 말을 이어 받았다.

"대왕께서 만약 진정으로 어질고 재주 있는 자들을 구하고자 한다
면 우선 저를 이용하셔도 좋습니다. 천리마 같은 뛰어난 인재들의
등용을 위해 저를 죽은 말 뼈로 사용해도 가하다는 말씀입니다. 저
처럼 재주도 없고 덕도 부족한 자조차 임금께서 중히 쓰신다는 이야
기가 알려지게 된다면 진실로 재덕을 갖춘 천리마 같은 이들이 천하
로부터 몰려들 것은 정한 이치이옵니다."

이에 소왕은 즉시 곽외를 위해 훌륭한 집을 지어주고 때마다 공손
히 찾아 예를 갖추는 스승으로 모셨다.
소왕은 이후 역산이라는 곳에 '황금대'라는 누각을 짓고 인재 초
빙의 전용 장소로 사용했다.
이윽고 천하의 인재를 초빙한다는 연 소왕의 소식은 순식간에 사
방으로 퍼져 나갔고, 재주를 갖춘 많은 인재들이 천하에서 몰려들었
다. 그들 가운데는 위(魏)나라의 악의(樂毅)와 제(齊)나라 추연(鄒衍)
이란 자도 포함되어 있었다.
위나라에서 온 악의는 처음에는 아경(亞卿)이란 벼슬에 올랐고 후
에는 상장군(上將軍)으로 조(趙), 초(楚), 한(韓), 위(魏), 연(燕) 등 5
개국을 연합, 제나라를 공격해 70여개의 성을 빼앗는 큰 공을 세웠
다. 추연은 철학자, 음양학자로 연에 이르러 처음부터 극진한 대우를
받았다. 또 극신(劇辛)이란 군사가도 조(趙)나라로부터 와서 장군이
되었으며, 전국시대 제1의 책사(策士)로 이름을 떨친 소진(蘇秦)의
동생 소대(蘇代)도 연으로 와 활동하게 되었다.
이들은 모두 연 소왕의 선비우대정책에 부응해 각자의 능력을 소
신껏 펼쳐 연나라가 부국강병을 이루는데 큰 몫을 해낸 것이다.

　이렇듯 연소왕의 인재를 구해 쓰고자 하는 열의는 28년이 지나서야 결실을 맺었는데 당시 북방의 대국으로 성장하여 전국 칠웅의 하나로 천하를 호령하는 강대국으로 성장하는 토양이 된 것이다.

변소지기의 도움으로 재상의 자리까지

위(魏)나라에 범수(范雎)라는 특이한 인물이 있었다. 그는 자신이 익힌 유세술을 위가 아닌 다른 제후국에서 펼쳐 자신을 얻게 되자 고국으로 돌아왔다. 막상 조국을 위해 봉사하겠다는 일념으로 돌아왔지만 마땅한 직책은커녕 생계조차 해결하기가 여의치 않았다.

그러던 중 친구 하나가 중대부인 수가(須賈)라는 이를 소개했다.

"그 밑으로라도 들어가 보겠는가. 뜻이 있다면 내가 추천을 해주지."

범수는 마땅한 곳이 없었으므로 일단 친구의 말을 따르기로 했다.

범수가 수가 밑으로 들어가 기회를 보고 있던 얼마 후 마침 수가가 제(齊)나라의 사신으로 가게 되었다. 범수도 그의 수행원으로 선발되어 따라 나섰다. 그러나 막상 제나라와의 교섭이 여의치 않게 되어 그곳에서 수개월이나 머물러 있어야 했다.

그 사이 범수의 인물됨을 좋아하게 되었던 제나라 왕이 범수에게 특별히 고기와 술 그리고 10근의 황금을 보내왔다. 범수는 받기를 거절했으나, 이 사실을 안 수가는 술과 고기만 받고 돈은 돌려주도록 했다. 그러나 다른 한편으로 범수를 의심하기 시작했다.

  '범수는 양다리를 걸치고 위나라의 비밀을 제나라에 팔고 있음이
분명하다.'

  이 사건은 귀국 후 수가에 의해 정식으로 재상인 위제(魏齊)에게
보고 되어졌다.

  "이렇게 회담이 늦어지고 불리하게 끌려온 것은 모두 범수가 첩
  자노릇을 했기 때문입니다."

  수가의 보고를 받은 위제는 크게 노해 범수를 가두고 취조토록 했다.
늑골이 부러지고 이가 모두 부러지는 혹독한 고문을 당해 초죽음이 된
범수는 대나무 발에 시체처럼 둘둘 말려 변소 안에 던져지게 되었다.
술에 취한 손님들은 연신 드나들며 그 위로 오줌발을 날려대곤 했다.

  "나를 좀 살려주시오. 그 은혜는 반드시 갚겠소."

  범수는 신음하며 변소지기에게 애원했다.
  보다 못한 변소지기는 끝내 범수의 청을 들어주기로 했다.

  "측간에 버려둔 자가 죽은 듯하니 시체를 치워버리겠습니다."

  변소지기가 위제를 찾아 청을 넣자 위제는 술김에 그러라고 허락
했다. 이리하여 범수는 죽음 직전에 간신히 도망쳐 나오게 되었다.
  다음날 술이 깬 위제가 범수를 찾았지만 그 때는 이미 범수가 자
취를 감춘 후였다.
  범수는 정안평(鄭安平)이라는 친구 집에서 회복을 기다리며 숨어
지내게 되었다. 사람들의 눈을 피하기 위해 이름도 장록(長祿)이라
고 고쳐버렸다.

범수가 회복기에 들었을 즈음, 진(秦)나라로부터 왕계(王稽)라는 사신이 왔다. 마침 정안평이 그의 안내를 맡게 되었고, 둘은 쉽사리 친해져 격 없는 대화를 나누는 사이가 되었다.

어느 날 왕계가 정안평에게 물었다.

"혹시 이 위나라에 쓸만한 재목이 하나 없겠소? 진나라로 갈 때 데려가 키울만한……."

정안평은 좋은 기회라고 여겨 친구인 범수를 소개했다.

"장록이란 분이 있기는 한데. 모든 면에서 대단한 분이시긴 하지 만 지금은 쫓기는 몸이라 어떨는지……."

왕계는 한번 만나보자고 졸랐다.

그렇게 하여 장록(범수)과 왕계는 그날 밤 사람들의 눈을 피해 한 적한 곳에서 만날 수 있었다.

장록을 만나본 왕계는 무척 흡족해 했다.

"비밀리에 함께 가기로 합시다."

둘은 국경 근처인 삼정(三亭)에서 만날 날짜와 시간을 정한 뒤 헤 어졌다. 이윽고 범수는 왕계의 수레에 숨어 위나라의 국경을 무사히 통과해 진나라로 들어설 수 있게 되었다.

그들이 진나라 서울 함양을 눈앞에 둔 호현(湖縣)에 도착했을 때 였다. 앞쪽에서도 다른 행렬이 오고 있었는데 그 풍겨나는 위풍이 사뭇 위엄 있고 당당했다.

범수가 왕계에게 물었다.

“저것은 누구의 행렬입니까?”
“양후(穰侯)재상일거요. 지금 동쪽의 변방을 순시하러 가는 길인가
보오.”

범수는 놀라지 않을 수 없었다. 양후는 이국인이 이주해 들어오는
것을 무엇보다 싫어하는 인물이었기 때문이다.

“저를 발견하면 그냥 두지 않을 테니 저는 숨어 있도록 하지요.”

이윽고 양후는 왕계가 타고 있는 수레 가까이에 이르렀다.
둘은 인사를 나누었다.

“수고하셨소이다. 동쪽의 나라들은 모두 무고하지요.”
“물론이지요.”
“쓸데없는 걱정이겠지만 행여 다른 제후들의 식객을 데려오지는
않았겠지요? 그런 자들은 여간 골치 아픈 게 아니라서…….”

양후가 물었다.
왕계도 짐짓 고개를 끄덕이며 말했다.

“물론이지요. 그런 자들은 모두 자기 주인의 위세를 믿고 이곳에
와서는 안하무인격이니…….”

양후는 곧 지나쳐갔다.
마차 속에 숨어 숨을 죽이고 있던 범수는 안도의 숨을 쉬며 말했다.

“양후는 무척 신중한 사람이라고 들었소. 그는 틀림없이 잠시 후
누군가를 보낼 거요. 그동안 나는 숲 속을 통해 걸어가리다.”

과연 얼마 후 양후의 명령을 받은 기마병들이 되돌아왔다.

"마차를 좀 수색해 보아야겠소!"

이미 빠져나간 범수가 그곳에 있을 리 없었다. 기마병은 헛걸음을 하고 되돌아갔다.

왕계는 범수가 과연 대단한 인물이라고 혀를 내둘렀다.

함양에 도착한 왕계는 소왕(昭王)에게 다녀온 결과를 보고하고 그 자리에서 범수를 추천했다.

"장록이란 자가 있는데 긴히 쓰실만한 인물입니다!"

그러나 소왕은 왕계의 추천에는 그다지 관심을 보이지 않고 그저 최하위의 대우로 기거를 허락할 정도였다.

그렇게 1년이란 세월이 흘렀다.

그사이 소왕은 범수를 까맣게 잊고 있었다.

"위험을 무릅쓰고 이곳으로 온 보람이 고작 이것이란 말인가?"

범수는 자신이 너무 초라해 한탄이 절로 나왔다.

마침내 범수는 참다못해 소왕에게 상소문을 하나 적어 올렸다.

이 상소로 인해 소왕을 직접 만날 계기를 마련하게 되었다.

그날 범수는 한 가지 꾀를 부리기로 했다.

그는 소왕을 만나기로 한 당일, 잘못 들어선 것처럼 궁중의 내전으로 들어섰다. 금남(禁男)지역인 내전(內殿)에 범수가 들어서자 후궁들이 놀라 고함을 쳐댄 것은 당연했다.

이 소란 속에 소왕이 나타났고 환관들은 범수를 끌어내려 했다.

"이게 무슨 짓이냐? 감히 임금님 앞에서!"

그러자 범수가 되받아 소리쳤다.

"임금이라니? 진나라에도 왕이 있었던가? 태후와 양후가 있을 뿐
인줄 알았는데?"

범수의 말에 왕의 얼굴은 금방 사색이 되었다. 실상 당시 진의 실
권은 태후와 양후의 손에서 놀아나고 있었던 것이다. 그는 좌우를
물리고 범수를 안으로 들도록 했다.

둘만이 남자 소왕은 자신의 결례를 사과하며 가르침을 받고자 했
다. 그러나 범수는 오히려 도도한 자세를 취하며 대꾸조차 안했다.

왕이 세 번이나 무릎을 꿇고 가르침을 청한 연후에야 범수는 비로
소 입을 열었다.

"폐하가 태후에게 너무 많이 양보하는 것도 잘못이거니와 양후의
폐쇄적인 정책은 무엇보다 잘못된 것입니다."

이렇게 시작된 범수의 얘기는 문왕과 태공망에서 현재의 국제정세
까지 곰곰이 따져 짚어주면서 소왕의 실정(失政)까지를 거리낌 없이
지적해 주었다.

소왕은 범수의 놀랄만한 통찰력과 견문에 감탄하고 자신의 처지를
새삼 되돌아보게 됐다.

"지금 진나라가 취할 정책은 어떠해야 한다고 생각하오?"

소왕의 물음에 범수는 원교근공(遠交近功)의 외교책을 설명했다.

"이곳 진나라 땅에서 멀리 떨어져 있는 나라와는 깊은 친교를 맺
어두어, 우리가 하는 일에 찬동을 보내오도록 하고, 국경을 맞댄 나
라들은 힘으로 공략해 굴신토록 해야 할 겁니다."

소왕은 고개를 끄덕였다.

이후 이것은 진나라의 외교 전략의 기본 노선이 되어 세력 확대에
크게 공헌하였다. 그 뒤 범수는 진나라 내정에 깊이 관여하여 개혁을
서둘러 면모를 쇄신하였고 끝내 재상자리에 올라 응후(應侯)라는 작
위까지 받게 되었다.

이즈음 범수를 죽음으로까지 몰고 갔던 위나라 수가가 사신으로
오게 되었다. 범수로서는 그 원한이 뼈에 사무쳐 있는 중이었다.

"원수가 제 발로 기어드는군."

범수는 씁쓸한 기분을 감추지 못하고 수가를 기다렸다.

범수가 이름을 장록이라 바꾸고 있는 상태였기에 수가는 진나라의
재상이 그일 것이라고는 꿈에도 생각지 못했던 것이다.

수가가 함양에 도착했을 때 범수는 재상의 신분을 감추고 남루한
행색으로 그가 묵고 있는 숙소로 찾아갔다.

"아니, 범수가 아닌가?"

이미 어디선가 죽었거니 여기고 있던 수가는 범수를 보자 깜짝 놀
랐다.

"쯧쯧! 몰골이 말이 아니 구만!"

수가는 범수를 동정해 가지고 온 솜옷 한 벌을 쥐어주었다.

　다음날 범수는 스스로 길 안내를 맡고나서 수가를 데리고 재상의 집으로 마차를 끌었다. 재상의 공관에 도착했을 때, 수가는 비로소 범수가 진나라 재상 장록임을 알게 되었다.

　"죽여 주십시요. 어찌 제가 살기를 바라겠소이까."

수가는 땅에 엎드려 어찌할 바를 몰랐다.
범수는 그를 일으켜 세웠다.

　"모든 것은 이미 지난 일. 이제 와서 그 원망을 따져본들 무엇이 남겠소. 다만 위제에 대한 원한은 풀길이 없으니 돌아가거든 주위에 시체를 마는 대나무 발만은 멀리 치워버리고 살도록 하라 전해주시오."

그 뒤 위제는 위험을 느껴 스스로 위나라를 도망쳤다고 한다.

하신(河神)에 대한 마지막 예식

서문표(西門豹)는 위(魏)나라 문후(文侯)시절 책황(翟璜)의 천거로 관리로 임용되어 개혁정치를 실행했던 인물이다.

서문표가 위나라 국경의 요충지인 업(鄴)으로 파견되었을 때의 일이다.

당시 업은 황하의 홍수와 지방 호족들의 착취로 큰 고통에 시달리고 있었다. 서문표는 부임하자마자 곧 지방의 유지와 장로(長老)들을 불러 놓고 이곳의 민심이 이렇듯 흉흉하고 피폐해진 이유를 물었다.

그들의 설명은 하나같았다.

"원인은 황하의 홍수에 있으며, 이를 해결하기 위해서는 해마다 처녀를 하신(河神)에게 바쳐야 합니다."

너무 얼토당토않은 얘기였기에 서문표는 직접 백성들의 목소리를 들으러 나섰다.

처음 입을 열지 못하던 많은 백성들은 서문표가 진정으로 자신들을 위해 걱정하고 있다는 것을 깨닫게 되자 마침내 입을 열었다.

"이곳의 호족들과 학식 있다는 관리와 노인들은 하신에게 처녀를 바치는 행사를 치른다는 명목으로 수백만의 금품을 거두어들이고 있

습니다. 그러나 실상 그에 사용되는 돈은 새 발의 피 정도이고 나머지
는 자신들과 무녀, 그리고 그 밑에 하수인들이 나누어 갖습니다.”

다른 이가 또 말했다.

“돈도 돈이지만 무녀들이 집집마다 다 큰 처녀들을 찾아다니니,
어디 딸 둔 집에서야 그 걱정으로 무슨 일이라도 할 수 있겠습니
까? 심지어는 이곳을 도망치는 이들도 부지기수지요.”

서문표는 계속되는 백성들의 언성에 치를 떨었다.
그제서야 알 것 같았다. 이 비옥하고 인정 넘치던 마을이 창졸간
에 황폐해지고, 나아가 자신의 나라를 믿지 못하고 국경을 넘어가
버려 국경방위의 어려움까지 끼치고 있는 이유를.
서문표는 이 악습을 퇴치할 요량으로 우선 하신에게 처녀를 바친
다는 행사의 순서를 물었다.

“우선 때가 되면 무녀들이 집집마다 돌아다니며 처녀를 간택합니
다. 그리고는 간택된 처녀의 집에 하신의 아내로 시집을 보내게 되
었다는 깃발을 세우게 되지요. 처녀를 목욕재계시켜 비단옷을 입힌
후, 때에 이르면 강에 붉은 색의 장막을 쳐 그 속에 가둡니다. 밖에
서는 금줄이 쳐 치고 술과 고기와 밥을 갖추어 10일 동안 굿판이
벌어집니다. 굿이 끝나는 날 다시 처녀를 곱게 치장시켜 가마에 실
은 채 물 가운데로 띄워 보냅니다. 그렇게 떠가던 가마는 곧 처녀와
함께 가라앉게 되는 것이지요.”

행사의 진행을 세심히 전해들은 서문표는 고개를 끄덕였다.

“알겠소이다. 그날은 나도 꼭 참석하리다.”

마침내 하신 취처(河神聚妻)의 날이 왔다.

그동안 서문표는 그 일에 대해 아무런 간섭도 하지 않고 묵묵히 지켜만 보고 있었다.

곧 수천 명의 백성들이 강가로 몰려들었고 관리와 호족 등 지방관들이 행사를 주관하기 시작했다. 칠순이 넘은 노파인 무녀가 무의를 입고 10여 명의 제자 무녀들을 거느리고 막 굿판을 벌일 참이었다.

서문표가 앞으로 나서며 큰 소리로 물었다.

“하신의 아내가 될 처녀가 보고 싶군. 얼마나 미인인지!”

그러자 장막 안에 있던 곱게 차려입은 처녀가 불려져 나왔다. 한눈에 보기에도 뛰어난 미색이었다.

서문표는 짐짓 장로와 관리들을 향해 소리쳤다.

“아니 그래 이것이 미인이란 말인가? 이런 추녀를 보내니까 하신이 불만을 품고 해마다 홍수를 일으키는 것 아닌가. 더 뛰어난 미인은 없는가? 신이라고 미인을 싫어할 리 있나…… . 어디, 안되겠군.”

그리고는 곧 군사들을 불렀다.

“여봐라, 그 노파 무녀를 잡아오라!”

서문표는 무녀를 보고 능청스럽게 말했다.

“수고스럽겠지만 그대가 하신에게 다녀오시오. 더 예쁜 처녀를 구해 드릴 테니 노여워말고 기다리라고. 그리고 어서 돌아와 내게 보고토록 하시오.”

곧 무녀는 물에 던져졌다.

장로와 호족들은 놀라 눈을 휘둥그레 뜨고 이 광경을 지켜보고 있었다. 서문표는 잠시 강을 지켜보던 눈을 거두어들이며 불만 섞인 투로 말했다.

    "왜 이렇게 늦어지는가? 그 몇 마디 전하는데 이리 오래 걸린단
    말인가?"

그는 다시 젊은 무녀 하나를 잡아오도록 명했다.

    "네가 마중을 나가 보거라. 내가 초조하게 기다리고 있으니 걸음
    을 재촉해 오라고 전해라."

그렇게 다시 두 명의 무녀가 더 던져졌다. 보고 있던 많은 장로와 관리, 백성들은 숨을 죽이고 있었다.

    "여자들만 보냈더니 일이 잘 성사가 안 되는 모양이군. 그렇다면
    학식 높으신 장로 분들께서 수고를 좀 하셔야겠는데……."

서문표는 다시 장로를 동시에 강에 던지게 했다.

얼마의 시간이 지나자 서문표는 옷깃을 여미고 강을 향해 삼배를 올리고는 무서운 표정으로 강물을 노려보고 서 있었다.

남아있던 장로와 호족, 관리들은 사색이 되어 사시나무 떨듯 몸을 떨어대고 있었다.

천천히 뒤로 돌아 나온 서문표는 그들을 둘러보며 물었다.

    "하신이 꽤 먼 곳에 사시는 모양이로군. 아니면 지금까지 보낸 이
    들이 길을 몰라 헤매고 있거나. 그럼 이번엔 이곳 지리에 밝은 관리

나 호족들 중에 누가 다녀오시는 게 어떻겠소?”

그들은 일제히 고개를 땅에 조아리고 살려달라며 애원하기 시작했다. 서문표는 그래도 그치지 않았다.

“음, 좋다. 그렇다면 그들이 올 때까지 좀더 기다려보기로 하지.”

다시 한참이 지난 뒤 서문표는 엎드려 있는 관리들과 구경나온 백성들을 향해 소리쳤다.

“모두 들으시오. 하신은 사람을 잡아놓고 돌려보내질 않는 걸 보니 꽤나 신의가 없는 존재인 것 같소. 그런 신의 없는 자에게 처녀까지 주어가며 홍수를 막아달라고 애원할 필요야 없지 않겠소. 홍수는 우리 힘으로 해결해보도록 합시다.
　내년부터는 더 이상 하신에게 시집을 보내지 않아도 좋소. 이미 보내준 미녀만도 천하 제후의 후궁 숫자보다 많을 텐데 아무리 하신이라 한들 어디 그들이나 전부 감당할 수 있겠소? 그러니 이제 다들 돌아가 생업에 열중하도록 하시오. 다시 한번 말하건대 딸 가진 부모들은 더 이상 걱정할 필요 없소.”

백성들은 모두 만세를 외쳐대기 시작했다.
그 일이 있고나서 서문표는 곧 사람들을 징발해 12개의 수로를 파는 작업에 착수했다.
백성들은 솔선수범하여 너나없이 흥겹게 작업에 참여했다.
이윽고 수로는 완성되었고 그 물을 끌어들여 농지로 물을 대게 되었다.

“백성들에게 구체적인 이론을 끌어들여 정책을 이해시킬 필요는 없다. 그 결과가 그들에게 유익된다면 그것으로 족하다.”

이는 서문표가 남긴 말이다.

이 한마디는 곧 당시 개혁정치와 악습타파의 어려움을 잘 나타낸, 선각자들의 머리 깊숙이 박혀있던 해결책에 대한 정의(定義)이기도 하다.

재상의 바로미터

위(魏)나라 문후(文侯)는 책황(翟璜)과 위성자(魏成子) 중에서 누구를 택해 상국(相國)의 직위를 맡길 것인가를 고심하고 있었다. 마침내 문후는 이극(李克)을 불러 상의해 보는 게 좋겠다고 생각했다.

이극은 일찍이 중산국의 재상이 되었던 인물이다. 그때 그는 책황의 추천을 받아 위나라 문후를 알현하고 재상을 뽑는 다섯 가지 기준으로 "노력한 만큼 먹여주고, 공에 따라 녹을 주며, 능력에 따라 임무를 맡기고, 상은 반드시 행한 대로 내리고, 벌은 반드시 지은 대로 내리는 이"라야 한다고 일러준 적이 있었다.

이극이 입궐해오자 문후가 물었다.

"선생 말씀해주시오, 책황과 위성자 가운데 누구를 재상으로 삼으면 좋겠소."

이극은 자리에서 일어나 자세를 바르게 곧추곤 말했다.

"지위가 낮은 사람이 지위 높은 사람을 두고 이런 저런 이야기를 하는 게 아니고, 관계가 먼 자가 관계가 가까운 자를 마주해 이런 저런 평가를 입에 올릴 수 없는 게 세상의 도리라 여겨집니다. 지위로 보면 저는 그들 두 사람 보다 밑이며, 관계로 보아도 친밀한 사이는 아닙니다. 그런 제가 감히 그들에 대해 무엇이 어떻다 이를 수 있겠습니까?”

그러자 문후는 더욱 간곡히 호소했다.

“나는 이미 선생의 높은 식견과 덕을 익히 알고 있소. 그래서 오늘 선생을 모셔 이 중요한 일을 상의드리는 것이니 사양마시고 의견을 말해 주시오.”

그제서야 이극은 어쩔 수 없다는 듯 조심스럽게 속마음을 털어 보였다.

“사람의 능력의 우열이나 고하를 따져보려면 평소 그가 가까이 하는 인물이 누구인가, 부유해졌을 때 타인의 어려움을 어떻게 구제해 주고 있는가, 곤궁할 때에 예에 어긋난 행동을 하는 일은 없는가, 궁핍할 때 의롭지 못한 재물을 탐내지는 않는가, 지위가 귀해졌을 때 어떤 인물을 추천하는가 등의 다섯 가지를 관찰하고 비교해보면 될 것입니다.”

이에 문후는 크게 깨우치는 바가 있었다.

“고맙소 선생. 정말 좋은 것을 일러 주셨소. 수고하셨으니 이제 돌아가 쉬도록 하십시오. 상국 인선은 바로 선생의 말들을 표준으로 삼아 실행하겠소이다!”

이극은 궁궐을 나서다 우연히 책황과 마주치게 되었다.
이극을 본 책황은 대뜸 물었다.

“듣자하니 오늘 임금께서 선생을 불러 상국의 인선문제를 논의하셨다 던데? 그래 누구로 결정이 났소?”

이극이 태연히 대답했다.

"아마 위성자가 되지 않겠소?"

책황은 순식간에 얼굴이 붉어졌다.

"말도 안 되는 소리! 한번 따져나 봅시다. 내가 어느 점에서 위성자에 미치지 못하는 바가 있단 말이오? 서하군의 태수인 오기(吳起)는 누구의 추천을 받았소. 업성(業城)을 잘 다스려 천하에 이름을 날리고 있는 서문표(西門豹)는 또 누구의 추천으로 그리 되었소? 모두가 내가 아니오! 그런가하면 중산국을 정복한 악양(樂羊)은 누구 때문에 그런 공을 세웠겠소? 또 그 중산국을 정복한 다음 유수(留守)를 뽑으려 할 때, 그대를 추천한 자가 누구요? 임금이 태자에게 스승을 간택하려 할 때 조창당(趙蒼唐)을 추천해 올린 사람은 또 누구요? 모두가 내가 추천해 올린 이들이 아닙니까? 내가 추천했던 바로 그들이 각자의 자리에서 임금과 국가를 위해 공헌하지 않은 자가 하나라도 있었던가요. 그런데 내가 위성자만 못하단 말이요? 아니, 그보다 내가 그대에게 무얼 그렇게 섭섭하게 한 게 있기래 이런 지경을 만들어 놓았단 말이오?"

폭죽처럼 쉴 새 없이 쏟아지는 책황의 볼멘소리를, 조금도 동요하지 않고 조용히 듣고 있던 이극은 아무런 내색도 하지 않고 말했다.

"선생이 저를 임금에게 추천하여 중산의 유수가 되도록 해 준 목적이 이럴 경우 제가 당신을 높은 직위에 올려달라고 임금에게 애기토록 하기 위해서는 아니었겠지요?"
"당연히 그런 것은 아니지요!"

이극은 인내심을 갖고 설명하듯이 말을 이었다.

"임금께서 저를 불러 위성자와 선생 중에 누가 재상으로 적합하냐고 물었소. 그때 저는 구체적으로 누가 더 낫다 못하다 말하지는 않았지요. 단지 그들 두 사람에 대해서는 임금께서 저보다 훨씬 잘 알고 계시지 않겠느냐고, 그러면서 사람을 선택할 때는 평시와, 부유할 때, 현귀할 때, 곤궁할 때, 빈천했을 때의 행동을 살펴보면 큰 잘못은 없을 것이라고 말씀드렸을 뿐이오. 그래서 저는 짐작컨대 십중팔구는 위성자를 선택하시지 않을까 여겨진 것이라오."

책황이 여전히 짜증스러운 표정으로 말했다.

"그래, 그 다섯 가지로 기준을 삼아 나를 위성자와 비교한다고 해도 내가 그만 못할 게 뭐란 말이오?"

"제 생각에 그것이 작은 차이라고 여겨지지 않습니다. 위성자의 식록(食祿)은 일천종39)(一千鍾)이나 되지만 자신을 위해서는 그중 일부인 1/10만 썼을 뿐 나머지 9할을 모두 천하의 현재(賢才)를 국가에 추천하는데 썼소. 그의 그러한 노력 덕에 우리 위나라는 공자의 제자인 복자하(卜子夏), 전자방(田子方), 단간목(段干木) 같은 훌륭한 이를 모셔 올 수 있지 않았오. 임금은 이들 세 사람을 스승이나 친구처럼 위해주고 있소. 반면 당신이 추천해 올렸다는 인물들인 나를 포함한 모두를 임금은 그저 신하로만 보고 있을 뿐이오. 이 점만으로도 위성자를 어찌 비교할 수 있겠소."

그제서야 책황은 고개를 숙이고 한동안 생각에 잠겼다. 그리곤 말했다.

"역시 선생의 말이 옳소. 용서해주시오. 평소 낮은 식견에 배움이 짧으면서도 교만에 빠져 있었던 것을……."

---

39) 종(鍾) : 고대 양(量)의 단위. 춘추시대 제나라를 기준으로 보면 4승(升)을 1두(豆), 4두를 1구(區), 4구를 1부(釜), 10부를 1종(鍾)으로 했다 함.

둘은 곧 얼싸안고 소원했던 마음을 씻었다.
예를 갖추며 이극이 말했다.

"사람이란 귀해지는 만큼 명석함이 생기는 법이지요. 선생께서는
가히 그런 경지에 이르렀으니 정말 얻기 어려운 보배요!"

의(義)를 위한 고행(苦行)

춘추시대의 막바지에 이르렀을 때 종주국인 주(周)나라 천자는 물론 제후국의 공(公)이나 왕(王)도 별반 힘을 쓰지 못했다.

각 나라마다 권력의 핵심을 쥐고 있는 주체세력은 바로 후(侯), 백(伯), 자(子)의 작위를 갖고 있거나 스스로 점해버리는 경(卿) 대부(大夫)들이었다. 이들 중 더러는 왕을 폐위시키고 자신이 왕이 되는가하면, 이웃을 병탄하여 새로운 강국으로 변신하기도 했다.

이런 상황에 제일 먼저 휩쓸리는 쪽은 아무래도 중국의 중심부인 중원(中原)일 수밖에 없었다. 그 중원에 위치한 나라가 바로 진(晋)나라였다. 진나라는 여섯 명의 대부인 지백(知伯), 범씨(范氏), 중항씨(中行氏), 조양자(趙襄子), 위환자(魏桓子), 한강자(韓康子) 등이 있었는데, 이들도 사분오열하여 다투기 시작했다.

이 여섯 대부 중에 최고의 실력자는 지백(知伯)이었다. 지백은 뛰어난 지모와 계략으로 곧 진나라 전체를 손아귀에 넣게 될 찰나였다.

당시 지백 밑에는 예양이란 인물이 있었다.

예양(豫讓)은 진나라 필양(畢陽)의 후손으로 원래 범씨(范氏)와 중항씨(中行氏)를 섬겼으나 뜻을 얻지 못해 지백을 찾아온 자였다. 그는 지백으로부터 대단한 환대와 대우를 받게 되었다.

진나라 전체를 손아귀에 넣으려는 지백은, 남은 한강자, 위환자, 조양자 세 대부들 역시 범씨와 중항씨를 제거했듯 나머지 둘과 연합해 하나를 고립시킨 뒤 하나씩 차례로 없애버리려는 계략을 세워놓고 있었다. 예컨대 한과 위와 결합해 조를 없애고 또다시 위와 결합해 한을 없애는 식이었다. 이러한 지백의 책략에 말려들어 조양자를 치기 위해 진양(晉陽)으로 몰려와 싸움을 벌이던 한강자와 위환자는 뒤늦게 지백의 꿍꿍이를 알아채고 거꾸로 성안에 있던 조양자와 연합해 지백을 없애기에 이르렀다.

이후 셋은 더 이상 싸움을 하지 말고 서로를 인정해주기로 하여 진나라 땅을 삼분함으로써 한·위·조의 삼진(三晉)시대가 이루어지게 된 것이다.

마지막 순간에 한강자와 위환자가 마음을 바꿈으로써 살아남게 된 조양자는 지백을 누구보다 미워했었다. 일찍이 지백은 그와 일을 할 때 자신에게 억지로 술을 먹이고 뺨을 때리는 등 치욕을 안겨주었었고, 그 후 서로 갈라서게 되었을 때는 자신의 근거지에 침입해 물바다를 만든 적도 있었다. 그러던 참이었기에 조양자는 진양 싸움이 끝난 뒤 지백의 머리를 찾아 해골을 말린 다음 위에 옻칠을 해 술잔을 만들어 버렸다.

지백을 따르던 무리들은 각지로 흩어졌고, 그 가운데 하나인 예양 역시 간신히 산중으로 몸을 피해 목숨을 건질 수 있었다.

산속에 든 예양은 지백이 자신에게 베풀어 준 사랑과 신임에 어떤 보답이라도 해야겠다는 생각을 가슴 한구석에 묻고 있었다.

"아! 선비는 자기를 알아주는 자를 위해 목숨을 바치고 여자란 자기를 기쁘게 해주는 자를 위해 화장을 한다고 했거늘 나 예양은 지백이 그렇게 선비로 대해주며 신임과 사랑을 아끼지 않았건만 그의 죽음을 보고도 무엇 하나 보답해 준 것도 없이 그의 원수를 피해 이렇게 도망이나 다니고 있구나."

예양은 한숨을 내쉬며 결의했다.

   "때를 놓친 거다. 그때 그 자리에서 같이 죽어 사라지지 못한 게
   한이로구나. 그러나 지금이라도 늦지 않았다. 남은 생을 바쳐 지백
   의 원수를 갚고 말리라!"

이윽고 예양은 산을 나와 이름을 고친 뒤 죄수들 틈에 끼어 조나
라 궁중으로 들어갔다. 예양은 성에서 측간(厠間)을 맡아 청소하는
일을 하며 조양자를 살해할 기회를 엿보고 있었다.
   그러던 어느 날 드디어 조양자가 측간으로 들려던 참이었다.
   그러나 눈치 빠른 조양자는 문득 이상한 낌새를 채고는 좌우 호위
병들에게 측간을 맡아 관리하는 자를 잡아오도록 명했다.
   발각됐다고 느낀 예양은 칼을 빼들고 대항했다.

   "나는 지백의 원수를 갚기 위해 왔다."

예양은 이내 호위병들에 의해 사로잡혀 처형을 당할 판이었다.
그런데 양자는 그것을 제지했다.

   "그냥 두어라. 의사(義士)로다, 내가 살았으면 됐다. 더구나 지백에
   게는 후손도 없으니 뒤에 누가 있는 것도 아닐 테고 다만 신하된 자
   로 옛 주인에게 그토록 충성하여 원수를 갚고자 한다니 이는 천하에
   현인이다. 변절이 무쌍한 이 시대에 이런 인물이 어디 흔하겠느냐?"

뜻을 이루지 못하고, 그렇다고 죽음을 당하지도 못하고 풀려나온
예양은 다시 훗날을 기약했다.
   그때부터 예양은 그 거리에 숨어살며 스스로 몸에 옻칠을 해 창
병40)(瘡病)이나 살이 물러터지도록 하고, 수염과 눈썹을 뽑아버리는

등 겉으로 드러나는 용모를 고쳤다.

그 후 걸인 행세를 하며 구걸을 해먹고 다니던 중에 우연히 자신의 아내를 만났으나 아내조차 변모한 예양을 알아보지 못했다.

"아니 목소리는 꼭 우리 남편 같은 데 모습은 전혀 아니로군요!"

이에 예양은 자신의 목소리까지 바꾸기 위해 벌겋게 달아오른 숯을 먹어 목젖을 지졌다.

이 기막힌 꼴을 보다 못한 친구가 예양을 타일렀다.

"이 사람아 자네의 길이 무모한 짓이란 것을 왜 모르나? 그게 어디 할 짓인가. 자네의 굳은 의지로 보아 무슨 짓을 못할 까만은 조금만 깊이 생각해 보게. 어리석은 방법이라는 것을 알걸세. 차라리 자네 같은 재주라면 조양자를 직접 섬기지 그러나? 그는 자네 같은 인재를 무척이나 좋아 할 텐데. 그렇게 신임을 얻어 둔 다음 하고자 하는 일을 행하면 성공할 공산도 한결 크지 않은가?"

예양은 웃으며 대답했다.

"내 어찌 그것을 모르겠나? 자네 말대로라면 먼저 머리를 숙여 신하가 된 후 주인을 죽이는 것이 되네. 일단 머리 숙여 모시던 주인을 새로이 죽인다는 것은 군신지의를 어기는 크나큰 패덕이 아닌가? 훗날 기회를 보아 죽이겠다는 뜻을 가슴에 품고 사람을 모신다는 것은 의사의 할일이 아닐세. 내가 이렇게 고행의 길을 택한 것은 바로 군과 신하의 의를 올바로 밝히고 옳은 선비가 무엇인지를 세상에 알려주고자 함일세. 더구나 몸을 굽혀 사람을 모시면서 이를 죽이려 하는 것은 바로 두 마음으로 한 임금을 섬기는 행위가 아닌가? 내

---

40) 창병(瘡病) : 심한 종기의 일종

어찌 이런 부끄러운 짓을 하겠나……."

친구 역시 예양의 올곧은 고집에는 더 이상 어쩔 수 없었다.

그렇게 기회를 보고 있던 어느 날 마침내 조양자가 거리로 나오게 되었다. 이를 미리 안 예양은 조양자가 지날 다리 밑에 숨어 칼을 품고 기다리고 있었다. 양자를 태운 마차가 막 다리 밑을 지나려는 차였다. 수레를 끌던 말이 이곳에 이르자 울음소리를 토해내며 무엇에 크게 놀란 표정으로 솟구쳐 오르기만 할 뿐이었다.

이상히 여긴 조양자는 호위병들에게 다리 밑을 수색해보라 명령했다.

과연 다리 밑에는 행색이 말이 아닌, 형형한 눈빛의 사내가 숨어 있었다. 그의 이름을 물어 확인하니 바로 예양이었다.

이에 조양자는 화를 참지 못하고 크게 꾸짖었다.

"너는 애초에 범씨와 중항씨를 섬겼던 것으로 알고 있다. 그런데 지백이 그들을 모두 멸해버리지 않았는가? 그때 그대는 그들을 위해 칼을 디밀지 않고 오히려 머리를 숙여 지백을 섬기더니, 그 지백이 내손에 죽고 나자 왜 이리 지독스럽게 그의 원수를 갚겠다고 달려드는 것인가? 달리 이유라도 있는가?"

예양은 단호한 표정으로 말했다.

"처음 내가 범씨나 중항씨를 섬길 때, 그들은 나를 보통 평범한 사람으로 대우해 주었을 뿐이오. 그래서 나도 보통사람 망한 듯이 그들의 최후를 대했던 것뿐이오. 그러나 내 능력이 지백에게 추천되자 지백은 나를 친히 불러 대화를 나눈 뒤, 크게 신임해 국사로 대우해 주었소. 그렇기에 나는 지금 국사의 자격으로 원수를 갚고자 하는 것이오!"

양자는 크게 감탄했다. 그리곤 크게 아쉬워하며 말했다.

"아! 예양, 정말 대단하시구려. 그대의 지백에 대한 명분은 그만
하면 천하가 알아줄 것이오. 그러나 나 또한 그대를 한번 놓아주었
으니 이제는 더 이상 어쩔 수가 없구료. 이제 지백도 사라진지 오래
가 아니오? 국사로서의 임무도 이만큼 긴 시간 수행했으면 충분하
리라 여겨지오."

말을 마치자 병사들이 곧 예양을 에워쌌다.
예양은 양자의 말을 충분히 이해하고는 크게 반항하지 않고 병사
들을 막으며 마지막으로 부탁할 말이 있다고 했다.

"듣기에, 훌륭한 군주는 남의 옳은 행동을 막지 않는 법이며, 충성
스러운 신하는 이름을 이루기 위해서는 죽음도 두려워하지 않는다고
했소. 그대께서 지난 번 나를 관대히 놓아줌으로 해서 천하에 어디를
가도 그대가 어질다고 칭찬하지 않는 이가 없소. 오늘 또한 내가 실
패한 이상 더 이상 구차스럽게 어떤 은혜를 구하지 않겠소. 다만 그
대의 옷이라도 찔러볼 수 있었으면 하오. 이는 꼭 원한다기보다 사나
이로서 마지막 가는 길에 명분을 세워주었으면 하는 바램이오."

예양의 바램이 의롭다 여긴 양자는 고개를 끄덕이고 웃옷을 벗어
건네주었다. 그러자 예양은 칼을 뽑아 세 번을 솟구쳐 오르더니 하
늘에 옷을 던져 칼질을 하고는 소리쳤다.

"아, 예양! 너는 마침내 지백의 원수를 갚아 주었다."

말을 마친 예양은 주위에서 말릴 사이도 없이 칼끝을 자신의 가슴
에 대고는 엎어져 자결했다. 그러자 칼질 당한 양자의 옷에서도 피
가 솟구쳤다. 놀란 양자가 급히 그 자리를 뜨려하자 수레는 미처 한
바퀴도 구루지 못해 와르르 부서져 내리고 말았다.

이처럼 자기를 선비로 인정해 주었다는 단 하나의 이유만으로 그를 위해 스스로를 그토록 자해하고, 나아가 목숨까지 초개처럼 던져버린 신념의 인간 예양! 이것은 어쩌면 인간이기에, 인간만이 가질 수 있는 독특한 가치수호의 일면을 극명이 보여준 이야기일 것이다.

예양의 이 탄탄칠신41)(呑炭漆身)의 고사는 지금까지도 두고두고 반복되어 기록으로 전해질 만큼 전국시대라는 공간 속에서의 가치관이 얼마나 다양했던가를 보여주는 하나의 예이기도 하다.

---

41) 탄탄칠신(呑炭漆身) : 숯을 삼키고 몸에 옻나무를 칠함.

품앗이 된 큰 인정(認定)

진(晋)나라가 한, 위, 조로 삼분되어 자리매김 된 후 얼마 지나지 않은 전국시대 초기의 일이다.

한(韓)나라는 애후(哀侯)가 왕이 되어 자신의 작은 아버지인 한괴(韓傀)를 재상으로 삼았다. 협루(俠累)라는 이름으로 더 잘 알려진 한괴는 한나라의 동성(同性)임을 내세우며 어리석은 애후를 손아귀에 넣고 권력을 마음대로 휘둘러댔다. 그런 한괴의 심기를 거슬렸다가는 목숨마저 위태로운 지경에 이를 형국이었기에 대신들 중에는 누구하나 그의 전횡에 대해 직언을 하지 못했다.

그때 신하중에 엄수(嚴遂)라는 이가 있었다. 엄수는 자신의 임무는 언제나 확실하고 정직하게 끝내놓는 강직한 인물이었다. 그는 자신이 옳은 일이라고 믿으면 한괴의 어떤 압력에도 굴하지 않고 그와 맞섰다. 자연히 이들 사이에는 험악한 기류가 형성되었고, 한괴는 엄수에게서 트집거리를 잡기 위해 혈안이 되어 있었다.

"꼬투리만 잡힌다면 내 이놈을 그냥 두지 않으리라!"

얼마 후 궁중회의 석상에서 국정을 논하다 한괴와 엄수가 또다시 다툴 일이 생기고 말았다. 한괴는 감정을 이기지 못하고 재상이란 신분으로 엄수를 심하게 공박했다. 견디다 못한 엄수는 칼을 빼들고 한괴에게 달려들었으나 주위 대신들로 인해 더 이상 어쩌지는 못하고 돌아 나와야 했다.

이 일로 한괴가 자신을 그냥 버려두지 않으리라 생각한 엄수는 그 길로 밤을 타 한나라를 도망쳤다.

졸지에 유랑 신세가 된 엄수는 어떻게 해서든지 한괴에게 복수를 할만한 인물을 찾아 한나라 왕실을 바로잡고 자신도 고국으로 돌아가 자신이 지닌 포부를 펴리라 다짐하고 있었다.

유랑 중에 엄수는 제나라에 이르게 되었다.

그곳에서 얼마를 지내다 보니 자연 주위 사람들과 사귀게 되었고, 엄수의 속내를 안 어떤 이가 사람 하나를 추천했다.

"심정리라는 마을에 섭정(聶政)이란 인물이 있습니다. 의협심이 강하고 용감한 자지요. 이전에 사소한 일로 사람을 한 명 죽인 일이 있어 그길로 고향을 떠나 도망 다니다 지금은 어머니와 누이를 모시고 그 곳 도살장에 숨어서 개백정 노릇을 하고 있습니다. 한번 만나보시겠습니까?"

엄수는 하늘을 얻은 듯 기뻤다. 서둘러 그가 일러 준대로 몰래 심정리의 섭정을 찾아갔다. 과연 한눈에 보기에도 섭정은 범상해 보이지 않았다. 엄수는 그와 친교를 맺은 뒤 항상 후히 대했다.

얼마가 지나자 섭정은 이상히 여기며 물었다.

"그대는 무슨 일로 내게 항상 지나친 호의를 베푸십니까? 나를 어디에다 쓰시려 하시는 것은 아닙니까?"

그러나 엄수는 사정을 털어놓기엔 아직 이르다고 여겼다.

"무슨 다른 뜻이 있겠소. 내가 당신을 대접하는 것도 이처럼 소홀

한데……. 다만 당신이 사나이답게 여겨져 이러는 것이오.”

다시 얼마가 지나자 엄수는 섭정의 집을 찾아 술과 음식을 마련토록 한 뒤, 섭정의 노모에게 우선 잔을 올리며 축수(祝壽)했다. 그리곤 노모 앞에 황금 백 일(鎰)을 내놓았다.

“작은 성의입니다. 좀더 편히 노모를 모시라는 것뿐입니다.”

섭정은 많은 금덩어리에 놀랍고 괴이하게 여기며 정색을 하고 사양했다.

“물론 저는 가난한 살림에 노모를 모시자니 나그네처럼 떠돌며 개나 잡는 백정이 됐지요. 그러나 아침, 저녁 따뜻한 음식으로 어머니를 모실 여력은 되오. 더 이상 바랄 것이 없소. 당신의 호의는 고맙지만 이는 하등의 명분도 없거니와 내겐 전혀 어울리지도 않는 것이니 어서 거두시오.”

엄수는 자신의 의도는 그런 것이 아니었다고 우선 사과한 뒤, 섭정을 따로 불러내 말했다.

“솔직히 말하겠소. 실은 나도 고국에 원수가 있어 그를 피해 남의 나라를 떠돌며 살아가고 있소. 우연히 이 제나라에 이르러 그대의 높은 기개를 듣고 그대를 가까이 했던 거요. 금을 이렇듯 내놓은 것도 정말 노모의 봉양을 위해서지 무리한 부탁을 드리자는 것은 아니었소. 속인걸 용서하시고 이전처럼 허물없이만 대해 주시구려.”
“제가 뜻을 낮추고 몸을 더럽히면서 시정(市井)에 묻혀 사는 이유는 바로 세상이 어떻더라도 어머니를 봉양할 수 있는 즐거움이 있기 때문이오. 어머님이 살아계시는 한 나는 절대로 몸을 함부로 내맡길 수는 없소!”

엄수는 끝까지 금을 두고 가려 했으나 섭정은 끝내 거절했다. 하는 수 없이 엄수는 깍듯이 예를 갖추고 섭정의 집을 나섰다.

엄수는 다시 떠돌이 생활을 하다 자신의 고향인 복양으로 돌아와 세월을 보내고 있었다.

시간이 흘러 섭정의 어머니가 세상을 떴다. 장례를 마치고 상복을 벗은 섭정은 그제서야 이전의 엄수를 생각했다.

"지난날의 나는 단지 시정거리에 묻혀 소나 잡는 천한 백정이 아니었던가? 그런 나를 경상(卿相)의 높은 지위를 지낸 엄수는 천리를 멀다 않고 찾아와 친교를 맺어 주었었다. 그런데도 나는 어머니를 핑계로 그를 박대했고, 그는 또한 그런 나를 욕하지 않고 떠났었지. 그에게 과연 나는 무엇을 해주었던가? 더구나 그는 내게 황금까지 내주며 어머니의 장수를 기원해 주었었다. 내 비록 받지는 않았지만 그가 나를 사나이로 인정해 준 것은 의심할 여지가 없는 것. 내 어찌 현자가 자기를 괴롭힌 원수를 갚기 위해 이 궁벽한 곳까지 도움을 구하러 왔던 것을 보고 그냥 침묵을 지키고 있겠는가. 애초 내가 그의 도움을 거절했던 것은 어머니가 계셨기 때문이었다. 이제 어머니마저 천수를 사시고 가셨으니 무슨 원망이 있겠는가, 이제는 나를 사나이로 인정해준 자를 위해 나를 쓰리라……."

섭정은 곧 집안을 정리하고 복양에 있는 엄수를 찾아 나섰다.

"지난날 제가 그대의 청에 응하지 못했던 것은 노모가 살아계셨기 때문이었소. 이제 어머니마저 세상을 등진 지금 내 한 몸은 어디에 맡겨도 좋을 것 같소. 그대가 원수를 갚겠다고 했던 일은 어떤 것인지 말해 주시오."

엄수를 만난 섭정은 그간의 사정을 설명하고 그 원수의 대상이 누구인지 물었다. 엄수는 크게 감복하여 사실을 속속들이 털어보였다.

 "한괴란 놈은 한나라의 재상이면서 또한 한왕 애후의 작은 아버지지요. 그의 일족은 크게 번성해 호위와 경비가 보통 삼엄한 게 아닙니다. 그동안 내가 여러 차례 자객을 보냈었지만 모두 실패하고 말았었지요. 그런데 그대가 지난날의 친교를 생각해 이렇게 예까지 와주실 줄은 정말 몰랐소, 정말 고맙소! 내 마차와 장정들을 충분히 갖추어드리겠소."

섭정은 고개를 저었다.

 "여기서 한나라 조정까지는 거리도 멀지 않을 뿐더러, 상대는 재상에다가 왕의 친족이오. 이런 경우에 많은 사람을 쓰면 오히려 실패할 확률이 높아집니다. 사람이 많으면 각각 원하는 바가 다르고 그러다 보면 이해관계가 틀려질 수 있지요. 목숨을 걸고 가는 일인데 어떤 인물이 끼어들지도 모르지요. 비밀이 누설되면 온 조정이 나서 그대는 물론 조금이라도 관련이 있는 자는 모두 없애버리려 할 텐데 어찌 그런 위험을 스스로 재촉하겠습니까. 혼자 떠나지요. 일이 성사되건 실패하건 내 신분은 밝히지 않을 터이니 안심하시고 뒷 소식이나 기다리소서."

섭정은 단지 칼 한 자루에 의지해 단독으로 한나라로 향했다.
 그때 한나라는 왕실과 대신들이 동맹(東盟)에 모여 큰 잔치를 벌이고 있었다. 연회장 주변의 삼엄한 경비 속에서 왕과 재상 한괴는 상좌에 나란히 앉아 한창 흥겨움에 취해 있었다.
 사람들 틈에 끼어 그곳으로 숨어들었던 섭정은 기회를 살피다 즉시 계단을 뛰어올라 순식간에 한괴에게로 달려들었다. 놀란 한괴는 엉겁결에 옆자리 애후 뒤로 몸을 숨겼다. 섭정은 망설이지 않고 그를 쫓아 목을 쳤다. 아울러 애후 역시 찌르려 했으나 마침 애후 곁의 신하 하나가 그를 떼밀어 간신히 목숨을 건졌다.
 연회장은 삽시간에 아수라장이 되었다. 섭정을 잡으려고 달려들던 주위 병사들은 뛰어난 칼솜씨로 거세게 반항하는 그에게 쉽사리 접근을 못하고 겹겹이 에워쌀 뿐이었다.

　"가까이 오는 자는 누구도 용서치 않겠다."

　호령을 한 섭정은 그 자리에서 스스로 자신의 얼굴에 칼질을 하고 눈을 후벼 파낸 뒤 배를 갈라 창자를 꺼내 놓고 참혹히 자결했다.
　사건을 수습한 조정은 즉시 섭정의 시체를 거리에 내걸고 천금의 현상금을 걸었다. 그러나 시간이 흘러도 그가 누구인지를 밝혀주는 자는 없었다.
　한편 심정리의 집에 들렀던 섭정의 누이는 말끔히 정리된 집안을 보고는 이상한 느낌이 들어 동생의 행방을 사방에 수소문했다. 그러나 찾을 길이 없었다.
　그때 한나라로부터 들려온 소문을 듣고 그것은 분명 동생이 틀림없을 것이라고 생각했다.

　"그래 틀림없어. 섭정은 어진 녀석이었지. 나 혼자 살아남겠다고
　동생의 그 의기로운 이름을 영원히 덮어둘 수는 없는 거야."

　누이는 그 길로 한나라로 찾아갔다. 과연 구경꾼들을 헤집고 살펴보니 얼굴의 살가죽은 벗겨지고 눈알은 뽑혀져나갔으나 동생이 틀림없었다. 누이는 치를 떨었다.

　"아! 용감하구나. 기개와 긍지의 우뚝함이여. 지금 이대로 죽은
　채 이름이 밝혀지지 않는다면 부모형제도 없는 이 집안에 오직 내
　책임……."

　누이는 섭정의 시신을 안고 울부짖으며 소리쳤다.

“이는 내 동생입니다. 심정리에 사는 제 동생 섭정입니다.”

섭정의 신분을 밝힌 누이 역시 그 곁에서 자결해 버렸다.
천하의 모든 이들이 이를 듣고 남매를 칭찬하며 안타까워했다.

“섭정도 그렇지만 그 누이야말로 정말 훌륭한 여인이지. 그 죄로
연루되어 소금에 절이는 형벌을 두려워하지 않고 그 이름을 후세에
알렸으니…….”

조부(祖父)가 낳은 아이

　많은 나라가 난립하여 자웅을 겨루던 전국시대도 진(秦)의 강성으로 이제 역사의 뒷면으로 사라지려 하고 있을 때였다.

　당시 진은 초(楚)나라가 영수가 되어 있던 5국 연합군을 패퇴시킨 뒤 즉시 천하통일의 대업을 이루기 위해 여섯 나라를 병합하려는 대역사를 계획하고 있었다.

　진은 이미 수교를 맺고 있는 연(燕)과 조(趙)사이의 맹약을 깨고 이 나라들을 먼저 정복할 참이었다.

　그 첫 번째 단계로써 진은 비교적 허약한 연나라와 비밀리에 협상을 맺었다. 서로의 신의를 지킨다는 명분으로 연나라는 태자 단(丹)을 진나라에 인질로 보내고, 진에서는 연을 옹호하는 친연파 중에서 적당한 인물 하나를 보내 연나라 상국의 자리에 앉히기로 했다.

　이때 진을 이끌고 있던 인물은 저 유명한 문신후(文信侯) 여불위(呂不韋)였다. 뒤에 밝혀지게 되었지만 그는 시황제(始皇帝)로 제호가 바뀌는 당시의 임금, 정왕(政王)의 숨겨진 친아버지이기도 했다.

　여불위는 연나라 상국으로 보낼 적당한 인물로 평소 눈여겨 보아 두었던 장당(張唐)을 꼽았다. 그러나 막상 여불위를 만난 장당은 연나라는 절대 가지 않겠노라 고집을 부렸고, 급기야는 병을 핑계 삼아 집에 두문불출하고 있었다.

장당은 그 불가함을 이렇게 설명했다.

"수차례 군대를 이끌고 조나라를 쳤습니다. 조나라가 저를 원수처럼 여길 것은 당연합니다. 제가 연나라로 가는 길은 반드시 조나라 땅을 거쳐 가야 하는데 그 또한 조나라에겐 여간 언짢은 일이 아닌 터에 그게 가당키나 하겠습니까? 하여 저는 갈 수가 없는 것입니다."

여불위는 세 번, 네 번 거듭해 장당을 찾아 달랬지만 막무가내인 그의 고집을 꺾을 수 없었다.

"이런 건방진 놈 같으니라고!"

여불위는 쉽사리 화를 삭힐 수 없었다. 여불위를 지켜보는 막료나 문객들은 그 불똥이 행여 자신에게 튀지나 않을까 전전긍긍하여 자리를 피하기 일쑤였다.

이때 겨우 나이 12살밖에 안되는 감라(甘羅)라는 소년이 총명한 눈을 초롱이며 당당하게 여불위 앞으로 나아갔다. 감라는 진나라 대장군 감무(甘茂)의 손자로서 평소에도 재치와 기질이 뛰어나던 소년이었다.

"승상께서는 무슨 일로 그리 고심하고 계십니까?"

느닷없이 나선 어린 소년을 보고 여불위는 어이가 없었다.

"허허, 이제 이 어린 녀석까지 나를 우습게 여기는구나. 감히 여기가 어디라고 어린 녀석이 함부로 입을 놀리는 게냐."

감라는 어린 소년답지 않게 당당한 기세로 그 말을 받았다.

“승상의 다스림을 받는 몸으로 어찌 모른 체 앉아 있기만 하겠습
니까. 승상의 고민은 곧 우리의 고민이 아니겠는지요. 뜻이 있다 해
도 승상께서 말씀을 안 해주시니 도울 방법이 없군요.”

그리곤 돌아서려는 참이었다. 그때 여불위는 순간적으로 스쳐가는
어떤 심상찮은 느낌을 받았다. 그래서 감라를 불러 세워 말했다.

“내가 지금 장당을 연나라 상국으로 파견코자 하는데 그가 끝내 거
절을 하고 있으니 그 고민이 실로 막중하구나.”

듣고 있던 감라는 대수롭지 않다는 표정으로 밝게 웃으며 말했다.

“예? 어찌 그런 사소한 일로 마음을 썩이고 계십니까? 제가 장당
을 만나 보겠습니다.”

여불위는 감라의 당돌한 태도에 한편으론 어이가 없기도 하고, 자
존심도 상해 표정을 찡그리며 되물었다.

“뭐라고? 그럼 내가 스스로 네 번을 찾아가 설득해도 안 된 일을
네가 해내겠다 그 말이냐?”

감라는 정색을 하며 말했다.

“승상께선 어찌 나이만 보고 전부를 평가하려 하십니까. 제 나이
비록 열두 살이나 옛날 항탁(項槖)은 나이 겨우 일곱일 때 공자는
그를 스승으로 모셨습니다. 그러니 저는 항탁보다 5살이나 많은 셈
이지요. 그러니 어리다 괘념치 마시고 한번 맡겨 보십시오. 만약 제
가 일을 성사시키지 못한다면 그때 가서 저를 훈육한다 해도 늦지
않으실 것입니다.”

범속하지 않은 감라의 언변에 여불위는 다소 안색을 바꾸며 말했다.

"그래. 어린 선생, 내가 잘못 생각한 것 같군. 한번 시도는 해보게.
만약 장당을 설득하게 된다면 그대에게 상경 벼슬을 내리도록 하라
고 임금에게 추천토록 하지."

여불위에게서 물러난 감라는 장당을 찾아갔다.
장당 역시 웬 어린 녀석이 자신을 찾나 싶어 아예 상대조차 하지
않으려 빈정대며 말했다.

"그래, 꼬마양반께서 무슨 일로 이 누추한 곳을 찾아왔소?"

그러자 감라는 인사도 없이 대뜸 말했다.

"그대를 조문하러 왔습니다."

깜짝 놀란 장당이 벌컥 소리를 질렀다.

"뭐라고? 조문이라고? 이놈 이 무슨 해괴한 소리냐!"

감라는 이에 아랑곳하지 않고 물었다.

"만약 무안군(武安君) 백기(白起)와 당신을 비교한다면 누가 더
공로가 크다 하겠습니까?"

갑작스런 물음에 이 무슨 허튼 수작인가 여겨진 장당이었지만 잠
시 생각하다 대답했다.

"무안군이야 남으로 초의 기를 꺾어 발을 묶고 북으로는 연과 조를 제압하여 스스로 탈취한 성읍만도 그 수를 헤아릴 수 없는데 내 어찌 그와 비교가 되겠느냐?"

"그럼, 지금 진나라엔 응후(應侯) 범수와 문신후 여불위 중에 누구의 힘이 더 세다 여기십니까?"

"당연히 여승상이 아니냐, 그 권세야 하늘아래 당할 자가 없을 터이지."

"그렇습니다. 지난번 무안군이 조나라를 진격하라는 응후의 명령을 거역했던 일을 기억하십니까? 그 일로 응후의 노여움을 산 백기는 이곳 함양(咸陽)에서 쫓겨났고, 마침내 스스로 목숨을 끊어 생을 마감했습니다."

"……그래서?"

미처 감라의 말을 이해 못한 장당은 주의 깊게 귀를 기울였다.

"그런데 지금 응후는 비할 바도 못되는 권좌의 여불위 승상이 백기의 공로에 미치지 못한다는 당신, 장당에게 네 번씩이나 연나라 승상으로 가라는 명령을 했다고 들었습니다. 그런데도 당신은 항명을 거듭하고 있다 하더군요? 이렇듯 여승상을 거역하고 그분이 응후 보다 인정이 많기만을 바라며 태연히 들어앉아 있으니, 이는 이미 죽은 목숨이나 마찬가지가 아니겠습니까? 그래서 조문을 하러왔다 한 것이지요."

감라의 이치에 맞는 말을 듣고 난 장당은 간담이 서늘해졌다. 한마디도 틀린 말이 없는 것이었다. 장당은 온몸에서 식은땀이 흘렀다.

"어린 선생, 어찌 방법이 없겠소. 내가 살 수 있는 길이 있다면 일러 주시오."

그러자 감라는 장당에게 연에게 가지 않고도 살 수 있는 길이 있다며 우선 여불위에게 찾아가 죄를 용서받도록 하라고 시켰다.

감라와 함께 수레를 타고 간 장당은 여불위 앞에서 무릎을 꿇고 복종을 맹세한 뒤 곧 연나라로 떠날 채비를 하겠다고 했다.

장당이 연나라로 떠날 준비를 하고 있을 때 감라는 다시 여불위를 찾아갔다.

"장당이 애초 떠나기를 꺼려했던 것은 바로 조나라 땅을 통과해야 한다는 이유 때문이었습니다. 지금이라고 그 장애물이 제거된 것은 아닙니다. 청컨대 승상께서는 제게 수레 5량을 주시어 먼저 조나라를 찾아 장당을 위해 앞길을 탐색토록 허락해 주십시오."

그 말이 옳다 여긴 여불위는 즉시 진왕 정(政)에게 나아가 그간의 사정을 말하면서 감라를 추천했다.

"지난날 대장군 감무의 손자인데 지금 비록 나이 12살밖에 되지 않았지만 그 총명함이 이를 데 없습니다. 특히 장당을 연나라로 보내기 위해 제가 손수 네 번을 찾아가서도 이루지 못했던 일을 어린 감라는 한번 만에 그를 설복시켰었습니다. 그런데 그가 지금 장당보다 먼저 길을 나서 조나라의 동정을 살펴보겠다 합니다. 청컨대 그를 중용해 주십시오."

이에 정왕은 즉시 감라를 궁궐로 불러들였다.

감라를 만나본 임금은 어린 나이에 비해 그가 지닌 지혜와 재주의 넓이를 확인하고 감탄했다.

"그래 조나라 왕을 만나 무슨 얘기를 할 생각인고?"

"일이란 되어가는 사정에 맞추어 대처해가야 할 터이지요. 말이란 곧 물길에서 이는 파도와 같아서 바람이 어떻게 부느냐에 따라 그 반응이 달라지듯 응수 또한 그러할 것입니다. 그런데 어찌 이 자리에서 무엇을 하리라 예측해 말할 수 있겠습니까.”

고개를 끄덕인 정왕은 즉시 감라에게 대부(大夫) 벼슬을 내리고 수레 10량과 100명의 수행원을 딸려 조나라로 떠나도록 했다.

그때 조나라의 도양왕(悼襄王)은 진과 연이 우호관계를 맺게 되었다는 소식을 듣고 크게 불안해하고 있었다. 그러던 터에 진나라로부터 사신이 온다는 소식을 듣고는 큰 기대를 품고 도성에서 20여리나 손수 나와 감라 일행을 맞았다.

그러나 진나라의 사신이 겨우 어리광이나 피울 줄 알 것 같은 어린 소년임을 본 도양왕은 크게 실망했다. 도양왕은 감라의 나이를 물은 뒤 통명스럽게 비꼬았다.

“어린 선생, 진나라에는 사람이 없는가 보지요. 이렇게 당신같이 어린 분을 사신으로 삼은 걸 보면······.”

감라는 태연하게 대꾸했다.

“아니지요. 우리 임금은 사람을 쓸 때 각각 그 임무에 맞게 씁니다. 큰일에는 나이 든 분을 보내고 저 같이 어린 사람은 작은 일을 처리토록 조처하지요. 저의 나이가 우리나라 대신들 중 가장 어린데 이는 제가 해결해야 할 일이 가장 작은 일이라 여겨진 탓인가 봅니다.”

도양왕은 감라의 날카로운 언변에 한 풀 기가 꺾였다.

“미안하오. 어린 선생, 그대가 이 나라를 위해 베풀 가르침이 있다면 소중하게 귀 기울이겠소.”

감라는 정색을 하고 묻기 시작했다.

"연나라 태자 단(丹)이 우리 진나라에 인질로 오게 되었다는 소식을 들었습니까?"

"예. 들었소이다."

"그렇다면 장당이 연나라의 상국으로 부임하리라는 소문도 이미 알고 계시겠군요?"

도양왕은 역시 그렇다고 대답했다.

"연나라에서 태자 단을 진의 인질로 보낸다는 것은 진나라를 믿고 따르겠다는 뜻이고, 장당을 연나라 재상으로 파견한다는 것은 진이 연나라에 대해서 안심하겠다는 표식이 아니겠습니까. 이렇듯 진과 연이 우호관계를 맺게 된다면 그 틈바구니에 낀 조나라는 매우 난처한 지경에 빠지게 되리라는 것은 삼척동자도 예상할 수 있는 일이지요."

"그렇소이다. 그 일이 제게 요사이 가장 큰 근심거리임을 부정하지 않겠소이다. 헌데 진나라가 연나라와 선린관계를 맺으려 하는 데는 다른 의도가 숨어 있는 것이 아니겠습니까?"

"당연히 있지요. 내 솔직히 일러드리리다. 이는 바로 귀국 조나라를 협공해 치려함입니다. 그리하여 하간(河間) 일대의 땅을 차지하려는 의도이지요."

도양왕은 놀라 입을 다물지 못했다.

"어찌하면 좋겠소?"

"대왕께서는 차라리 하간 근처의 5개성을 스스로 진나라에게 넘겨 주십시요. 그렇게 하신다면 제가 돌아가 저의 임금께 장당을 연나라로 보내지 말도록 하라고 부탁하겠습니다. 그리되면 귀국은 단지 작은 성 다섯 개를 진에게 할양하는 대신 연나라 땅을 전부 차지할 수 있게 될 것입니다. 게다가 진나라와는 아무런 적대관계를 갖게 되지 않을 터이니 과연 어느 것이 더 유익하겠습니까?"

감라의 계책을 다 듣고 난 도양왕은 그제서야 안심이 된다는 듯 무릎을 쳤다. 도양왕은 그 자리에서 즉시 감라의 요청에 응낙하여 하간의 5개성을 구획 친 지도를 내주었다.

그리곤 진으로 돌아가 정왕에게 잘 말해줄 것을 간곡히 당부하며 황금 1백 근과 진기한 옥벽 두 개를 진상품으로 주었다.

진나라로 돌아온 감라는 정왕에게 조나라를 다녀온 경과를 소상히 보고하고 얻어온 지도와 황금, 백옥을 모두 바쳤다.

정왕은 매우 흡족해하며 감라의 말대로 장당의 연나라 파견을 취소하고 조나라가 연나라를 침략하는 것을 묵인한 채 기다리고 있었다.

과연 조나라는 연을 침략해 일거에 30개의 성을 탈취하여 그 가운데 11개의 성을 다시 진나라에 헌납했다.

정왕은 감라를 칭찬하느라 입에 침이 마를 시간이 없었다.

"감라가 아니었다면 하간의 땅을 어찌 피 한 방울 흘리지 않고 차지할 수 있었겠는가? 더군다나 조나라가 연으로부터 빼앗은 성을 손끝 하나 움직이지 않고 얻게 되었으니 이 모두가 감라의 덕이 아닌가. 감라는 천하의 귀재로다!"

마침내 감라는 문신후 여불위의 약속대로 12살의 나이에 상경이 되었고, 일찍이 감무에게 주어졌던 봉지가 모두 감라에게 귀속되었다.

어린 감라로 인해 연나라로 가지 않아도 되었고 더군다나 죽음에까지 이를 뻔 하였던 고비를 무사히 넘긴 장당은 언제까지나 감라에게 고마워했다.

한편 어린 감라의 기지에 대해서는 이런 이야기도 전한다.

감라의 조부인 감무는 진왕에게 직언을 잘해 미움을 사고 있었다. 앙심을 품고 있던 진왕은 어느 날 감무에게 이틀 내에 수탉의 알을 구해오라는 얼토당토않은 명령을 내렸다.

집으로 돌아온 감무는 몸 져 드러누울 수밖에 다른 도리가 없었다. 이를 지켜보던 감라는 무슨 일이 있느냐고 할아버지에게 물었다. 할아버지는 잠자코 있다가 재촉하는 손자에게 지나는 말처럼 이유를 설명했다.

이야기를 들은 어린 감라는 눈을 빛내며 웃었다.

"에이, 뭘 그런 것을 가지고 고민을 하고 계세요. 제가 해결해 드 릴게요."

감라는 내일 아침 임금님을 만나 뵙겠다고 말했다. 이에 놀란 감무는 장난이 아니라며 어린 손자를 설득하려 했다. 그러나 이튿날 일찌감치 감라는 궁궐로 들어가 진왕을 뵙자고 했다.

감라를 만난 진왕은 웬 어린 녀석이 나를 만나자 하느냐고 물었다.

"저는 감무의 손자 감라라 합니다."

감라는 공손히 신분을 밝혔다.

"그런데 무슨 일인가? 그래 네 할아버지는 무얼 하고 계시느냐?"

진왕의 물음에 기다렸다는 듯 감라가 말했다.

"예. 저의 할아버지는 오늘 새벽 애기를 낳으시고 지금 몸조리 중 이십니다."

"뭐라고? 남자가 어떻게 아기를 낳는단 말이냐?"

진왕은 하도 이치에 닿지 않는 말이라 불쾌한 기색을 지으며 소리 쳤다. 감라는 역시 기다렸다는 듯이 대꾸했다.

"맞습니다, 임금님. 남자가 아기를 못 낳는데 어찌 수탉이 알을
낳겠습니까?"
진왕은 감라의 총명함과 그 기세의 당당함에 흡족해 하며 크게 웃
음을 터뜨렸다. 물론 감라의 할아버지인 감무의 죄도 용서되어졌다.
이것이 곧 '수탉이 알을 낳는다(公鷄生卵)'는 고사이다.

스스로 자루에 든 송곳

군웅할거 하던 전국시대의 가장 큰 싸움은 B.C. 260년 진(秦)나라와 조(趙)나라 사이에 벌어졌던 장평지전(長平之戰)이다.

이 싸움에서 패한, 무려 40만 명에 달하는 조나라 병사들이 협곡으로 끌려가 양쪽의 출구가 막힌 채 생매장되었다.

이로써 승기를 잡은 진나라 군사들은 조나라의 도읍 한단(邯鄲)을 포위하고 총공세를 위한 계획을 짜고 있었다.

나라의 존망이 경각에 달리자 조나라 효성왕은 당시 전국사공자(戰國四公子)로 위세를 떨치던 평원군(平原君)을 불러 어려움을 호소했다.

"군께서 초나라를 찾아가 도움을 청해주어야겠소. 평소에도 우리와는 사이가 원만치 않은 초나라기에 마땅히 보낼 인물이 없소. 군의 능력을 믿겠소!"

자리에서 물러나온 평원군은 자못 걱정스러웠다.

초나라와 특별한 연분이 있다거나, 이 싸움에 그들이 나름대로의 필요성을 절감하고 있기라도 한다면 어렵지 않게 구원병을 요청해올 수 있겠지만 사정은 그렇듯 호락호락하지 못했던 것이다.

고심 끝에 초왕은 회유와 협박을 병행해야만이 구원병을 내줄 것이라는 결론에 도달했다. 이를 위해서 자신의 식객들 중에 문무를 겸비한 20명을 뽑아 수행시키리라고 생각했다. 평원군은 곧 삼천여 명이나 되는 식객들을 불러 모아 놓고 선포했다.

"나는 위급존망(危急存亡)에 든 이 나라를 살리기 위해 초나라로 구원병을 청하러 갈 것이다. 만일 초왕이 말로써 설득되어 준다면 다행일 터이지만 그렇지 못할 경우에는 초나라 궁전에 피를 뿌려서라도 구원병을 얻어 와야 한다. 그 일을 맡아할 이들을 다른데서 구하지는 않겠다."

그리고는 평소 눈여겨 두었던 재주 있고 용기 있는 자들을 하나씩 뽑아냈다.

19명까지는 그런대로 인물을 가릴 수 있었지만 당초 생각했던 20명을 채워줄 마땅한 인물 한 명이 부족했다. 꼭 스물을 채워야 한다는 당위성은 없었지만 그래도 왠지 서운한 감이 들어 평원군은 한탄조로 중얼거렸다.

"에잇! 그래 인재라 여겨 데리고 있는, 삼천이 넘는 식객 중에 단 하나 인물을 더 추가하기도 이리 힘이 든단 말인가……."

그때 기둥 가에 비켜서서 이를 지켜보고 있던 선비 하나가 눈을 빛내며 걸어 나왔다.

"저는 모수(毛遂)라고 합니다. 20명 중 하나를 더 못 구해 안타까우시다면 그 머리 숫자에 저를 더해 주십시오."

평원군이 놀라며 물었다.
"그대는 내 집에 들어온 지가 얼마나 되었는가?"

"이제 3년째 되었습니다."

모수가 대답했다. 평원군은 더욱 놀랐다.

"뭐? 3년째라고? 이상하군. 헌데 나는 자네를 한번도 본 기억이 없으니 말일세. 뛰어난 선비란 마치 자루 속에 담겨진 송곳과 같아서 그 끝이 삐져나와 보이게 마련이지. 그런데 3년 동안 전혀 눈에 띄지 않았다면 그다지 능력 있는 인물은 아닌 듯싶은데……."

평원군이 별반 탐탁치 못한 표정으로 비꼬듯이 말하자, 모수는 단언하듯 말했다.

"좋습니다. 그럼 지금 이 자리에서 저를 자루에 넣어 보도록 하십시오. 어찌 송곳의 끝뿐이겠습니까. 송곳 자루까지 삐져나와 보이겠습니다."

당돌한 모수의 태도를 지켜보던 많은 식객들은 그런 그를 비웃으며 수군거렸다.

"이름도 없는 한낱 필부인 주제에 무슨 능력이 있다고……."

그러나 평원군은 달랐다. 스스로 나서는 그의 담력 있고 용기 있는 태도와 범상치 않은 언변에 반했던 것이다. 마침내 그를 동행시키기로 결단을 내렸다.

이윽고 평원군 일행은 초나라에 이르렀다.

초의 고열왕(考烈王)은 매우 조심스럽고 이지적인 사람이었다.

이들의 담판은 아침부터 밤늦도록까지 계속되었다. 하지만 내용도 없는 껍질뿐인 대화만 지루하게 반복될 뿐, 그 어떤 결론에 도달할 기미는 보이지 않았다. 고열왕은 다른 제후국들의 공통된 반응인 진의 보복이 두려워 괜스레 말려들고 싶지 않다는 원칙론적인 입장만 되풀이했던 것이다.

더 이상 견디기 힘들어진 조나라 수행원들 사이에서 동요가 일기 시작했다.

"어찌하면 좋겠소? 무슨 결단이라도 내려야 하지 않겠소!"

그때 분연히 모수가 나서 칼을 손에 들고 단숨에 회의장으로 뛰어 올라갔다. 그리고는 고열왕에게 소리쳤다.

"우리와 연합해서 진나라에 대항하겠소, 안하겠소. 단 한마디의 결정이면 될 것을 무에 그리 시간을 끈단 말이요!"

순식간에 벌어진 상황에 깜짝 놀란 고열왕은 평원군을 향해 벌컥 화를 내며 소리쳤다.

"이게 무슨 짓이요! 이 자는 누구요?"
"그는 내 수행원인 모수라는 사람이요."

이에 더욱 화가 난 고열왕은 모수를 향해 호통 쳤다.

"어서 썩 물러나거나! 나는 네 주인과 대사를 논의하고 있다. 어찌 직책도 없는 한낱 식객인 주제에 끼어들어 무례함을 범하느냐?"

그러나 모수는 오히려 칼을 든 손에 힘을 주며 크게 노해있는 고열왕 앞으로 한발 다가섰다.

"지금 대왕께서 저를 그렇듯 꾸짖을 수 있는 것은 등 뒤의 초나라 대군을 믿고 하는 것일게요. 그러나 그 많은 군사들이라 해도 이곳의 열 발자국 안에서는 아무 소용이 없는 것이요. 대왕의 목숨은 내 손에 달려 있소. 대왕, 대군은 멀리 있는 물과 같소. 그러니 우선 닥친 목마름을 채워줄 수 없는 경우와 같지 않소."

모수는 계속해서 위협했다.

"감히 내 주인에게 그리 무례하게 대할 수 있소?"

살기등등한 태도에 고열왕은 멈칫했다. 모수의 거침없는 태도가 자신에게 무슨 일이라도 저지를 수 있는 것처럼 여겨진 것이다. 고열왕은 즉시 태도를 바꾸었다.

"내가 생각이 짧았소이다. 선생. 그렇다면 선생의 생각은 어떠한 것인지 말해보오."

모수는 정색을 하고 대답했다.

"옛날 상(商)나라의 탕(湯)임금은 70리 밖에 안 되는 땅덩이로도 천하대국 하(夏)나라 걸왕(桀王)을 잠재웠고, 주(周)나라 문왕(文王)은 100리의 땅만으로도 광활한 지역과 강력한 군사를 거느린 은(殷)나라 주왕(紂王)을 멸망시켰소. 지금의 귀국은 국토가 사방 5천리요. 군사는 백만이 넘어 천하의 패자가 되어도 손색이 없는 조건이오. 그런데도 오히려 저 무도한 진나라 하나가 두려워 눈치를 보며 핍박과 굴종을 고스란히 당하고 있소. 심지어 귀국의 선왕인 회왕(懷王)은 그들에게 끌려가 죽음을 당하기까지 하지 않았소.
하물며 하찮은 장수 백기(白起)가 단지 몇 만의 군사를 이끌고 처음 쳐들어왔을 때도 제대로 힘 한번 써보지 못하고 수도였던 영(郢)을 내어 주었고, 두 번째 침략엔 이릉(夷陵)을 빼앗기고 세 번째엔 마침내 귀국의 종묘(宗廟)가 불타고 노략질을 당하는 참화를 겪지 않았소. 이런 철천지 원한이 맺혀 있는 귀국의 입장에서 마침 조나라가 힘을 합해 그를 치자고 제의해오면 하늘이 내린 기회라 여겨 어깨춤이라도 추며 기뻐해야 할 터인데 아직도 진나라의 그늘을 두려워하고만 있으니 우리 조나라가 귀국과 연합을 하고자 하는 것은 일면 우리 조나라를 위한 요구 같지만 기실은 바로 귀국 초나라를 위함이 아니겠소?”

모수의 한마디 한마디는 그야말로 송곳처럼 고열왕의 가슴을 찔렀다. 그런 고열왕의 가슴엔 차츰 지난날 진나라에게 당했던 치욕과 수모가 성난 불길이 되어 타올랐다.

그제서야 고열왕은 조나라가 연합을 요청해 왔을 때 즉석에서 우리 역시 바라던 바라고 반가이 맞지 못한 것이 못내 부끄러운 생각이 들었다.

고열왕은 목이 멘 듯 말했다.

“과연, 선생의 말이 너무나 옳소!”

기회를 놓치지 않고 모수는 일침을 놓았다.

“그럼 결정을 내리신 것으로 보아도 되겠습니까?”
“여부가 있겠소. 즉시 맹약을 맺도록 합시다.”

모수는 즉시 뒤에 서있던 수행원들을 향해 소리쳤다.

“무엇들 하는가? 어서 맹약을 삽혈할 준비를 챙기지 않고!”

당시 삽혈(歃血)이라 하면 맹약의 의식으로 짐승의 피를 서로의 입술에 찍어 바름으로서 둘 사이 맺은 약조를 반드시 지키겠다는 다

짐을 확인하는 과정이었다.

그때껏 숨을 죽이고 모수를 지켜보고 있던 수행원들은 모수의 호통에 퍼뜩 정신이 들어 자기도 모르게

"예!"

하고 달려 나가, 이미 준비해두었던 닭과 개, 그리고 말의 피를 구리쟁반에 받쳐 날라왔다.

모수는 이를 받아 고열왕 앞에 무릎을 꿇고 정중히 받쳤다. 이에 고열왕과 평원군은 함께 피를 찍어 입술에 발라 맹약을 확인했다.

조와 맹약을 맺게 된 초나라는 즉시 춘신군(春申君)에게 8만의 병사를 내주어 조를 돕도록 했다.

그때 위(魏)나라도 조나라를 돕기로 하고 원군을 보내왔다. 세 나라 군대가 연합하여 협격하게 되자 진나라 군대도 당해 낼 도리가 없었다. 마침내 진나라 군대는 포위망을 뚫고 도망치는데 급급하게 되었다.

일을 마친 뒤 감격한 평원군은 자신을 자책했다.

"지난날 나는 사람 보는 혜안이 있고 그들을 쓰는데 있어서도 부족함이 없다고 자부했었다. 그러나 모수를 알고 나서 나는 내가 얼마나 어리석었던가를 깨닫게 되었다. 만약 모수가 스스로 나서지 않았다면 그런 인재가 내 집에서 한낱 식객으로 묻혀 썩지 않았겠는가!"

또한 모수를 비웃었던 문객들도 이후부터는 예를 다해 그를 따르고 복종했다.

파국(破局)의 잉태

　전국시대 사공자 가운데 하나인 초나라의 춘신군(春申君)은 기울어져가는 국가의 세력을 만회하려고 온갖 노력을 기울이고 있었다. 날이 갈수록 북쪽 진(秦)나라의 횡포는 심해지고 그동안 굳게 손을 잡고 있던 여섯 나라는 점차 결속력을 상실해 하나씩 차례로 진나라에 병탄(併呑)되어 갔다.

　이러한 상황 속에서 춘신군을 더욱 안타깝게 했던 것은 자신의 임금인 고열왕에게 후사가 없어 백성들로 하여금 희망을 안겨주지 못하고 있다는 사실이었다. 춘신군은 백방으로 여자를 골라 왕에게 보냈지만 언제나 결과가 없었다.

　초왕이 젊은 여자를 찾는다는 소식은 자연 각지로 퍼지게 되었다. 때마침 조(趙)나라 출신인 이원(李園)이란 자가 이 소문에 접하게 되었다. 그는 자신의 여동생인 환(環)을 바쳐 벼슬을 얻을까 궁리하게 되었다.

　그러나 사정을 확인해보자 초왕이 아기를 갖지 못하는 것은 왕 자신에게 문제가 있다는 것과, 그럼에도 일단 후궁이 되었다가도 태기가 없으면 다시 쫓아버린다는 사실을 알게 되었다. 그렇다면 벼슬은 커녕 공연히 여동생만 버리게 될 터이기에 이원은 음모를 꾸미기에 이르렀다.

이원은 우선 사람을 놓아 춘신군에게 자신을 추천해 달라고 부탁했다. 당시 막강한 실권자로 삼천식객을 거느리고 있는 춘신군은 무시로 자신의 집을 드나드는 식객들에 대해 그다지 관심을 가지고 있지 않았다. 이원은 쉽게 춘신군 집의 식객이 될 수 있었다.

지나친 간사함은 오히려 충성같다(太奸似忠)는 말이 있듯이 춘신군 문하에 들어온 이원은 어려운 일을 솔선수범하고 열성을 다해 집일을 도왔기에 오래지 않아 춘신군의 눈에 들게 되었다. 급기야는 그의 심복의 신분으로 부상해 항시 그의 곁에 머물게 되었다.

일이 이쯤에 이른 뒤 이원은 춘신군에게 집에 다녀오고자 휴가를 청했다. 그리고는 고의로 날짜를 훨씬 넘겨 춘신군 앞에 나타났다. 뒤늦게 돌아와 인사를 하러온 이원에게 춘신군은 그 이유를 물었다.

"제게 남들 보기에 꽤나 아름답다는 여동생이 하나 있습니다. 마침 집에 갔더니 제(齊)나라 임금이 사신을 보내 그 여동생을 맞이하겠노라는 뜻을 보내왔습니다. 그 일로 사신과 이야기를 나누노라 늦었습니다."

이원은 능청스럽게 둘러댔다.
춘신군은 귀가 솔깃해졌다.

"그렇게 아름다운가? 그래 이미 약조는 했는가?"
"아닙니다. 아직 망설이고 있는 중입니다."
"그렇다면 내가 좀 만나볼 수 없겠는가?"

이원은 짐짓 망설이다 마지못한 표정으로 승낙하고는 말끝에 토를 달았다.

"그러나 대왕에게 까지는 말하지 마십시요."

다시 집으로 돌아온 이원은 여동생을 잘 꾸미고 차려 입혔다. 여러 가지를 단단히 당부한 이원은 곧 그녀를 춘신군에게 데려왔다.

이원의 동생 환을 본 춘신군은 과연 한눈에 그녀에게 반했다. 그리고는 환을 자기 곁에 두게 했다.

춘신군의 총애를 입은 환은 얼마 후 태기가 생겼다. 이원은 일이 계획대로 되어가는 것을 보고 애초의 음모를 실행해 나가기 시작했다.

환은 잠자리에서 춘신군을 졸랐다.

"당신은 이미 20년이 넘도록 이 나라의 재상을 역임하셨습니다. 지금 임금은 당신을 자신의 형제들보다 오히려 더 사랑하고 있다 여겨집니다. 그런데 아시다시피 왕에게는 후사가 없습니다. 만약 임금이 죽는다면 그 자리는 그의 형제들 중 누군가에게 넘어갈 건 당연합니다. 그리되면 20년간이나 재상자리에 올라 있던 것을 시기했던 그들은 당신을 물리치고 자신의 직속 인물을 등용시킬 것입니다. 더군다나 당신은 20년 동안 재상자리에 계시면서 알게 모르게 그 형제들에게 원한을 산 것이 있을 겁니다. 만약 그들이 일단 왕위에 오르게 된다면 어찌 재상의 패인(佩印)이 그대로 당신 허리에 차여져 있겠으며, 어찌 저 강동의 봉지가 온전하겠습니까? 지금 저는 당신의 아기를 가졌습니다. 주위에선 아무도 모를 뿐더러 당신의 사랑을 받은 지도 얼마 되지 않아 임금은 더군다나 모르고 계실겁니다. 만약 당신같이 진실한 측근이 저를 임금에게 바쳐주시면 임금은 반드시 저를 깊이 총애할 것입니다. 그렇게 되면 이 넓은 초나라의 영토는 모두가 당신의 것이 되지 않겠습니까. 앞으로 예측할 수 없는 벌이 닥치기 전에 미리 선수를 써두는 것이 현명한 자의 도리인 듯싶습니다."

이야기를 들은 춘신군은 깜짝 놀랐다. 한편 그녀가 무척이나 지혜롭고 뛰어난 지략을 가진 여자라고 여겨졌다.

춘신군은 서둘러 환을 다른 처소로 옮긴 뒤, 서로가 초면인 듯 행동했다. 그리고는 공개석상에서 이원으로 하여금 왕의 후사를 위해 추천할 여자가 있다고 하도록 연극을 꾸미게 했다.

이윽고 환은 고열왕의 잠자리를 보살피게 되었고 지극한 총애 끝에 임금의 왕자를 잉태해 출산 일을 기다리게 되었다. 고열왕은 크게 기뻐했다. 전혀 의심이 가지 않는 것은 아니었지만 어쨌거나 자신의 궁에 들어 아이를 잉태했고, 감쪽같이 속이며 교태를 부려대는 환에게 더 이상 별다른 의심을 가지지 않기로 했던 것이다.

시간이 흘러 환은 사내아이를 낳았다. 기쁨에 넘친 고열왕은 환을 정비로 책정했고 지극한 총애를 베풀었다. 자연히 환의 오빠인 이원은 고열왕의 측근으로 발탁되었고, 차츰 왕실을 제 집 드나들 듯하며 국사를 독점하기 시작했다. 그러나 이원의 가슴 한구석에 춘신군에 대한 걱정이 떠나질 않았다. 그가 지금까지의 사정을 누설하는 날에는 모든 것이 끝장에 이르기 때문이었다. 또한 춘신군은 춘신군대로 이원이 환의 힘을 믿고 거들먹거리고 다니는 품새를 보면서 불길함과 조바심에 가슴을 앓고 있기는 마찬가지였다.

와중에 이원은 암암리에 무예에 능한 자객을 육성하고 있었다. 그러한 소식이 초나라에 파다히 퍼진 가운데 고열왕은 병으로 자리에 눕게 되었다.

이때 식객 중에 주영(朱英)이라는 자가 춘신군을 찾아왔다.

"저는 원래 이원과 같은 조나라 출신으로 평소 그에 대해서는 잘 알고 지내는 터였습니다."

자신을 소개한 그는 춘신군에게 물었다.

"세상에는 생각지도 못했던 복이 찾아드는 경우가 있고, 또 자신과는 아무런 관계도 없으리라 믿었던 것으로 화를 당하는 경우가 있습니다. 지금 군께서는 한치 앞을 모르는 세상에서 당장 어찌될지 모를 임금을 모시고 계시는데 옆에 믿을만한 사람을 한 명 정도는 두고 싶지 않으신지요?"

춘신군이 정색을 하며 물었다.

"당신이 말하는 생각지도 않았던 복이란 무엇을 이름이오?"
"군께서 이 초나라에 재상으로 지낸지 20년, 명색이 재상이지 실제는 임금과도 같았습니다. 군의 다섯 아들도 지금 모두 제후국의 재상자리를 차지하고 있지요. 마침 이 나라 임금은 병이 들어 하루 앞을 예측할 수 없으니 만일 임금이 죽고 나면 그의 핏덩이, 요컨대 얼마 전 정비가 된 여인이 나은 아들이 왕위에 오르게 됩니다. 그리되면 군께서 그 어린 왕 대신 초나라의 대권을 쥐고 정사를 돌보게 되어, 옛날 이윤(伊尹)이나 주공(周公)처럼 이름을 드높일 수 있을지 모르지요. 그러나 그보다 아예 그 어린 왕을 폐위시키고 임금의 자리에 오른다고 해도 지금의 형세로 보아 감히 누가 반대를 할 것이며 욕을 하겠습니까? 이것이 생각지 않은 복이라 할 수 있겠지요?"
"그렇다면 뜻하지 않은 화란 무엇이요?"
"이원이 아직 이 나라 대권을 잡지 않은 것은 왕의 처남이라는 명분 때문입니다. 그는 군대를 통솔하는 직책을 가지고 있지 않으면서도 이미 암암리에 사병을 키우고 있습니다. 왕이 죽으면 이원은 즉시 자신의 병사들을 이끌고 궁에 들어가 실질적인 업무를 장악한 뒤 임금의 유언이라고 속여 나라를 탈취하게 될 것입니다. 그리되면 일에 가장 눈의 가시 같은 존재인 군을 우선 죽여 입을 봉하려 할 것은 당연하지요. 이것이 뜻하지 않은 화라 이를 것입니다."

춘신군은 놀라움을 감출 수 없었지만 애써 태연한 척 계속 물었다.

"그렇다면 진실로 믿을만한 이란 누구를 이름이요?"
"바로 접니다. 제게 우선 낭중 벼슬을 주십시요. 왕이 죽으면 제가 미리 궁문을 지키고 있다 이원이 들어오면 선수를 쳐서 그를 죽이도록 하겠습니다. 지금의 군께 절대 필요한 사람이지요.”

이야기를 다 들은 춘신군은 놀라 안색이 파랗게 질렸다.

‘소문으로 떠돌던 이야기들을 이제 자신의 출세를 위해 이용하려 하는 자까지 생기다니…….’

춘신군은 사뭇 노한 표정으로 말했다.

“선생은 어디 가서 더 이상 그런 말씀은 하지 마시오. 이원은 그런 이가 아니오. 나와는 절친한 사이이거늘 어찌 그런 맹랑한 이야기를 내게 한단 말이요!”

주영은 춘신군이 자신의 말을 믿지 않고 오히려 심히 나무라자 겁을 먹고 아예 초나라를 떠나 버렸다.

그로부터 70여일, 마침내 고열왕이 죽었다.

과연 이원은 제일 먼저 궁 안으로 들어가 자신의 사병들로 하여금 궁문에 매복하고 있도록 했다. 이를 전혀 눈치 채지 못한 춘신군은 왕의 붕어 소식을 듣고 서둘러 궁으로 들어왔다. 그러나 막 궁문에 이르렀을 때 느닷없이 달려든 병사들에게 목이 잘리고 말았다. 뒤이어 춘신군의 남은 가족들도 몰살되어졌다.

어린 왕자는 곧바로 즉위했다. 이가 곧 유왕(幽王)이다.

이때부터 초나라는 급격히 조락(凋落)의 길에 접어들게 되고, 진나라의 통일정책도 막바지에 이르게 된다.

진나라는 적잖은 국내문제를 수습하고 곧 온 힘을 여섯 나라의 공략에 쏟으며 눈에 띄게 허약해진 초나라를 우선 공략해 강점(强占)했다.

결국 나라를 망치는 일은 이처럼 아주 사소한 일에서 시작될 수 있다. 남방의 광활한 땅과 풍부한 물산으로 한때 중원 대륙 최강의 위용을 떨치던 초나라는 이환이라는 여자 하나를 잘못 맞음으로 인해 내부의 밑둥이 흔들리고 마침내 진나라의 최초의 표적이 되어 망국에 이르게 된 것이다.

또한 일세를 풍미하던 춘신군도 전국 사공자 중 가장 온후했던 인물이면서도 비참한 최후를 마친 인물로 기록되었다.

황실의 야화(夜話)

전국시대가 막바지에 이르른 시기였다.

복양(僕陽) 출신의 여불위(呂不韋)라는 큰 장사꾼이 있었다. 그가 조(趙)나라의 서울 한단(邯鄲)에 장사 차 들렀을 때 마침 진(秦)나라 왕자 하나가 인질로 와 있다는 소리를 듣게 되었다.

당시는 나라 간에 침략을 미리 예방하고 견제하기 위해 서로 왕자나 귀족을 인질로 주고받고 있었는데 진나라에서는 조나라에 그다지 이름 없는 왕자 하나를 보내어 방치해 두고 있었던 것이다.

여불위는 집으로 돌아와 장삿속에 한결 밝은 부친에게 넌지시 물었다.

"아버님, 농사를 지으면 얼마의 이익이 남습니까?"
"한 말의 씨앗을 뿌리면 잘해야 열 말이니 열배쯤 된다고 할까?"
"그럼 귀한 보석을 사두었다가 팔면요?"
"때와 임자를 잘 만나면 백배까진 남길 수 있겠지."
"그렇다면 장차 임금이 될 사람을 사두면 몇 배나 됩니까?"
"그야 무한정이지. 그런 기이한 상품을 기화(奇貨)라 하는 거다!"

이에 여불위는 결심을 굳혔다는 표정으로 정색을 해 말했다.

"알겠습니다. 농사를 지어 얻는 이익이란 고작 추위와 배고픔을

막아주는 것뿐, 장차 나라를 일으킬 왕을 사두면 그 이익은 두고두
고 남을 테니 저는 이 길로 그 기화를 사러 가겠습니다.”

당시 인질로 와있던 왕자는 본국 진나라에서도 그다지 관심을 두
고 있지 않은 힘없는 자초(子楚)라는 자였다.

소왕(昭王)은 태자가 있었으나 일찌감치 유명을 달리했고 그의 손
자 안국군(安國君) 주(柱)가 뒤를 이었는데 이가 곧 효문왕(孝文王)
이다. 이 효문왕의 정실부인에게 난 자가 자혜로서 태자가 되어 있
었고, 둘째 부인 하희(夏姬)의 몸에서 난 자가 바로 자초였다.

하희는 자초를 낳고 오래지 않아 죽었다. 그런 그였기에 어려서부
터 어머니의 후광도 임금의 사랑도 받지 못한 채, 관심권 밖에 밀려
나 있다가 조나라의 인질로 와 있었던 것이다.

자초의 아버지, 즉 효문왕은 그 후 다시 초나라 여인 화양부인(華
陽夫人)을 맞아들였다. 둘 사이는 너무 많은 나이 차이로 자식은 없
는 상태였다. 그러나 임금의 사랑은 각별해서 화양부인의 문벌은 모
두 진나라에 득세하고 있을 정도였다.

한편 그렇게 인질로 잡혀와 있던 자초는 한단의 한 귀퉁이 요성
(聊城)이란 곳에 머물며 무료하게 세월을 죽이고 있었다. 마침내 여
불위는 그를 찾아와 부추기기 시작했다.

“당신의 이복형 자혜가 태자가 될 수 있었던 것은 당시 그의 어
머니가 살아 있었기 때문입니다. 당신은 뭡니까? 그대의 모친 하희
는 당신만 달랑 낳아놓고 임금의 사랑도 받지 못한 채 죽고 말았습
니다. 게다가 당신은 지금 하루 앞을 기약할 수 없는 남의 나라의
인질로 와 있으니 만약 진과 조의 맹약이 깨어져 당장 싸움이라도
터지는 날이면 당신이 가장 먼저 그 희생양이 되고 말 겁니다. 내가
찾아온 것은 바로 그 때문입니다. 그대께서 내 말을 듣고 따른다면
인질의 몸에서 벗어나도록 해 드리겠습니다. 뿐만 아니라 당신이 귀

국을 하게 되면 무슨 수를 써서라도 당신을 진나라의 왕이 되도록
해 드리겠습니다. 어떻습니까?”

자초에게는 어떠한 의욕도 희망도 남아 있지 않았다. 여불위의 말
또한 황당무계42)(荒唐無稽)하게 여겨져 믿기지도 않았다.
여불위는 그쯤에서 자초와 헤어져 나왔다.
진나라로 간 여불위는 우선 화양부인(華陽夫人)의 남동생인 양천
군(陽泉君)을 만나 대뜸 위협조로 말했다.

“당신의 죄는 사형에 해당할 만큼 중차대합니다. 그걸 알고 계십
니까?”

느닷없는 질문에 양천군은 어리둥절해지지 않을 수 없었다. 누이
인 화양부인은 임금의 총애를 독차지 하고 있고, 자신의 형제자매가
온통 진나라를 좌지우지하고 있는 터에 무슨 뚱딴지같은 소리냐는
표정이었다. 여불위는 고삐를 늦추지 않고 소리를 높여 짐짓 그 심각
성을 일깨우려 했다.

“그대의 일족과 문하 사람들조차 누구하나 높은 벼슬에 오르지
않은 자가 없습니다. 그러나 명색이 태자인 자혜의 주위를 보십시
오. 누구하나 그럴 듯한 자리 하나 차지하고 있는 자가 있던가요.
그런가하면 그대 일족의 창고에는 온갖 금은보화가 넘쳐나고 마구
간에는 이름난 준마들이 마음껏 골라 탈 수 있을 만큼 우글거리고
있습니다. 또한 뒤뜰엔 이 나라의 미녀란 미녀는 다 색출 해다가 뜻
대로 부리고 있습니다. 이럴 때일수록 세상사의 물길을 감지해야 하
는 것입니다. 차면 넘치고 둥군 뒤에는 기우는 법. 이제 임금은 연
로하고 쇠약해 언제 세상을 뜰지 모르는 일입니다. 자! 임금이 죽고

---

42) 황당무계(荒唐無稽) : 언행이 허황하여 믿을 수가 없음

나면 누가 자리를 잇겠습니까? 바로 태자 자혜가 아닙니까? 그가 왕이 된다면 당신들 일족에게 당한 설움을 그대로 참고 있겠습니까? 그때의 위험이란 쌓아놓은 달걀과 같아 그대들의 목숨 또한 아침에 피어 저녁에 지는 꽃에 지나지 않을 것입니다. 어떻습니까? 제 말이 실없다 여겨지십니까?”

여불위의 말을 듣고 난 양천군은 사색이 되어 입을 열지 못했다. 기세를 잡았다 여긴 여불위는 다소 위로하는 표정을 지어보이며 말을 이었다.

“그러나 너무 걱정할 것은 없습니다. 그에 대한 대응책도 없이 어찌 감히 이런 위험스런 말을 함부로 입 밖에 내었겠습니까? 지금의 부귀를 천만세 동안 누리게 해주고 태산(泰山)에 사유(四維)보다 편안히 하여 영원히 후환이 없도록 해줄 비책이 하나 있기는 합니다만……”

그제서야 양천군은 놀란 토끼마냥 눈을 휘둥글리며 여불위 곁으로 바투 다가앉았다.

“그 방법이란 것이 대체 무엇이오?”

여불위는 못이기는 척 대답했다.

“이제 효문왕(孝文王)은 후사를 볼 능력이 전혀 없을 만큼 늙었습니다. 그런데다가 그가 총애하는 그대의 누이 화양부인은 아이가 없습니다. 아이가 없다는 것이 오히려 잘 된 것입니다. 효문왕의 뒤를 자혜가 잇기로 이미 태자로 책봉되어 있지 않습니까? 그 태자를 돕고 있는 자는 바로 사창(士倉)으로, 그대와 알력이 가장 심한 인물이 아닙니까? 태자가 왕이 된다면 사창은 곧바로 재상이 될 것입니다. 그렇게 되면 그대의 일족은 쑥밭이 되고 말 것은 불을 보듯 명확한 것입니다.

자, 그대는 이런 관계를 이용해서 미리 복선을 깔아 놓는 겁니다.
지금 조나라에 인질로 가 있는 자초(子楚)를 기억하겠지요. 그 자는
그런 대로 쓸만한 인물입니다. 악의도 없거니와 후덕하지요. 그러나
그처럼 조나라에 버려져 있어 세력도 없거니와 주위에 들끓는 인물
이 없어 아주 편안한 존재지요. 게다가 이 궁중에 어머니조차 죽고
없어 누구하나 주의를 기울이고 있지 않은 그야말로 진흙속의 진주
와 같은 존재이니 이를 발굴하는 것입니다. 그는 지금 고국에 돌아
올 날을 꿈꾸며 밤이나 낮이나 서쪽 하늘을 바라보고 있습니다. 그
를 효문왕이 죽기 전에 그대의 누이 화양부인의 세력으로 끌어들이
는 것입니다. 그러면 그대의 집안은 나라 없던 자가 나라 얻는 격이
요 비 오기 직전에 장독뚜껑 구한 셈이니 그야말로 눈 속에 갇혔을
때 땔감을 보내오는 격이 아니겠습니까? 더 나아가 그대 누이 화양
부인에게는 없던 아들 얻게 되는 것이 아니오. 더군다나 이미 성숙
한 나라의 왕자요 다음 대에 왕이 될 인물을 말이요!”

양천군은 감탄하며 기쁨을 감추지 못했다.

그 길로 즉시 누이인 화양부인을 찾아 여불위로부터 들은 예견된
위험과 그에 대한 대책을 그대로 전해주었다. 화양부인 역시 감탄하
지 않을 수 없었다. 지금의 권세와 영화에 세월 가는 줄 몰라 좀더
일찍 그런 인물을 만나지 못한 게 아니냐고 오히려 양천군을 힐책할
정도였다.

여불위는 많은 돈을 양천군에게 건네주고, 진나라의 일은 맡아서
하라고 이른 뒤 한단으로 돌아와서는 소식을 기다렸다. 과연 얼마
후 진나라로부터 자초를 귀국시키게 해달라는 내용의 국서가 조나라
에 보내져 왔다는 것을 여불위는 확인했다.

그런데 이번에는 조나라에서 반대의 뜻을 비쳤다. 협약에 어긋난
다는 것이었다. 이에 여불위는 다시 돈으로 조나라 조정을 매수한
다음 조왕을 만났다.

"자초는 진나라에서 매우 필요로 하는 자입니다. 왕의 총애도 받고 있거니와 그의 어머니가 일찍 죽은 탓에 지금의 왕후인 화양부인이 그를 불러다 아들을 삼으려 하고 있습니다. 협약 운운하시지만 그 세력이 막강해져 있는 지금 진나라가 왕자 하나 인질로 보냈다고 망설이겠습니까? 오히려 자초를 보내지 않아 침공이라도 당하게 되면 임금께선 다른 제후들의 비웃음만 사게 될 것입니다. 무엇보다 자초는 돌아가면 진나라의 다음 번 왕이 될 가능성이 있는 자입니다. 그를 돌려보내면서 오히려 많은 선물을 주어 보십시오. 그는 뒤에 왕이 되어서도 그 은덕에 절대로 조나라를 배반하지는 못할 것입니다. 이것이 바로 덕을 심는 일이며, 작은 밑천으로 뒷날의 큰 손해를 미리 막는 현명한 방법이 아니겠습니까?"

그래도 반신반의하며 망설이는 조왕에게 여불위는 쐐기를 박듯 계속해서 말했다.

"효문왕이 이 조나라와 맺은 조약은 그가 죽고 나면 무효입니다. 그러나 이번에 자초를 보내면서 후히 대접을 해준다면 진나라의 다음 번 왕과는 이미 조약을 맺은 거나 진배없게 되는 것입니다. 시간을 끌면 끌수록 저쪽에선 마음을 상하게 될 테니 그럴수록 손해입니다. 서둘러 일을 성사시키십시오!"

이렇게 하여 조나라에서도 결국 자초를 돌려보내기로 결정을 내렸다. 조나라 역시 여불위의 언변과 돈에 녹아나고 만 것이다.

한편 여불위는 대부호답게 조나라 한단에 있는 동안 춤과 색에 뛰어난 현지첩 하나를 두고 있었다. 자초가 진나라로 떠나기에 앞서 여불위는 그를 불러 잔치를 벌여주었다. 그때 자초는 그 여자의 아름다움에 넋을 빼앗기고 말았다. 술자리가 끝난 뒤 여불위는 눈치를 챙겨 그 여자를 자초에게 넘겨주었다. 이미 그 여자는 여불위의 아이를 잉태하고 있었지만, 그것을 숨긴 채 자초에게 옮겨간 것이다. 그리고 하늘의 뜻이었는지 예정일보다 두 달이나 늦어 사내아이를 낳았다. 이가 곧 뒤이어 중국 대륙의 천하를 평정하여 대제국을 건설하게 되는 정왕, 즉 진시황제(秦始皇帝)인 것이다.

자초는 마침내 진나라에 이르자 그 여자를 정부인으로 삼았다. 여불위는 역시 자초를 따라 진나라로 와서는 계속해서 그의 보호자이며 후원자 노릇을 했다.

여불위는 곧 날을 잡아 자초에게 초나라 옷을 입도록 한 뒤 왕후인 화양부인을 찾았다.

왕후는 자초의 옷차림을 보고는 대단히 기뻐했다.

“아니, 세심하긴! 내가 초나라 출신이라는 걸 어찌 알았지?”

하여 곧 그를 양자로 삼아 이름을 초(楚)라 부르기로 했다. 실상 자초의 이름은 그렇게 해서 생겨났던 것이다.

효문왕은 그동안 자초에 대해 그다지 관심을 보이지 않고 있다가 불러놓고는 책을 읽어보라고 했다. 그러나 자초는 자신은 오랫동안 외국에 버려져 있었던 탓에 스승에게 학문을 배울 기회를 놓쳐 책을 읽지 못한다고 솔직히 고백했다. 그 일로 자초는 효문왕으로부터 신임을 얻지 못하고 또다시 얼마간 버려져 있어야 했다. 그러던 어느 날, 자초는 마침 부왕을 만나 진언할 기회를 얻게 되었다.

“아바마마께서도 일찍이 조나라에 인질로 계셨던 적이 있지요. 지금 조나라 사람으로서 아바마마의 이름을 모르는 자가 없습니다. 그런데 그 후 아바마마께선 귀국하서 왕이 되셨지만 아바마마의 덕을 기대하고 있던 그들에게 단 한번도 사신을 보내어 그들을 위로하신 적이 없습니다. 이 때문에 그들은 지금 진나라에 대해 그다지 좋은 인상을 갖고 있지 않습니다. 그러니 국경의 관문을 저녁 일찍 닫고 아침 늦게 여는 것이 안전하다고 봅니다.”

효문왕은 자초의 의견이 매우 일리가 있다고 여겨 그렇게 시행토록 했다.

이처럼 자초의 능력이 하루가 다르게 왕에게 인정되고 있다는 것이 확인되자 화양부인은 비로소 '베갯송사'를 서두르기 시작했다.

"자혜보다는 자초가 어쩌면 더 인덕이 있는지도 몰라요. 더구나 외국에서의 인질경험도 있고 해서 이 나라를 이끄는 데는 안목도 넓을 것 같고요."

밤마다 잠자리에서 이어지는 화양부인의 베갯머리 속삭임에 효문왕은 처음에는 말도 안 된다고 펄쩍 뛰었으나 시간이 흐르자 차츰 반응을 보이기 시작했다.

한편 여불위는 여불위대로 엄청난 재력을 동원하여 궁중 내에서 태자 책봉에 변동이 생긴다 해도 큰 파급이 일지 않도록 세심하게 뒷손을 쓰고 있었다.

드디어 효문왕은 대신들을 불러 선언했다.

"내 아들 중에 자초만한 인물이 없다. 그렇기에 태자를 다시 책봉한다."

자혜의 무리들은 그럴 수는 없는 일이라며 크게 반발하고 나섰지만 워낙이 그 세력이 미흡했고 모든 중신들조차 여불위를 통해 이미 매수되어 있던 상태라 그대로 주저앉고 말았다.

이후 효문왕 사후 자초는 마침내 왕이 되었다. 이가 바로 장양왕(莊襄王)이다. 그는 왕이 되자 자신의 은인 여불위를 승상으로 삼았다. 그리고는 여불위에게 문신후(文信侯)라는 작호(爵號)와 함께 남전(籃田)땅 12개 현(縣)을 식읍으로 주었다. 또 자신의 양어머니인 화양부인은 화양태후(華陽太后)로 승격시켰고, 정을 낳은 그 여인은 당연히 왕비가 되었다.

그런데 이처럼 어렵게 왕위에 오른 장양왕이었지만 왕이 된 지 3년 만에 병석에서 급서(急逝)하고 말았다.

왕좌는 곧 어린 왕자 정에게 이어졌다. 어린 왕은 자기를 낳아준 어머니를 태후의 자리로 다시 격상시켰고 화양태후도 태상태후로 높아졌다. 또 자신을 돌보아주는 여불위에 대해서는 고마운 표시로 그에게 신하로써 최고의 지위인 상국(相國)에 올린 다음, 아버지와 같은 항렬이란 뜻으로 중부43)(仲父)라 불렀다. 이렇게 되자 실상 정왕은 나이가 어렸으므로 모든 권력의 실세는 여불위의 손에 쥐어진 것이다.

그런데 아직 젊고 예뻤던 진시황의 어머니는 장양왕이 죽고 나자 그 정욕을 참지 못하고 어린 왕의 눈을 피해가며 계속 여불위와 관계를 갖고 있었다. 여불위는 이 일에 대해 점차 불안을 느끼기 시작했다. 여러 가지로 화양태후를 달랬지만 타고난 음행은 식을 줄을 몰랐다. 이런 관계가 밝혀지면 모든 것이 끝장이라고 생각한 여불위는 태후의 집요한 음욕을 역이용하기로 했다.

여불위는 몰래 대남근(大男根)의 소유자인 노애(嫪愛)라는 인물을 찾아내어 우선 그를 자기 식객으로 삼았다. 그리고는 기회를 기다리다가 어느 날 술자리의 여흥을 빙자하여 그를 불러 그 남근의 힘으로 오동나무 바퀴를 굴리는 등, 온갖 기행(奇行)을 연출해 보이도록 했다.

이 소문이 태후의 귀에 들어가 그녀로 하여금 노애에 관심을 갖도록 한 것은 바로 여불위의 계획된 작전이었음은 말할 나위도 없다.

과연 얼마 후 태후로부터 그 노애를 손에 넣고 싶다는 은밀한 뜻이 전해져왔다. 여불위는 속으로 쾌재를 불렀다.

---

43) 중부(仲父) : 작은 아버지

이에 사람을 시켜 비밀리에 태후에게 이르도록 했다.

"방법은 하나, 그에게 죄목을 뒤집어씌운 다음, 그를 궁형에 처하
도록 하여 환관으로 만드는 것입니다."

그러자 태후는 노발대발했다.

"궁형에 처한 인물을 어디다 쓰게!"
"아니지요. 세상에 그렇게 알리는 거지요. 그래야 아무런 의심도
받지 않고 곁에 둘 수가 있지요."

일은 계획대로 성사되었다. 노애는 곧 턱수염과 눈썹을 뽑고 거짓
환관이 되어 태후의 시남(侍男)으로 마음 놓고 태후방을 드나드는
특권을 누리게 되었다.

그로부터 태후는 이 노애에게 푹 빠져 마침내 임신까지 하기에 이
르렀다. 여불위는 태후에게서 완전히 벗어나 해방감을 느끼며 자신
의 정치 야심에만 몰두했다. 부끄러워할 줄조차 모르는 태후는 오히
려 늙어 기력이 쇠한 여불위가 가까이 하지 않는 것을 만족하게 되
었으니 둘 사이는 자연스럽게 정리가 된 셈이었다.

그러나 태후는 차츰 배가 불러오는 것이 큰일이었다. 이로써 모든
일이 탄로라도 나는 날이면 일의 수습이 막연해질 터였다. 생각 끝
에 태후는 거짓 점을 쳐서 그 점괘에 의해 액을 피한다는 구실로 사
람의 눈을 피해 함양을 떠나 옛 도읍지였던 피서궁으로 가서 출산을
기다리게 되었다. 물론 그 기간을 못 견뎌 노애 역시 동행했다.

세월이 흘러 태후가 몰래 낳은 아이는 둘이나 되었다.

그 아들 정이 진시황으로 즉위한지 9년. 그가 어느 정도 성장하자
마침내 이 모든 사실은 온 천하에 드러나고 말았다.

때를 기다리고 있던 원한의 태자 자혜의 측근들이 이 사실을 진시

황에게 귀띔하게 된 것이다.

"노애가 환관이란 것은 터무니없는 거짓말입니다. 태후와 밀통하
여 이미 아이가 둘이나 숨겨져 크고 있습니다. 더구나 왕이 죽으면
그 아이를 후계자로 삼겠다고 공작까지 꾸미고 있습니다."

놀란 진시황은 사실을 조사토록 했다.

결국 여불위까지의 관련이 드러났지만 진시황은 걷잡을 수 없는 민
심을 진정시키기 위해 우선 노애와 그 두 아들을 처단하고, 어머니인
태후는 멀리 옹(雍) 땅으로 보내는 것으로 사건을 일단락 지었다.

본래 여불위도 주살해버리려 했지만 자신의 부왕인 장양왕에게 바
친 그의 공적이 너무 컸고 중신들 중에는 여불위의 측근들이 대부분
이었기에 진시황을 동요시키기에 충분했던 것이다.

그러나 한번 찍힌 거목이 완전히 도끼날로부터 피해있을 수는 없
었다. 결국 생모인 태후를 멀리 귀양까지 보내서야 되겠느냐는 복잡
한 문제에 봉착하자 어머니를 다시 서울인 함양으로 모셔오는 대신
그와 여불위가 다시는 어떤 관계도 맺지 못하도록 한다는 명분을 내
세워, 여불위는 상국의 직위를 박탈함과 아울러 멀리 하남의 남전으
로 보내어 칩거토록 한다는 결정을 내리게 되었다.

그러나 본래 타고난 지도력을 가진 여불위는 그 남전으로 가서도
역시 사람을 모으고 드디어는 다른 나라 제후들의 신망까지 줄어들
지 않게 되자 진시황은 이의 모반을 두려워하여 다시금 가혹한 명령
을 내리게 되었다.

"그대에게 남전의 봉지(封地)와 중부(仲父)라는 명칭까지도 삭탈
(削奪)한다. 즉시 가족들을 이끌고 멀리 촉(蜀) 땅으로 옮겨가 살도
록 하라."

서신을 받은 여불위는 이제 모든 것이 끝났다고 여겼다. 권세 막강하고 화려했던 영화의 시간은 둘째 치고 곧 주살까지 당하려 하는 사실을 직감하게 되었다. 여불위는 미련 없이 그 자리에서 독약을 마시고 영욕으로 점철된 생을 마감했다.

파란만장한 중국 역사의 소용돌이 속에서 최초의 통일왕국으로 그 위용을 천하에 떨쳤던 진나라 궁실은 이렇듯 남달리 정욕에 목말라 하던 한 여인의 뱃속에서 비밀리에 잉태하고 분만되었던 것이다.

또한 '진기한 상품'을 사둠으로써 자신의 혈연으로 대제국의 시황제를 만들어 그를 등에 업고 천하의 영광을 누리던 여불위는 결국 자신의 친자에 의해 그 영욕의 삶을 마감하게 되었던 것이다.

주인을 선택할 수 있는 시대

진평(陳平)은 양무(陽武) 사람이다. 지모가 뛰어났던 그는 처음 항우(項羽)의 휘하에서 일했다. 어느 해, 은왕(殷王) 사마앙(司馬卬)이 반란을 일으키자, 항우는 진평으로 하여금 이를 토벌토록 한 적이 있었다. 사마앙은 일찍이 조(趙)나라 장수였다가 진시황의 천하통일로 진(秦)나라 장수가 되었던 자다. 그 후 초한전(楚漢戰)에 항우가 하내(河內)에 입성하는 것을 도운 공으로 은왕이 된 인물이다.

진평은 은왕을 만나게 되자 싸움의 당연한 결과 등을 들어 다시 항우에게 용서를 빌고 살아남으라고 설득했다. 마침내 은왕은 진평의 뜻을 좇게 되었고 반란은 쌍방에 피 한 방울을 흘리지 않고 진압됐다. 이에 항우는 크게 기뻐하며 진평을 도위(都尉)라는 직책으로 승급시키고 20근의 황금을 포상으로 내렸다.

그런데 뒤에 그 은왕은 조가(朝歌)에서 유방(劉邦)의 부하인 한신(韓信)의 군대와 싸워 포로가 되었고, 결국 유방편으로 돌아서고 말았다. 크게 노한 항우는 이번엔 진평에게 그 화를 전가시키면서 은왕을 대신해 벌하겠다고 벼르고 있었다.

진평은 아무리 생각해도 억울했다. 그는 결국 직인과 이전에 포상으로 받았던 황금을 자루에 담아 항우에게 보낸 뒤 밤길을 달려 단신으로 황하를 건너 마침 수무(修武)에 와있던 한(漢)나라 유방의 진영으로 도망했다. 수무에 온 진평은 우선 평소 알고 지내던 위무지(魏無知)란 인물을 찾았다. 그를 만나 자초지종을 이야기 한 뒤, 자신을 유방 밑에서 일할 수 있도록 주선해달라는 부탁을 했다. 진평의 뛰어난 지략을 이미 알고 있던 위무지는 그가 스스로 찾아 온 것을 더없이 반갑게 여기며 즉시 유방에게 추천했다.

유방에게 등용된 진평은 얼마 뒤 항우의 본거지인 팽성(彭城)을 칠 계획을 세우고, 이를 성공시켰다. 그 일로 유방의 신임을 얻게 된 진평은 항우에게 있을 때의 도위 벼슬을 다시 얻게 되었다. 뿐만 아니라 직접 유방을 보위하는 수행원의 임무까지 맡게 되었다.

그런 진평을 두고 주위 신하들은 시기와 질시를 그치지 않았다. 항우로부터 귀순한 도위가 단숨에 유방의 심복이 된 것이 못마땅했던 것이다. 그들은 진평의 뒷전에서 험담을 늘어놓으며 급기야는 진평이 항우가 보낸 첩자인지도 모른다는 터무니없는 모략까지 해댔다. 그런 험담들을 못 들었을 리 없는 유방이었지만 진평에 대한 신망은 변함이 없었다.

시기가 극에 달한 신하들은 진평에게 뇌물을 주어 이를 빙자해 그를 욕보이려고 했다 뇌물을 건네주자 계략을 눈치 채지 못한 진평이 거리낌 없이 그것들을 받아들이자 그들은 쾌재를 불렀다.

그들은 곧 유방의 오른팔격인 주발(周勃)과 관영(灌嬰)을 찾아가 이를 유방에게 알릴 것을 강력히 주장했다. 주발과 관영 역시 진평을 익히 아는 터라 그럴 리 없다고 설마하면서도 유방에게 알리지 않을 수 없었다.

　　"진평은 겉으로 보기에는 의표 당당한 듯 하나 속내는 그리 방정치 못한 듯 하옵니다. 들리는 소문에 의하면 밖에서는 항상 여자문제가 따르고 관에서는 직권을 빙자해 뇌물을 받아들인다 하더이다. 대왕의 신임을 얻기에는 적당치 못한 인물인 듯싶습니다."

유방은 곧 위무지를 불러들였다.

"진평이 정말 소문대로 그런 인물이더냐? 그런데 왜 내게 그자를 추천할 때 한마디도 이르지 않고 칭찬만을 늘어놓았단 말이냐?"

유방의 다그침에도 아랑곳없이 위무지는 오히려 담담하게 말했다.

"지금 우리 한나라 군사는 초나라 항우의 군사에 비하면 말할 수 없이 열세인 지경입니다. 이런 상황에서 적을 이기려면 작은 허물은 덮어주고 큰일을 할 수 있는 용기를 키워주어야 합니다. 더구나 상대의 약점을 알면서도 덮어주면 그자는 더욱 믿고 따라 충성을 다해올 것은 인지상정! 어찌 임금께서는 체통에 맞지 않게 신하의 사생활이나 남의 험담을 문제 삼아 귀한 시간을 허비하고 계십니까?

진평의 사생활에 대해서는 저도 아는 바가 없습니다. 그러나 진평이 열과 성을 다해 임금을 모시고 있음은 한치도 의심의 여지가 없습니다. 만약 앞으로도 진평이 자신의 지략을 다해 임금을 모시는데 소홀함을 보인다면 저 또한 진평과 같은 죄목으로 벌해 주십시오."
위무지의 이런 반응에 유방은 서운함을 다소 풀기는 했으나 어딘지 모르게 개운치 않은 것은 사실이었다. 유방은 기회를 보아 진평에게 주의를 줄 참이었다.
이윽고 진평과 자연스럽게 마주하게 되었을 때 유방이 물었다.

"들자하니 그대는 일찍이 위왕(魏王)을 섬겼다던데……. 그리고 다시 세상이 바뀌자 위왕을 버리고 항우에게 달려갔고 이제는 항우를 버리고 내게 와 있는데, 이는 사나이라면 어울리지 않는 줏대 없는 행동이 아닌가?"

진평은 기다렸다는 듯 고개를 끄덕이며 말했다.

　"예, 임금님의 말씀은 조금도 어긋남이 없습니다. 제가 위와 초를 옮겨 다니며 배반했다 복종했다하며 그 태도가 한결같지 않았음은 사실입니다. 그러나 어떤 물건이든 쓰는 사람의 손에 따라 그 가치와 결과는 판연히 달라지기 마련입니다. 위왕 밑에 있을 때 저는 제가 지닌 병법을 써먹을 기회가 없었습니다. 항우에게 갔더니, 그 역시 제 능력을 인정해주기는 커녕 오히려 무고한 죄를 씌어 저를 벌하려 하기만 했습니다. 하여 저는 천리를 멀다않고 대왕께 달려 온 것입니다. 지금 눈앞에선 초한전이 한창이고 영웅들은 일어서 천하를 뒤흔들고 있습니다. 이런 시대의 용사란 어둠을 버리고 밝음을 향해 뛰기 마련입니다. 상황으로 미루어 주인을 선택하여 섬길 수 있는 시대이지 주인이 용사를 선택하여 부릴 시대는 아닙니다. 그럴진대 제 행위를 탓하시다니요. 저는 대왕을 주인으로 택해 찾아온 몸입니다. 제가 넘어올 때 홀홀 단신으로 왔기에 주위의 동료들은 제가 자리를 잡을 때까지 쓰라며 몇 푼을 건네주고 선물도 보내오곤 했습니다. 저는 그런 것을 받자니 부끄러웠고 물리치자니 그들의 호의를 저버리고 궁색한 객기를 부리는 것과 같아 우선은 받아두자 생각했습니다. 지금껏 그들이 건네준 것들은 손 하나 대지 않고 모아두었습니다. 이를 권력을 빙자해 탐욕스럽게 받아들인 뇌물이라 한다면 지금 당장 가져다 풀어드리겠습니다."

　진평의 말을 들은 유방은 그의 지조와 속 깊은 생각에 혀를 내둘렀다. 유방은 진심으로 자신의 오해를 사과했다.

　후에, 과연 진평은 성심으로 유방을 도와 진(秦)의 악정(惡政)을 넘어 항우와의 끈질긴 쟁탈전을 마감하고 한제국(漢帝國)을 건설하여 천하를 안정국면으로 이끄는 주도적인 역할을 하였다. 또한 한(漢) 고조(高祖)로 등극했던 유방이 죽자 왕후였던 여후(呂后)의 찬탈을 바로잡아 주발과 함께 한(漢) 나라의 기초를 튼실히 다져놓았다. 하여 그는 명실 공히 중국 역사상 신제국 건설의 일등공신으로 역사에 기록되게 된 것이다.

자신을 저울질 할 수 있는 용기

　진시황(秦始皇)은 전국시대를 평정한 후, 통일국가의 권위를 천하에 떨치기 위해 3대 토목공사를 벌였다.

　만리장성의 수축과 아방궁의 축조, 그리고 자신이 죽은 뒤 묻힐 지하궁전인 능묘가 그것이었다. 이 공사에는 대규모의 요역44)(遙役)이 필요했고, 그를 위해 징발된 많은 장정들은 시간이 지날수록 진나라에 대한 반감만 높아갔다.

　그즈음 각지에서 떨쳐 일어나 이름을 날리는 인물은 헤아릴 수 없이 많았지만, 차츰 항량(項梁)에 의해 세워졌던 허수아비격인 초왕(楚王) 밑의 항우(項羽)와 유방(劉邦)이라는 두 세력으로 판도가 압축되고 있었다. 이미 몰락한 초(楚)나라 회왕(懷王)의 후손인 이 초왕은 실상 남의 손에 의해 상징적 필요에 따라 세워진 임금이었기에 아무런 실권도 가지고 있지 못했다.

　그러나 초왕은 '타도 진나라'를 외치는 새로운 반군들의 사기를 북돋아 줄 요량으로, 누구든지 함양을 먼저 점거하는 자에게 그곳 관중45)(關中)의 왕 자리를 주겠노라고 약속했다.

　비록 초왕이 아무런 실권도 없는 이름뿐인 왕에 불과했지만 시대

---

44) 요역(遙役) : 나라에서 세금 징수 대신으로 시키는 노동.
45) 관중(關中) : 함양을 중심으로 한 진나라 땅 일대.

는 아직 뚜렷한 구심점이 세워지지 않은 무주공산46)(無主空山)의 막연한 상황이었다. 그래서 누구든지 진의 도읍지이며 천하의 노른자위인 이 마지막 거점을 선점하는 자는 천하를 휘어잡는 것과 같았다. 때문에 초왕의 약속이 아니더라도, 함양은 최우선의 공격목표였다.

이런저런 과정을 거쳐 함양은 결국 유방에 의해 점거되었다. 그러나 유방은 오히려 걱정이었다. 항우가 거느린 병력이나 그의 성격에 미루어 자신이 먼저 함양을 점거한 것이 스스로 화를 불러들인 것이 아닌가 염려되었기 때문이다.

결국 유방은 홍문에서 연회를 통해 함양 점거의 공을 항우에게 넘길 수밖에 없었다. 물론 이는 후일을 기약한 유방의 기지와 인내인 셈이었다.

마침내 진은 망했고 항우는 그동안 진을 상대로 싸웠던 많은 장군들을 그 공을 따져 각지에 제후로 봉했다. 항우 자신은 스스로 서초패왕(西楚霸王)이라 하고, 그 구색을 위해 초왕은 의제(義帝)라 높여 칭했다. 물론 후에 의제마저 없애고 말았다.

그리고 나서도 항우는 역시 유방이 신경 쓰이지 않을 수 없었다. 그는 역시 가장 거북한 존재였다. 그렇다고 유방의 공로를 전혀 인정치 않을 수도 없는 노릇이었다. 생각 끝에 항우는 유방을 멀리 서쪽 한 귀퉁이의 한수(漢水)지역인 한중(漢中)으로 보내기로 했다. 그를 그 외지고 편벽한 곳으로 쫓아 보냄으로서 중원에서의 활동을 미리 막아버리자는 속셈이었다. 항우는 곧 유방을 한왕(漢王)에 책봉했다.

이리하여 곧 중국 역사의 또 다른 명칭인 '한'이 생겨나게 된 것이다. 결국 유방은 자신의 힘이 항우에 미치지 못함을 인정하고, 촉(蜀)땅을 넘어 한중으로 가는 길밖에 없었다.

이때 장량(張良)이라는 인물이 책략 한 가지를 일러주었다.

---

46) 무주공산(無主空山) : 인가도 인기척도 전혀 없는 쓸쓸한 산

"촉을 지나 한중으로 가는 길은 절벽산이라 잔도47)(棧道)로 연결
되어 있습니다. 항우가 우리를 한중으로 보내는 속셈은 다시는 중원
으로 돌아오지 말라는 뜻이 아니겠습니까? 그러니 잔도를 건넌 다
음 매번 그것들을 태워버린다면 항우의 의사대로 우리가 다시는 중
원으로 되돌아올 뜻이 없음을 보이는 것 아닐는지요."

유방은 그의 지략에 감탄했다. 그리고는 그의 말대로 지나온 다리
마다 불을 놓아 없애버렸다. 과연 항우는 더 이상 유방을 의심하지
않았다.

그런데 한 가지 다른 문제가 발생하기 시작했다. 이 유방을 따르
는 많은 휘하의 병사들은 동쪽 출신이 많았다. 유방 일행이 다리를
불태우면서까지 고향땅에서 멀어져가자 영원히 돌아갈 수 없을지 모
른다는 절박한 심정으로 대열을 벗어나는 병사들의 수가 늘어갔다.

그러던 어느 날 신하 하나가 유방에게 급히 달려와 아뢨다.

"큰 일 났습니다. 승상 소하(蕭何)가 달아났습니다!"

유방은 크게 놀랐다. 소하라하면 자신의 수족과도 같은 인물이었
다. 긴 세월 동안 모진 고생을 함께하며 자신의 곁을 지켜주던 그였
다. 목숨을 다할 때까지 자신을 보필하리라던 소하가 떠났다고 하니
유방의 절망은 이만저만이 아니었다. 모든 것이 끝나버린 것 같은
심정이었다.

그러나 이틀이 지나자 소하는 아무 일도 없었다는 듯이 다시 진영
으로 돌아왔다. 소하를 본 유방은 한편 반갑기도 하고 야속한 기분
에 화도 치밀어 꾸짖듯 말했다.

"그래, 가던 길로 계속 도망치지 않고 어찌 되돌아왔는가?"

---

47) 잔도(棧道) : 낭떠러지 사이에 사다리처럼 건너지른 다리의 길

소하가 대답했다.

"저는 도망친 게 아니고 달아나던 한신(韓信)을 데리러 갔었습니다."
"한신이라고? 이미 대열을 빠져나간 장군이 열에 일곱은 되는데
그때마다 그대는 그 누구를 뒤쫓은 적이 없더니 겨우 거렁뱅이 출
신인 말단 군졸 하나를 데리러 이틀을 쫓아갔다 왔단 말이오?"

원래 한신은 회양(淮陽)에서 태어나 어려서 부모를 잃고 그야말로
동가숙서가식하며 부랑아처럼 어린시절을 보냈던 인물이었다. 하지
만 그에게는 늘 위대한 장군이 되겠다는 꿈이 있었다. 하여 혼자 칼
을 차고 다니며 비록 엉터리 같은 짓이었지만 동네어귀의 느티나무
를 상대로 열심히 무예를 익혔다.

그런 한신이 그 큰 허우대에 긴 칼을 빗겨 차고 회양의 거리를
활보하며 끼니를 구걸해 먹는 모습은 가관이었다. 그런 그에게 벼슬
아치의 자제들은 비웃음과 손가락질을 보내곤 했다. 그러던 어느 날
백정의 자식 하나가 그를 불러 세워 찍자를 놓았다.

"어이, 덩치 큰 거렁뱅이! 맨날 칼만 차고 다니면 뭘 해? 칼을 써
볼 배짱이나 있어? 어때 나랑 한번 붙어 볼까? 목을 걸고 말야? 자,
덤벼봐!"

한신은 치미는 모욕감을 꾹 참고 대꾸를 하지 않았다.

"못 덤비겠지? 그런 배짱으로 무슨 장군이 되겠다고? 그럴 용기
가 없다면 내 가랑이 밑으로 지나가! 그렇지 않으면 가만두지 않을
테니. 자, 어서!"

묵묵히 그를 노려보던 한신은 생각했다. '그렇다. 이런 사사로운
일에 쓸 양으로 익힌 무예가 아니지 않는가?'

한신은 마침내 녀석의 가랑이 밑으로 기어 들어갔다. 모여들었던 거리의 아이들이 낄낄거리며 웃음을 터뜨려댔지만 한신은 가랑이를 통과해 묵묵히 그 자리를 피해버렸다.

그러던 어느 날 항량(項梁)과 항우(項羽)가 군대를 이끌고 회양 거리를 지나게 되었다. 비로소 때가 왔다 여긴 한신은 자신의 칼을 챙겨 차고는 그 대열의 뒤를 쫓았다. 갑자기 끼어든 그를 보고 처음 이상스레 여긴 병사들이었지만 끝까지 따라붙는 그를 더 이상 뿌리칠 수 없게 되자 위병(衛兵)에 편입시켜 주었다.

이렇게 하여 항우의 병사가 된 후, 한신은 여러 경로를 통해 항우에게 용병술을 건의했다. 그러나 항우는 이를 귀찮게 여기며 오히려 실속 없이 말만 많은 존재로 취급해버렸다.

그러던 중에 마침 경비를 맡고 있던 홍문연(鴻門宴)에서 한신은 유방의 항우에 대한 인내심과 치욕을 애써 삼키며 뱉어내는 쓴웃음을 보게 되었다.

'그렇다, 저런 인물이다! 그 옛날 부랑배의 가랭이를 지날 때 맛본 기분은 저런 것이었을 것이다. 천하를 휘어잡을 인물은 저 유방과 같이 굴욕을 견디고 스스로를 키울 수 있는 자일 것이다.'

그리하여 한신은 먼 길을 떠나 유방에게로 귀의해왔던 것이다.

그러나 유방 역시 한신을 알아주지 않아 말단의 직책으로 세월을 보내게 되었다.

그러던 어느 날 한신은 여러 동료들과 함께 술을 마시게 되었는데 그만 술이 과해 다툼을 벌이게 되었다. 다툼의 여파는 컸다. 온 영내가 싸움터나 된 듯 떠들썩했다.

이를 본 유방은 한신이 반란을 도모하려 한다고 의심해 죽이라고 명령했다. 참수는 하후영(夏侯嬰)이라는 장군에게 맡겨졌다. 한신이 형틀에 묶인 뒤 막 참수가 행해질 참이었다.

묶여있던 한신이 혼잣말처럼 소리쳤다.

"유방이 과연 천하를 가질만한 인물인가? 자기를 위해 목숨을 바
쳐 싸워줄 장수를 스스로 죽이다니……."

한신의 말을 들은 하후영은 그가 보통 인물과 다르다고 여겨졌다.
참수의 집행을 멈추라고 명령한 하후영은 한신에게 다가가 말을 건
네 보았다. 과연 비범한 인물이로구나 싶어진 하후영은 즉시 유방에
게 달려가 한신의 죄를 용서해 줄 것과, 오히려 그에게 높은 직책을
내려두고 써야 한다고 아뢨다.
곧 한신은 군량을 관리하는 직책을 맡게 되었다. 자연히 승상으로
있는 소하와 접촉할 기회가 많아졌다. 소하는 사람을 보는 혜안을
가지고 있었다. 소하는 한신의 능력과 지모를 확인하게 되었고, 갈수
록 한신이 좋아졌다.
그 후 소하는 유방을 만날 때마다 한신의 인물됨을 설명하며 그를
높이 쓸 것을 청했다. 그러나 한신에 대해 처음부터 미덥지 못한 감
정을 품고 있던 유방은 그다지 탐탁히 여기지 않았다.

"남의 가랑이 밑을 기던 사내를 어찌 장군으로 쓰란 말인가? 더
구나 항우가 말단 병사로 받아주었던 그를 우리가 장군으로 삼는다
면 그 또한 얼마나 비웃음을 살 일인가?"

소하의 노력에도 유방이 동요할 기색조차 보이지 않자 한신은 결
단을 내리게 되었다.

"유방 또한 더 이상 기대할 인물이 못된다. 더구나 이제는 저 중
원을 뒤로하고 이 편벽한 동쪽 후미진 땅, 한중에 쫓겨 와 있지 않
는가? 많은 병사와 장수들 또한 하나 둘 유방을 뜨고 있음에랴
……."

고심 끝에 한신은 마침내 한나라 병영을 버리고 말을 몰아 동쪽으로 향하고 말았다.

한신이 병영을 빠져나갔다는 소식을 들은 소하는 급한 마음에 유방에게 미처 알릴 겨를도 없이 그 뒤를 쫓게 된 것이다.

한참을 달려 앞서가는 한신을 따라잡기는 했지만 다시 돌아가자는 설득에는 막무가내였다.

"더 이상 유방에게는 바라볼 것이 없소."

그러나 소하 역시 포기하지 않았다. 한신과 말을 달리면서 그를 설득하기에 꼬박 하루해를 보내고 달이 졌지만 여전히 한신은 고집을 꺾지 않았다. 아침이 되어 새로운 해가 동녘으로 떠오르고 나서야 비로소 한신은 소하의 설득을 받아들이게 되었다.

이렇게 힘겹게 한신의 마음을 되돌려 돌아왔건만 도리어 유방은 다른 장수들이 떠날 때는 오불관언48)(吾不管焉)하더니 미천한 병사 하나를 가지고 왜 그리 유별을 떠느냐는 식이었다.

그런 유방에게 소하는 그렇게 떠난 장군들은 지금 당장이라도 어디든 가서 수십 명 데려 오는 것은 어렵지 않으나 한신 같은 이는 평생에 한 둘 만나기 힘든 인물이라고 말한 뒤 물었다.

"대왕께서는 평생 이 궁벽한 한중에 만족하며 머무를 참이십니까? 그렇다면 한신 같은 이는 필요가 없을 테지요, 어떻습니까?"

"내 어찌 예서 만족할 수 있겠는가? 우리가 처음 군사를 모을 때의 큰 뜻은 자네 또한 잘 알고 있지 않은가?"

---

48) 오불관언(吾不管焉) : 나는 그 일에 상관하지 아니함.

"그러기에 드리는 말씀입니다, 대왕! 천하를 쟁패하기 위해서는 한신 같은 이가 꼭 필요합니다. 대왕께서 장차 그럴 의향이시라면 한신을 중용해 붙드소서. 그렇지 않으면 한신은 다시 이곳을 떠나갈 것입니다."

그제서야 유방은 별 수 없다는 듯 소하에게 제의했다.

"그렇게까지 승상이 요청을 하니 어쩔 수 없구려. 그러면 그에게 일단 장군 자리를 내주어 시험을 해보는 게 어떻겠소?"

소하가 즉시 안 될 말이라고 아뢨다.

"장군자리 정도로 그를 잡아둘 수는 없을 겁니다. 대장군의 직위 정도라면 모를까……."

소하의 청이 너무 지나치다 싶은 유방이었지만 기왕 그의 청을 들어주기로 한 바이므로 못이기는 척 말했다.

"그럼 어서 한신을 불러 오시오!"

소하가 정색을 하며 유방의 결례를 지적했다.

"대왕께서는 어찌 스스로 거만하려 하십니까? 지금 대장군을 임명하려는 자리에서 아무런 절차도 없이 어찌 어린 애를 부르듯 하십니까? 진심으로 그에게 대장군의 직책을 내리려 하신다면 마땅히 택일을 거쳐 목욕재계하시고 식장을 준비해 융중한 의식을 거행해야 합니다. 그를 그리 대우해 높여 놓는다면 어찌 평생 대왕을 저버리는 일이 있겠습니까."

이렇게 하여 영내에는 새롭게 대장군 한 명이 임명된다는 소식이 퍼졌다. 온 영내는 소리 없는 긴장이 감돌았다. 행여 자기는 아닐까 기대를 갖는 장군들도 있었고 새로운 대장군이 들어서면 군영의 분위기는 어떻게 바뀔까 흥미로워 하는 병사도 있었다.

대장군 임명식이 시작되었다. 그러나 단상으로 오르는 자는 한신이 아닌가? 모두는 크게 놀랐다.

유방이 한신을 앞에 하고는 정중하게 그에게 대장군의 직책을 내린다고 선언했다. 유방은 한신이 대장군이 되기까지는 소하의 수차례의 추천이 있었다는 설명도 덧붙였다.

식이 끝난 뒤 유방은 따로 한신을 만났다.

"그동안 너무 홀대를 해서 죄송하오. 대장군, 앞으로 많은 지도를 부탁드리겠소!"

유방이 정중히 사과를 표하자 한신도 자세를 고치며 말했다.

"우선 여쭙겠습니다, 천하를 쟁패하려는 대왕에게 있어 그 상대는 항우일테지요?"

"아무렴 그렇지요. 따로이 누가 또 있겠습니까?"

"그러면 한번 저울질을 해 보십시요. 용기와 결단력, 인덕 이 세 가지 가운데 대왕께서 항우보다 낫다고 내세울 수 있는게 무엇이겠습니까?"

유방이 곰곰히 생각하더니 말했다.

"그 어느 하나도 앞선다 할게 없구료."

한신은 유방의 겸손함에 정중히 고개를 숙여 보인 뒤 주저 없이 말했다.

　"스스로의 역량을 아시는 그 자체가 이미 항우의 모든 것보다 나은 것입니다. 그것 하나만으로도 천하는 이미 대왕의 것과 같으니 우선 축하를 드립니다. 저는 일찍이 항우를 따라다녀 보았기에 그에 대해서는 누구 못지않게 잘 알고 있습니다. 항우는 정말 대단한 인물임에 틀림없습니다. 그는 인자하고 너그러워 부하를 아끼는 마음은 극진합니다. 자신의 군사 하나가 병이라도 날 양이면 그 고통을 함께 해 눈물을 보이며 위문품을 보낼 정도지요. 그런 항우지만 일단 화가 나기라도 하면 그 누구도 감히 그 앞에서 입을 열 엄두도 내지 못하지요. 더구나 그는 자기를 찾아온 인물하나 제대로 관리를 못하니 이런 노기(怒氣)는 필부지용49)(匹夫之勇)에 지나지 않습니다. 공을 세운 자에게 상을 주거나 땅을 봉할 때도 인색하기 그지없어 그의 직인이 다 닳도록 만지작거리고 있을 정도지요. 그러니 이는 못된 시어머니의 허위에 찬 인자함에 비유할 수 있는 것이지요. 제가 보기에 항우는 지금 천하를 제패하고 제후들을 호령하고 있지만 관중 하나도 제대로 못 지켜낼 것입니다. 그는 곧 관중 땅에 흥미를 잃고 자신의 고향인 팽성을 수도로 삼으려 할 겁니다. 스스로'성공하고 고향에 돌아가지 않는 것은 밤에 비단옷을 입고 다니는 것과 같다'50)라는 말을 읊조리고 다니는 것만을 봐도 그가 얼마나 어린애처럼 고향에 가서 자랑을 하고 싶어 하는지를 알 수 있습니다. 그렇게 되면 항우는 지리적인 장점을 잃게 됩니다. 또한 그는 이전에 의제가"관중을 먼저 점거하는 자에게 그 땅을 봉하리라"고 한 약속을 멋대로 바꿔 자신의 신복을 봉해, 많은 제후들로부터 불평을 사고 있습니다. 많은 제후들은 항우가 의제를 강남으로 축출하는 것을 보고 이를 반대해 스스로를 왕이라 칭하며 항우를 거부하고 있습니다. 게다가 항우는 어떤 곳이든 점령할 때마다 노략질과 방화를 일삼아 천하의 백성들로부터 원망을 사고 있습니다. 민심은 이제 항우에게서 등을 돌린 것입니다……"

---

49)　필부지용(匹夫之勇) : 깊은 생각 없이 혈기만 믿고 함부로 냅다치는 용기
50)　금의야행(錦衣夜行) : 성공하고 고향에 돌아가지 않는 것은 밤에 비단옷을 입고 다니는 것과 같다. 원래 사기(史記)에는"富貴不歸故鄕, 如衣綿夜行"이라 되어 있다.

한신의 말허리를 자르고 유방이 흥분해 물었다.

"천하의 정세가 그 지경이라면 지금 내가 할 수 있는 일은 무엇인가? 구체적으로 말해보게."

"바로 항우와 반대되는 길로 가는 것입니다. 천하의 재능 있는 인재만 모은다면 평평하게 다듬지 못할 땅이 어디 있겠습니까? 공을 세운 신하들에게 성읍을 공평히 나누어 준다면 그 누가 불평을 하겠습니까? 군사들을 진격시키되 자신들의 고향인 동쪽으로 가는데 그 누가 두려워하거나 싫다 하겠습니까? 하물며 항우가 관중 땅에 봉한 장한(章邯), 사마흔(司馬欣), 동예(董翳) 등 세 명은 모두가 진(秦)나라 때 장수로 항우에게 항복하여 빌붙은 자들입니다. 그 때문에 어쩔 수없이 항복하게 된 진나라 군대 20만은 모두 생매장당하고 말았지요. 지금도 그 죽은 병사들의 가족인 진나라 사람들은 이 세 명에 대해 뼈에 사무친 원한을 품고 있습니다. 그와 반대로 대왕께서는 점령하는 곳마다 그 어떤 범행도 저지르지 못하도록 휘하 병졸을 단속했고, 오히려 진나라의 가혹한 법률들을 폐지하여 진나라 백성들과 약법삼장51)(約法三章)을 내놓았지 않았습니까? 그런데 뒤이어 다시 들어온 항우는 함양성을 불 질러 아방궁이 석 달 열흘이나 탔고, 그 불빛으로 밤이 낮같았으며 그 외에 제멋대로 부수고 노략질하는 등 갖은 행패를 부렸지요. 이 때문에 그곳의 백성들은 대왕께서 다시 와 주기를 학수고대하고 있습니다. 그러니 만약 대왕께서 동쪽으로 진군을 시작할 때는 아무것도 필요 없이 그저 관중 사람들에게 '내가 간다'라고 통고만 하면 될 겁니다."

유방은 한신의 이야기를 듣고 나자 흥분을 참기 힘들었다. 모든 것을 한신의 말대로 따르기로 한 유방은 천군만마를 얻은 듯 기뻐하

---

51) 약법삼장(約法三章) : 유방이 함양에 들어섰을 때 진나라의 가혹한 법을 폐지하고 대신 새로운 3가지 법률로 줄여 백성을 안심시킨 일. 즉, 치안과 민심수습을 위하여 약속한 일종의 혁명공약. 내용은 아주 간단하여 사람을 죽인 자는 사형에 처한. (殺人者死) 사람을 상하게 한 자도 죄를 묻는다. 도둑질 한 자도 그 죄를 따진다.(傷人及盜抵罪)

였다. 이런 뛰어난 인재를 왜 일찍 등용하지 않았던가 후회스러울
정도였다.

한신은 대장군이 된 후, 이미 태워버린 촉의 잔도를 다시 수리하
고 보급품을 수습한 후, 장한을 죽이고 삼진(三秦)지역을 수복했다.
그 뒤 위(魏)와 조(趙)를 차례로 수복했으며, 특히 조나라 수복 때의
배수진52)(背水陣)이라는 유명한 일화를 남기기도 했다.

또한 수공(水攻)작전으로 항우의 심복인 대장군 용차(龍且)를 패퇴
시키고 제(齊)나라 땅을 되찾았으며, 마침내는 항우를 해하(垓下)에
서 깨뜨리고 천하를 통일, 중국 역사상 가장 뛰어난 대제국 한나라
를 건립하는데 지대한 공을 세우게 되었다.

---

52) 배수진(背水陣) : 한 나라의 한신이 조왕 헐을 공격할 때의 옛일에서 적과의 싸
   움에서 강·호수바다 따위를 등지고 치는 진.

충정(衷情)의 잣대가 될 수 없는 언변(言辨)

한나라 문제(文帝) 때의 일이다.

남양군(南陽郡) 도양현(堵陽縣)에 장석지(張釋之)란 인물이 있었다. 그는 성격이 곧아 매사에 정직했으며 학식도 높았다. 그러나 기랑(騎郎)으로 선발되어 시위(侍衛)라는 직책을 맡아 문제를 호위한 지 10년이 넘도록 승진은커녕 주위의 누구하나 자기를 알아주는 사람이 없었다.

참다못한 장석지는 긴 한숨을 지으며 한탄했다.

"사나이가 한 가지 일에 십년이나 매달렸건만 남에게 인정받지 못하니 이는 능력이 없는 거야. 이제 사직하고 집으로 돌아가야 할까 보다."

그때에 이러한 심사를 장석지의 상사였던 중랑장(中郎將) 원앙(袁盎)이 눈치 채게 되었다.

원앙은 평소 누구보다 그를 주시하고 있었다. 그는 장석지가 재주와 덕을 겸비한 인물로 아직 때가 되지 않아 미관말직53)(微官末職)

---

53) 미관말직(微官末職) : 지위가 보잘것없이 낮은 벼슬

에 묻혀 있을 뿐이지 기회만 오면 크게 기를 펼 날이 올 것이라는 기대를 걸고 있었다. 때문에 그가 실망하여 떠나는 것을 그대로 지켜보고만 있을 수는 없었다.

원앙은 장석지를 만류하면서 다른 한편으로는 문제에게 장석지를 중용해 줄 것을 강력히 추천했다.

"폐하! 장석지는 시위라는 직책으로 썩힐 인물이 아닙니다. 최소한 그에게 알자(謁者)자리 정도는 주어 빈객접대와 전달통신업무를 관장케 하십시요."

계속되는 추천에 문제는 장석지가 어떤 인물이 길래 원앙이 저토록 애를 쓰는가 싶어 그를 만나보기로 했다.

장석지를 만나자 문제가 물었다.

"그대가 장석지요? 좋소, 그럼 치국이민54)(治國理民)에 대한 그대의 소견을 한번 말해 보시오. 그 대신 간단명료하고 지금 당장 실시할 수 있는 구체적인 계획이어야 하오! 나는 지루하고 잡다한 논쟁은 딱 질색이니까."

문제의 성급한 질문에 장석지는 태연히 대답했다.

"짧다고 훌륭한 말이며 길다고 쓸데없는 말은 아니지요. 다만 듣는 자의 태도에 달린 것입니다. 여하튼 폐하께서 급하게 여기시니 몇 마디로 끝내지요. 예컨대 진이 망하고 한이 들어선 것은 사람의 선택에서 시작되었고, 이 한나라가 영원하려면 법이 공평해야 합니다. 지금 폐하께서 당장 하실 수 있는 일이란 두 가지가 있습니다. 하나는 구변이 능한 자를 능력 있는 자라고 잘못 생각하시는 일을 바로 잡는 것이고 또 하나는 절약을 하시는 일입니다……."

───────────────

54) 치국이민(治國理民) : 나라와 백성을 다스리는 이치.

문제는 이윽고 장석지가 보통 인물이 아님을 깨달았다. 둘의 대화는 계속되었다. 끝내는 장석지의 고견에 감탄하기에 이르렀다.

문제는 장석지에게 원앙이 추천한 알자의 자리보다 그 알자를 총괄하여 지휘하는 알자복야(謁者僕射)라는 직책을 내렸다.

이후부터 장석지는 문제를 알현하는 기회가 많아졌다. 한번은 장석지가 문제를 모시고 상림원55)(上林苑)에 가게 되었을 때의 일이다.

문제는 노호산(老虎山)의 전망대에 올라 함께 수행해온 여러 교위(校尉)들에게 물었다.

"너희들은 이 원에 있는 짐승들이 몇 종류가 되며 몇 마리나 되는지 알고 있느냐?"

그러나 교위들은 서로가 눈만 멀뚱멀뚱 거릴 뿐 알 길이 없었다.

그때 이 노호산의 관리를 맡은 말단 직원이 멀찌감치 서 이를 보고 있다가 기회를 얻었다는 듯이 교활한 눈빛으로 다가왔다. 그리고 그는 문제에게 전체는 얼마나 되며 무슨 종류가 몇 마리가 있다는 등 묻지도 않은 짐승들의 이야기를 유창하게 늘어놓았다.

그의 말에 흥미를 느낀 문제는 이것저것 여러 가지를 더 묻고는 신기한 대답을 계속 듣자 그 말단 직원을 크게 칭찬하였다.

그리곤 주위를 둘러보며 자신의 평소 불만을 터트렸다.

"모든 관리들이 이렇게 시원스럽게 말을 잘했으면 얼마나 좋겠는가? 백가지 질문에 백가지 대답을 척척해 주었으면 말이야! 교위들, 너희들은 모두 그 직책에 맞지 않아."

그리고는 옆에 있던 장석지에게 이 말단 관리에게 즉시 상림령(上

---

55) 상림원(上林苑) : 황실의 큰 정원으로 각종 기화요초는 물론 신기한 짐승들을 풀어놓고 기르면서 임금의 유람, 휴식장소로 이용하는 곳.

林令)의 벼슬을 내리라고 명령했다.

장석지는 이러한 문제의 즉흥적인 일처리를 늘 염려하고 있던 터였다. 장석지는 임금 앞에 나아가 알겠다는 대답대신 엉뚱한 화제를 입에 올리기 시작했다.

"폐하, 강후(絳侯) 주발(周勃)은 그의 직책에 맞다고 보십니까?"
"그럼 완전히 어울리지."
"그러면 동양후(東陽侯) 장상여(張相如)는 어떻습니까?"
"그도 역시 잘하지."

그러자 장석지는 정색을 하며 말했다.

"그렇습니다. 주발과 장상여 등은 천하가 인정하듯 그들에게 맞는 직책을 수행하고 있습니다. 그러나 그 두 분의 덕망 높고 충후(忠厚)한 관리는 폐하께서 무슨 문제를 질문하시면 생각 끝에 대답을 하느라 거의 눌변에 가깝고, 또 때로는 대답도 못하고 얼버무리기까지 합니다. 그들이 어디 이 노호산 관리인처럼 그렇게 교언영색56)(巧言令色)에 뛰어난 화술로 폐하를 사로잡은 적이 있었습니까?
진나라 때는 임금이 글씨 잘 쓰는 사람이 최고인줄 알고 그들만 자신의 곁에 불러들였지요. 그러나 그들은 온갖 정보를 알고 나서는 백성에게 이익을 주는 일보다 자신의 배를 채우기에 급급했습니다. 이 때문에 황제는 눈앞이 어두워졌고 나라일은 붕괴되기 시작해 결국 이세(二世) 호해(胡亥)에 이르러 천하를 잃고 말았던 것입니다. 그런데 지금 폐하께서도 잠깐 사이에 말 잘하고 아첨하는 말단관리에 홀려 상식 밖으로 상림령을 내리라 하니 이런 경솔한 행동이 어디에 있습니까? 무릇 임금의 행동이란 밝은 햇빛 아래의 물체와 같아서 그 움직임에 따라 그 그림자도 뚜렷이 나타나는 것입니다. 그

---

56) 교언영색(巧言令色) : 남의 환심을 사려고 아첨하는 교묘한 말과 보기 좋게 꾸미는 얼굴빛

러니 관리를 임면(任免)하는 일은 무엇보다 신중히 하지 않을 수 없
는 국가대사인 것입니다.”

문제는 장석지의 논리정연한 말에 그만 스스로가 부끄러워졌다.

“그대의 말이 옳소. 내가 너무 즉흥적이고 경솔했구려!”

문제는 자신의 잘못을 인정한 후 앞서의 명령을 취소했다.
한편 장석지가 중랑장으로 승진되었을 때의 일이다. 이때 장석지
는 문제를 수행하여 패릉(霸陵)에 가게 되었다.
문제는 패릉의 북쪽 끝 언덕에 올라 여기저기를 둘러보다 신풍(新
豊)의 큰 길에 사람 다니는 모습을 보고는 황후인 신부인(愼夫人)에
게 말했다.

“황후, 보시오. 저 길이 바로 그대의 고향 한단(邯鄲)으로 통하는
길이요!”

그리고는 자못 감상에 젖어들어 신부인에게 슬(瑟)을 뜯어 반주를
하도록 시키고는 스스로 그 소리에 맞추어 고향노래를 불렀다. 그
노래는 슬프고 처량하게 구릉 위에 울려 퍼졌다.
불현듯 무슨 생각을 했는지 문제는 몸을 돌려 수행한 대신들에게
말했다.

“내가 죽은 다음, 들어갈 관은 북산(北山)에서 나는 견석(堅石)으
로 할 것이며 다시 그 속에는 저마(苧麻)를 붙이고 아교와 칠(漆)로
굳게 봉하라. 그러면 세상에 그 어떤 도굴꾼도 내 관을 열 수 없을
것이다.”

그러자 수행했던 대신들이 일제히 허리를 굽히며 합창하듯이 대답
했다.

"폐하의 의견이 옳습니다. 역시 폐하는 고명하십니다."

그러나 장석지는 의견이 달랐다.

"만약 폐하의 관속에 세상 사람이 모두 신기해하는 진귀한 보물
을 함께 넣는다면 저 종남산(終南山)을 옮겨다가 그 위를 덮고, 철
을 녹여 그 주위를 막는다 해도 도굴꾼은 파고 들어갈 것입니다. 그
러나 그 관속에 아무런 보물도 넣지 않고 빈손으로 저 세상에 가신
다면 비록 모든 사람이 마음 놓고 드나들도록 만든다 해도 누구 하
나 관을 열려 고는 하지 않을 것입니다. 소인의 짧은 생각으로는 그
렇듯 검소한 장례만이 도굴꾼을 막는 최선의 방법이라 여겨지며, 또
한 모든 백성이 이를 따라 준다면 천하의 허례허식은 사라지고 부
강하고 튼튼한 나라가 될 것입니다."

장석지의 말에 문제는 느낀 바가 있었다. 문제는 다시 그의 말대
로 실행하라고 명령을 반복했다.

또 한번은 문제가 궁을 나서 순시 도중 위교(渭橋)를 건너게 되었
을 때 일이다. 그때 다리 밑에서 추위에 떨던 남루한 걸인 하나가
갑자기 머리를 내미는 바람에 수레를 끌던 말이 놀라 하마터면 수레
가 뒤집힐 뻔 했다. 깜짝 놀란 문제는 그 자를 잡아다가 당시 정위
(廷尉)벼슬에 올라있던 장석지에게 보내어 처리토록 했다.

잡혀온 죄인은 장석지에게 순순히 자신의 잘못을 시인했다.

"저는 원래 시골 출신으로 이 장안에 온지 얼마 되지 않습니다.
들자하니 임금의 수레가 지날 때에는 얼른 피하여 고개를 들지 말라
고 했습니다. 제가 오늘 마침 위교를 지날 때에 어떤 사람이 저에게

곧 임금님이 이 다리를 건너게 된다고 하더이다. 그래서 얼른 다리 아래로 숨었던 것입니다. 그런데 아무리 기다려도 소식이 없기에 잘 못 알았나 보다 하고 머리를 들었던 것입니다. 임금의 어마(御馬)를 놀라게 한 대죄를 지었으니 마땅히 벌을 받아야지요.”

장석지는 심문을 마친 뒤 그에게 가벼운 벌금형을 내리고 풀어주 었다. 그 사실을 보고받은 문제는 크게 노해 장석지를 불러놓고 힐 난했다.

“뭐라고? 감히 임금의 말을 놀라게 한 그 자를 그냥 두었다고? 그 말이 온순하기에 망정이었지 만약 성질 급한 말이었다면 어찌 되었겠나? 그런 자에게 벌금만 물게 하고 그냥 보냈다니 그래서 내 속이 풀어지겠는가?”

장석지는 망설이지 않고 말했다.

“법률이라는 것은 임금과 천하 만민이 공동으로 준수해야 할 공 기(公器)입니다. 사람에 따라 그 적용이 다르거나 친소에 따라 차이 가 나거나 감정에 따라 경중(輕重)이 있어서는 아니 될 것입니다. 현행의 법률로는 그에게 벌금형이 적합합니다. 만약 이를 어기고 제 가 임금님의 얼굴을 살펴 그에게 더 큰 벌을 내린다면 천하 만민은 이를 보고 더 이상 법률을 믿지 않으려 할 것입니다. 법을 믿지 않 으면 어찌되겠습니까? 권력과 돈, 지위를 믿게 되겠지요. 그러면 천 하의 공기는 없는 것과 같게 되어 민심은 떠나게 됩니다. 이 작은 원리를 위에 계신 폐하부터 지키지 않으신다면 그 밑에 온 백성은 무슨 즐거움으로 법을 지키려 하겠습니까? 법이 엄하다는 말은 가 혹하다는 뜻이 아니고 공평하다는 뜻이어야 합니다. 살펴 헤아리옵 소서!”

충정어린 장석지의 말에 문제는 저절로 고개가 끄덕여졌다.
장석지는 이렇듯 옳은 것이라면 언제고 직언을 아끼지 않았던 것이다.

끝내 숙일 수 없었던 고개

동선(董宣)은 원래 진류군(陳留郡) 어현(圉縣) 사람으로 자는 소평(少平)이다. 그는 박식한 학문과 곧고 구김 없는 성격으로 대사도(大司徒) 후패(侯霸)의 추천을 받아 광무제 때 등용되었다.

관직에 들어선 동선은 탁월한 치적을 남겨 북해군(北海郡)의 재상으로 발탁되었다. 그때의 일이다.

당시 북해군내에는 무관 공손단(公孫丹)이 그 지역 호족임을 내세워 갖은 수단으로 불법을 자행하고 있었다.

한번은 공손단이 호화스런 저택 하나를 새로이 짓고는 음양가를 불러 그 집의 풍수지리를 보아달라고 했다. 한참을 따져 본 음양가는 난감한 표정을 지어보이며 혀를 찼다.

"불운하게도 이집은 횡사의 흉조가 있습니다."

그리고는 공손단에게 그 액을 지울 방법을 일러주었다.

공손단은 음양가의 말을 믿고 그를 따르기로 했다.

그는 아들을 시켜 붉은 대낮에 거리를 지나는 무고한 행인 한 명을 죽여, 그 시체를 집 뜰에서 태우는 참혹한 짓을 저질렀다. 이 소문을 들은 많은 사람들이 분노와 경악에 치를 떨었지만 워낙이 세력이 막강한 집이었기에 감히 내놓고 입에 올리지도 못했다.

이를 알게 된 동선은 공손단과 그의 아들을 잡아들여 사실을 확인한 뒤 목을 베어 효수시켰다.

그러자 공손단의 일족이었던 30여가의 무리들이 관청 앞으로 몰려와 창과 칼을 휘두르며 시위를 벌였다.

　"동선 나오너라, 네가 이 지역이 어떤 곳인지 알고 감히 설쳐 되느냐?"

그들의 살기등등한 기세는 좀처럼 잦아들지 않았다.

동선은 공손단의 일족이 일찍이 왕망57)(王莽)과 결탁하여 천하를 어지럽혔던 무리라는 것을 밝히고는 그들을 모두 잡아 극현(劇縣) 감옥에 가두어 버렸다. 그래도 이들이 자신들의 죄를 인정하기는커녕 오히려 횡포를 부려대자, 동선은 서좌(書佐) 수구잠(水丘岑)에게 남김없이 처단하라 명했다.

사건이 이렇듯 커지자 청주(靑州)의 자사(刺史)는 동선이 그만한 일로 너무 많은 사람을 죽였으니 책임을 물어야 하며, 이를 행한 수구잠도 함께 단죄해야 한다고 광무제에게 상고하기에 이르렀다. 이 일로 동선은 서울로 이송되어 정위의 심문을 받게 되었다.

결과는 참수형이었다. 동선은 형이 집행될 때까지 옥에 갇히는 신세가 되었다. 그러나 동선은 조금도 동요의 빛을 내보이지 않고 차분히 책을 읽으며 때를 기다렸다.

마침내 참수의 날이 밝았다. 많은 동료들은 술과 안주를 가지고 마지막 결별의 정을 나누기 위해 동선을 찾아왔다. 그런 그들을 동

---

57) 왕망(王莽) : 중국 전한의 정치가. 갖가지 권모술수를 써서 사실상 최초의 선양혁명(禪讓革命)으로 전한의 황제 권력을 빼앗아 신(新)왕조를 건국했으나 15년 만에 멸망하고 후한이 그뒤를 잇게 되었다.

선은 평온하고 정숙한 얼굴로 맞았다.

"내 이렇게 나이가 들도록 단 한번도 남의 술을 얻어 마신 적이
없네, 하물며 죽으러 떠나는 이 마당에 이를 먹으라니 미안하네만
사양하겠네."

동선은 곧 수레에 올라 사형장으로 향했다. 동선이 형장에 도착되
어 막 참수가 집행되려 할 때였다.

"멈추시오!"

광무제가 보낸 사신이 도착해 급히 이를 저지하고 나섰다. 공손단
무리의 죄행을 검토하던 광무제가 사안이 미진함을 느껴 동선의 사
형을 미루고 감옥에 가두어 둘 것을 명령했던 것이다.
감옥으로 돌아온 동선에게 광무제는 친히 사람을 보내 지금까지의
경위를 상세히 보고하라 명했다. 동선은 공손단과 그 일족의 죄상을
자신의 주장과 함께 명료하게 밝힌 뒤 부탁했다.

"수구잠은 제가 시킨 대로 집행만 했을 뿐이오. 그러니 죄가 있다
면 내게 있는 것이지, 그에게는 어떤 책임도 없소이다. 청컨대 폐하
를 뵙거든 그에게 어떤 죄도 묻지 말아 달라 간청 드려 주시오."

돌아온 특사는 광무제에게 사실을 낱낱이 고하면서 자신의 의견을
덧붙였다.

"제가 보기에 그 동선이라는 인물은 보통이 아닌 듯싶었습니다.
위풍도 당당하거니와 충직하고 학식도 높은 듯 했습니다."

보고를 받은 광무제는 직접 동선의 인물됨이 보고 싶어졌다. 그래

서 동선을 불러 살펴보니 과연 보통 인물이 아님을 한눈에 알 수 있었다. 하여 그 즉시 동선의 죄를 사해주고, 그를 다시 선회현(宣懷縣)의 현령으로 발령했다. 그와 함께 연루되었던 수구잠 역시 사면하였음은 물론 그에게도 사예교위의 관직을 주었다.

그리고 얼마간의 시간이 흐른 뒤의 일이다.

강하군에 하희(夏喜)를 수괴로 한 포악한 도적 떼가 출몰해 강도와 겁탈을 일삼는 일이 벌어졌다. 이들은 밤낮없이 강하군의 변경을 돌아다니며 약탈을 일삼아 민심은 날로 흉흉해갔다.

근심의 나날을 보내던 광무제는 문득 동선을 생각하게 되었다. 이 무리들을 소탕하기에 동선이 적당한 인물이라 여겨진 것이다.

생각이 여기에 미치자 광무제는 동선을 불러들였다. 동선 역시 그런 일이라면 기필코 처리해내겠노라고 자신감을 보였다.

강하군에 도착한 동선은 즉시 포고문을 내붙였다.

"임금께서 특별히 나, 동선을 보내 이곳 토비58)(土匪)들을 소탕하라 이르셨다. 이는 이곳이 바로 내가 태수의 직무를 능히 수행할 수 있는지의 여부를 가늠하는 시험장이기도 하다. 토비들은 이 포고문을 보는 즉시 손을 씻고 스스로 투항해 오던지 아니면 끝까지 남아 죽음의 길을 자초하든지 양자택일토록 하라……."

이에 동선의 명망과 엄격함을 익히 들어 알고 있던 하희의 무리들은 두려워하며 겁을 먹고 흩어지거나 투항해왔다. 토비집단은 너무나 간단히 평정된 것이다.

이후 동선은 강하군의 태수로서 쌓여있던 현안들을 하나하나 풀어나갔다. 그때 강하군에는 도위벼슬을 하며 음태후(陰太后)의 친척임을 내세워 안하무인격으로 행동하는 자가 있었다. 그러나 동선은 그

---

58) 토비(土匪) : 지방에서 일어나는 도둑의 떼.

역시 황실의 친척이라는 사실에 얽매이지 않고 일반인과 똑같이 대우하며, 잘못이 있을 때는 거리낌 없이 책망하며 책임을 물었다.

얼마 후 동선은 승진하여 낙양령(洛陽令)이 되었다.

낙양은 예부터 내노라하는 대관(大官), 호부(豪富)들이 떵떵거리며 사는 곳이었다. 그들 가운데는 멋대로 법을 어기고 횡포를 일삼아도 광무제 조차 쉽사리 손댈 수 없는 세력이 있어 자주 곤란한 일이 벌어지곤 했다. 광무제는 이곳의 기강을 바로 잡아볼 생각으로 동선을 영(令)으로 삼았던 것이다.

과연 동선이 부임한지 얼마 되지 않아 그런 일이 또 벌어졌다. 광무제의 누이인 호양공주(湖陽公主)의 가노(家奴) 하나가 무고한 사람을 두 명이나 살해했던 것이다.

호양공주는 자신이 광무제와 남매간이라는 사실을 믿고 그 행하는 행동들이 오만하기 이를 데 없었다. 집안의 가솔과 종들까지 그런 그녀를 믿고 덩달아 횡포를 자행하던 차였다.

사건은 이 호양공주의 호위를 맡고 있던 조표라는 자가 술집에서 노래를 부르고 있던 어린 소녀를 희롱한데서 발생했다. 그 광경을 보고 있던 아버지가 뛰어올라가 이를 말리자 조표는 오히려 그 아버지를 때려죽인 것이다. 이를 본 어린 소녀가 다시 대어들자 조표는 소녀마저 무대 밖으로 내던져 절명케 했다.

그 자리에 모였던 사람들은 무법천지라며 혀를 내둘렀지만 워낙 그의 배경이 겁이 난지라 아무런 손도 써보지 못하고 지켜보고 있을 수밖에 없었다. 일을 저지른 조표는 두려워하기는 커녕 너무도 태연히 자리를 떴다.

사건의 전모를 전해들은 동선은 즉시 조표를 잡아들이도록 명령했다. 그러나 조표는 이미 공주의 저택으로 들어간 뒤였고, 당시의 법률로는 지방관원이 국친(國親)의 가택까지 들어가 범인을 체포할 수는 없도록 되어 있었기에 별수 없이 관원들은 집 둘레에서 동정만을 살피고 있어야 했다.

며칠이 지난 후, 호양공주는 새로 부임해온 낙양령의 심증도 떠볼 겸, 자신의 권위에 도전해 온다면 버릇을 고쳐주겠다고 공언하며 임금을 만나러 간다는 구실로 조표를 대동하고 행차에 나섰다.

동선은 즉시 관원 몇 명을 대동하고 공주일행이 지날 성북의 하문정에 대기하고 있었다. 이윽고 전후좌우로 호위병을 거느린 공주의 수레가 모습을 드러냈다. 동선은 칼을 빼어들고 수레를 세운 다음 공주에게 살인범을 그대로 방치하고 숨겨준 것에 대한 잘못을 지적했다. 그리고는 어서 조표를 넘겨줄 것을 요구했다. 공주로서는 이미 예상했던 동선과의 부딪침이었다.

공주는 오히려 호통을 쳤다

"어서 비키시오, 낙양령! 내 집 가노가 죄를 지었다면 이는 내가 알아서 처리할 것이오. 만약 그게 큰 문제라면 임금과 상의해 역시 내가 처리하면 될 것을, 어찌 일개 지방관리가 감히 내 행차를 가로막고 선단 말이오. 사소한 일에 더 이상 관심두지 말고 어서 썩 길을 트시오!"

동선도 물러서지 않았다.

"왕자가 법을 어겨도 일반 백성과 똑같이 치죄하거늘 하물며 일개 가솔이 사람을 둘씩이나 죽였는데 그것이 어찌 공주의 가노라하여 면책되리오. 나는 낙양령의 신분으로 낙양에서 벌어진 사건을 처리하고 있을 뿐, 임금의 친척 등을 따져보고 있는 것은 아니오. 그어떤 죄인도 낙양에서 죄를 짓고 낙양 밖으로 빠져 나갈 수는 없소. 어서 그 자를 넘겨주시오!"

그래도 공주가 요청에 응하지 않자, 동선은 수레를 뒤져 조표를 끌어내 공주가 보는 앞에서 목을 베어버렸다.

공주는 분기를 참을 수 없었다. 자신의 자존심에 철저히 먹칠을 한 동선을 그냥 두지 않겠다고 앙심을 품게 되었다. 즉시 수레를 몰아 궁전으로 들어간 공주는 광무제를 만나자 한바탕 눈물부터 쏟아냈다. 그리고 동선의 자신에 대한 무례한 행동은 황실에 대한 참을 수 없는 모욕이며 도전이니 동선은 마땅히 불경죄로 다스려 처단해야 한다고 까탈을 부렸다.

전후 사정을 알 리 없는 광무제 역시 공주의 말에 노기충천하여 즉시 동선을 잡아들이라 호통 쳤다.

얼마 후 동선은 광무제와 호양공주 앞으로 끌려 들어왔다.

"황실의 권위를 얕보고 공주를 욕보인 놈. 내 너를 공주 앞에서 매로 쳐 죽여 황실의 권위를 세우리라!"

무릎을 꿇린 동선이 말했다.

"제 말을 듣고 저를 죽여도 늦지 않을 터이니 한마디만 들어 주소서!"
"곧 죽을 목숨이 무슨 미련이 남았다는 것이냐, 어디 해 보거라!"
"저는 폐하의 성명(聖明)에 힘입어 이제 새로 들어선 이 한나라 중흥의 기틀을 마련코자 온갖 힘을 기울였습니다. 이제 폐하의 덕으로 천하는 다시 안정을 찾았고 백성은 자기 일을 즐거움 삼고, 관리들은 자신에 차 충성을 다하게 되었습니다. 그런데 누가 알았겠습니까? 이제 막 피어나는 국력에 황실의 가노 하나가 사람을 죽이고 그 뒷 힘을 믿고 법 밖으로 유유히 사라지는 일이 벌어질 줄을. 제가 이 한나라 강산의 무궁한 안정을 원하지 않았다면 그까짓 것 눈감아 버렸다면 모두가 편했을 일. 그러나 국가의 기강이 바로 서지 않는다면 끝내 그 화가 미치게 될 곳은 뻔한 일, 그것이 옳다고 믿고 처리한 제게 오히려 죽음을 내린다면 이는 황실이 스스로 무법천지를 만드는 근원지가 될 것입니다. 아마도 천하에 신뢰와 권위가 없어지는 날은 바로 오늘부터일 것이옵니다."

말을 마친 동선은 자리에서 일어섰다.

"저 하나 죽는 일은 어렵지 않은 일, 무고한 몽둥이조차 쓸 필요
없이 제 스스로 죽지요!"

동선은 옆의 돌기둥에 그대로 머리를 부딪쳤다.

"퍼어억!"

동선의 얼굴은 한순간에 피범벅이 되었다.
놀란 광무제가 얼른 일어서서 달려 나와 동선을 부추겨 세웠다.
좌우 대신들에게 일러 급히 상처를 싸매도록 한 뒤 한숨을 돌린 광
무제는 조용히 타이르듯 말했다.

"그대의 국가에 대한 일념을 듣고 보니 내 잘못이 크오. 더 이상
그대의 죄를 묻지 않겠소. 다만 내 누이의 얼굴도 있고 하니 그에게
고개 숙여 용서를 대신해 주오."

동선은 고개를 저었다.

"제게 잘못이 없다면 이유 없이 고개를 숙여 빌 것도 없는 셈이
지요. 저는 절대 고개를 숙이지 않겠습니다."

광무제는 자신의 자존심까지 죽이며 제의했던 그것조차 거절을 당
하자 한편 괘씸한 생각이 들었다. 광무제는 주위에 눈짓을 해 동선을
강제로라도 공주 앞에 머리를 숙이도록 했다. 그러나 동선은 두 팔로
이들의 손을 휘어잡고는 결코 목을 숙이려 하지 않았다. 몇 명의 신하
들이 더 달려들었지만 그의 완강한 저항에는 어찌할 수 없었다.

이 촌극을 지켜보고 있던 공주는 더 이상 참을 수 없었던지 비아
냥조로 말했다.

　"이봐요, 문숙(文叔 : 광무제의 자)! 황제의 친척이라 하면 일반
백성이라 해도 함부로 가택에 들어와 수색을 못하게 되어 있거늘,
그대는 황제로서 도리어 지방관 하나 다루지 못하다니 내가 다 얼
굴이 붉어지오!"
　"말 중에 옳은 말이로군. 황제와 일반 백성은 하늘과 땅 차이지.
그래 이제는 내가 내 말을 지키리다."

공주의 말에 대꾸한 광무제는 동선을 돌아보며 말했다.

　"이 목이 지독스레 뻣뻣한 친구야, 내가 이미 무죄라 했으니 그대
말대로 고개를 숙일 필요도 없겠지. 됐으니 어서 물러가시오!"

그 일이 있고나서 광무제는 동선에게 30만 전을 상급으로 내려
그의 기개와 엄정한 법집행을 모범으로 삼도록 천하에 알렸다.
이로부터 동선은 이름보다 강항령59)(强項令)이라는 별명으로 더
잘 통했다.
한편 그때까지 나라의 법망 따위는 안중에도 없이 안하무인격이던
황실의 친인척들도 차츰 법을 두려워하게 되었고. 동선에게는 가만히
누워있는 듯 하다가도 부호나 권세가문의 잘못이 보이면 달려들어 죄
를 묻는다하여 "와호령"(臥虎令)이라는 별명 하나가 더 따라 붙었다.
그로부터 5년을 더 낙양령을 지냈던 동선은 74세의 나이로 병을
얻어 세상을 떴다. 광무제도 사람을 보내 그의 죽음을 애도했다. 그
러나 사자가 그의 집을 찾았을 때 시신은 다 낡은 이불로 덮여있었

---

59) 강항령(强項令) : 강직하여 목을 굽히지 않는 관리라는 뜻.

고 집에 남은 것이라곤 낡아 부서진 수레 한 대와 몇 말의 보리가
양식의 전부였다.

　이 사실을 전해들은 광무제는 너무 뜻밖이라는 듯 자조어린 탄식
을 늘어놓았다.

　　"동선 같은 이가 있었기에 이 나라가 이 만큼 기초를 다질 수 있
　　었던 것이다. 내 평소 그를 더 가까이 알지 못했다는 것이 하늘에
　　부끄럽구나!"

　광무제는 그 유족들에게 은인(銀印)과 녹수(綠綬)를 내리고 대부의
예를 갖추어 장례를 치르도록 했다. 그의 아들 동명(董幷)은 특별히
채용되어 낭중벼슬이 내려졌다. 그도 아버지의 유지를 이어받아 곧
은 성품과 청렴한 행동으로 한나라 중흥에 크게 이바지하였음은 물
론이다.

섬길 주인을 먼저 시험하고

유비(劉備)는 안희현(安喜縣)에서의 벼슬을 버리고 남쪽으로 달아나 그로부터 10여 년간 갖은 고생을 겪었다. 가슴 속에는 천하를 바로잡아 보겠다는 뜨거운 웅지를 품고 있었지만 그것이 한 손에 쥘 수 있는 것도, 생각처럼 간단한 일도 아니었음은 물론이었다.

불혹의 나이가 넘었음에도 마땅히 정착할 곳이 없어 떠도는 신세로 지내던 유비는 건안 6년에 이르러서야 형주(荊州)로 흘러가서 유표(劉表)의 문객이 되었다.

뒤에 유표는 유비를 신야(新野)로 보내 북쪽의 수비를 맡겼다. 긴 세월 동안 웅지를 펴지 못하고 지내던 유비는 작으나마 근거지를 얻게 되자 우선 자신과 뜻을 같이 할 동지들을 규합하는 게 시급하다고 여겼다. 유비는 그렇게 떠돌이 생활을 하는 가운데 천하를 손에 넣기 위해서는 무엇보다 많은 인재들을 구하는 것이 최선책이라는 것을 이미 깨닫고 있었던 것이다.

어느 날 유비가 말을 타고 지나고 있을 때였다. 남루한 차림의 한 서생이 노래를 부르며 지나는 것을 보게 되었다.

"한나라는 망하리라.
하늘이 무너지고 땅이 꺼지듯.

큰집이 기울어 가는 데
기둥 하나로 어찌 받치리.
산속에 어진 이 하나 있어
훌륭한 임금 만나 의탁하고 싶으나
훌륭한 임금은 어진이 찾는다 하여
돌아보지도 않네.”
(漢室將亡啊 天翻地覆
大厦將傾啊 一木難扶
山中有賢啊 思投明主
明主求賢啊 却不光顧)

노래를 다 들은 유비는 그 뜻이 심상치 않아 기이히 여겼다. 멀리서 보기에도 그는 풍류와 운치가 깊이 느껴졌고, 걸음걸이나 풍채 또한 범상치 않아 보였다.

혹시 저 분이 이전 사마휘(司馬徽)가 내게 반드시 만나야 하리라 이르던 와룡선생(臥龍先生)이나 봉추현사(鳳雛賢士)는 아닐까 하는 생각이 들었다. 유비는 기대를 품고 즉시 말에서 내려 이미 멀어져 가고 있는 그를 뒤쫓아 가 불러 세웠다.

유비는 예를 갖추어 자신의 신분과 이름을 밝힌 뒤, 그의 이름과 출신을 물었다.

“저의 성은 선(單)이고 이름은 복(福)이라 합니다.”

이름을 밝힌 그는 이미 유비를 기다리고 있었다는 듯 말했다.

“일찍부터 귀하의 이름은 익히 듣고 있었소. 세상의 위기를 평정하고 다스릴 웅심(雄心)과 어질고 현명한 아량이 원근에 자자해 귀하에게 의탁해 도울 길이 없을까 생각하던 차였소. 그러나 그 누구도 만날 길을 터주지 않아 지금까지 이렇듯 거리를 배회하며 노래로 가슴을 달래던 참이었소. 그런데 이렇게 만나게 될 줄은 몰랐구료.”

유비는 크게 기뻐하며 몇 마디를 더 나눈 뒤 함께 막소(幕所)로
가자고 제안했다. 서로의 포부와 웅지를 살펴보고자 함이었다.
유비의 말끝에 선복이 말했다.

“저는 말에 대해 조금은 보는 눈을 가지고 있습니다. 우선 방금
타고 오셨던 그 말을 봐드리고 싶군요.”

유비는 다소 의아해 하며 부하에게 일러 말을 끌러 오라고 했다.
다가온 말을 이리저리 살펴보던 선복은 사뭇 놀랍다는 표정으로
유비에게 말했다.

“이는 적토마가 아닙니까?”
“그렇소! 바로 보았소!”

선복은 이번엔 오히려 얼굴을 찡그리며 혀를 찼다.

“아깝군요. 비록 천리마라고는 하나 말의 관상을 보니 한번은 크
게 주인을 해할 액이 끼어 있습니다.”

유비가 근심어린 표정으로 그를 보자 다시 말했다.

“그러나 크게 염려할 건 없습니다. 그 액운을 지울 방법이 아주
없는 게 아니니.”

유비가 비로소 안심하며 다급히 물었다.

“그래요? 그렇다면 그 방법이 무엇이오? 할 수만 있다면 그리 해야지요……."

“그리 어려운 일도 아닙니다. 이 말을 당신이 싫어하는 어떤 사람에게 주어 그를 해치게 한 다음 다시 찾아와 타면 될 것입니다."

유비는 선복의 말을 듣고 저으기 실망한 표정을 짓더니 이내 정색을 하고는 타이르듯 말했다.

“선생! 말이 지나치시군요. 어찌 내게 내 안전만을 도모키 위해 남을 해치라 가르치는 거요? 그것이 덕으로 일을 행하려는 자에게 일러줄 수 있는 지혜요?"

그제서야 선복은 손뼉을 한번 딱 치더니 만면에 만족한 웃음을 피어 올렸다.

“과연 됐습니다! 귀하가 인자하고 온후하며 품성과 덕이 높아 칭송할 만하다는 사실을 평소 들어 알고 있었습니다. 그러나 아직 직접 귀하를 뵌 적이 없어 사실을 확인할 길이 없었기에, 오늘 이렇듯 초면을 무릅쓰고 실례를 범해 본 것입니다. 귀하를 시험한 것은 죄가 마땅하나 과연 귀하는 덕 있는 분이시구려. 귀하의 말에 대한 흉조란 모두 거짓이었소. 용서 하십시요."

막소로 함께 돌아온 유비와 선복은 날이 새는 줄도 모르고 천하의 형세와 치세의 도리를 논했다.

선복에 매료된 유비는 곧, 그를 군사(軍師)로 삼아 초병선장60)(招兵選將)과 말을 훈련시키는 총책임을 맡도록 했다.

이 선복이란 인물은 왜 유비에게 의탁할 결심을 하게 되었고, 마

---

60) 초빙선장(招兵選將) : 병사와 장군을 뽑아서 장려함.

침내 유비를 만나서는 엉뚱하게 술책까지 부리며 유비를 시험하려
했을까?

선복의 본래 이름은 서서(徐庶)였다. 그는 어릴 때 마을에서 패악
(悖惡)한 이를 한 명 죽인 일이 있었다. 그 일로 고향을 떠나게 되
었고, 유랑생활을 시작하면서 이름을 선복이라고 개명했던 것이다.
그는 언젠가는 영명한 군주를 만나 가슴에 품고 있는 큰 뜻을 펴보
리라 여겨 병법을 익혔었다.

선복은 처음 형주자사인 유표가 인물을 모은다는 소리를 듣고 그
를 찾아 갔었다. 그러나 유표는 자신의 능력을 담기에는 그릇이 너
무 작게 여겨졌다.

다시 유랑 길에 올랐던 선복은 사마휘를 만나게 되어 유비에 대한
말을 듣고는 그에게 의탁하기로 결심했던 것이다.

그런 선복이었기에 또다시 남의 말만 듣고 실망을 겪게 될까 여겨
져 짐짓 유비를 시험해 보았던 것이다.

선복은 유비의 군사로서의 직무를 완벽하게 수행해냈다. 유비를
도와 신야(新野)로 진격해오는 조인(曹仁)을 격퇴시켰고, 다시 조인
의 거점인 번성(繁城)을 기습해 공략에 성공하는 등 군사가로서의
탁월한 기량을 보였다.

그러나 선복이 유비의 막후에 머물렀던 시간은 그리 길지 않았다.

뒤에 그는 조조의 설득에 넘어가 그에게로 옮겨갔던 것이다.

그러나 선복은 자기의 인격이나 학식을 알아주고 후히 대해주었던
고마운 마음을 끝까지 잊지 않고 유비에게 융중(隆中)에 은거하고
있던 제갈량(諸葛亮)을 추천해 주었다.

선복은 뒷날에도 "몸은 비록 조조에게 있으나 마음은 유비에게 있
다"(身在曹營心在漢)라고 하며 조조를 위해서는 어떠한 계책도 일러
주지 않았다 한다.

단가행 (短歌行)과 구현령(求賢令)

"달이 밝으니 별빛이 희미하도다.
까마귀 까치 남쪽으로 날아가
나무 하나를 세 바퀴 빙빙 돌았건만
그 어느 가지가 앉을 만 한고?
산이 어찌 높기를 마다하며
바다 어찌 깊은 것을 싫어하랴?
주공(周公)같은 이는 토포(吐哺)하며 인재를 맞으니
천하가 모두 그에게 기울었네!"
明月皇希　烏鵲南飛
繞樹三匝　何枝可依
山不厭高　海不厭深
周公吐哺　天下歸心

　　이는 적벽지전[61](赤壁之戰)후에 조조(曹操)가 읊은 "단가행"(短歌行)이란 시의 한 구절이다.

　　어느 깊은 봄날 밤, 조조는 잠을 이루지 못하고 뜰에 나서 배회하다 문득 "단가행"을 읊조리게 되었다.

---

61) 적벽지전(赤壁之戰) : 중국의 3국시대인 208년에 위나라의 조조와 오의 손권, 촉의 유비 연합군 사이에 있었던 싸움.

月明星稀烏鵲南飛
繞樹三匝何枝可依
山不厭高海不厭深
周公吐哺天下歸心

그런 조조의 눈으로 준수한 용모의 한 젊은이가 실제인 듯 들어왔다. 조조는 쉽사리 그 사내의 모습을 떨쳐버릴 수 없었다. 그가 바로 곽가(郭嘉)였다. 조조는 자신도 모르게 한숨을 토해냈다.

조조가 한나라 헌제(獻帝)에게 도읍을 허창(許昌)으로 옮기게 한 후 얼마 지나지 않은 11년 전 일이었다. 순욱이란 신하가 조조에게 12살 밖에 안 된 곽가라는 어린 소년을 추천해왔다.

조조는 곽가가 귀엽고 총기가 있는 듯하여 한 가지를 물었다.

"너는 원소(袁紹)가 있던 곳에서 왔다고 했는데, 듣기로 원소는 많은 인재를 초빙해 모으고 있다 하던데 그의 밑으로 가지 왜 나를 찾아왔지?"

어린 곽가가 망설이지 않고 대답했다.

"원소는 자신에게 의탁해오는 자를 우선 의심하고 그 자격을 따져 묻지요. 그가 즐겨 중용하는 자들은 거개 그의 친인척이거나 아첨하는 무리들로 저 같은 미천한 출신들은 안중에도 없지요."

첫마디부터가 마음에 쏙 든 조조는 곽가와 더불어 온갖 치세의 이치에 대해 깊이 있게 이야기를 나누게 되었다.

조조는 곽가가 비록 나이는 어리지만 뛰어난 통찰력과 견해를 가지고 있다는 것을 알게 되었다. 조조는 즉시 그에게 사공군제주(司空軍祭酒)라는 높은 직위를 내려 주었다.

그러자 보통 상식을 훨씬 뛰어넘은 이 인사 조치에 권문세족의 관리들이 일제히 반발하고 나섰다. 그중 대대로 조정의 힘을 사사로이 주무르던 진군(陳群)이란 자는 공개적으로 조조를 성토하다 못해 끝내 조조를 찾아왔다.

“세상에 말도 안 되는 이런 일 처리가 어디 있소? 그 어린 녀석
이 무얼 안다고……. 하물며 그대는 그에 대해 얼마나 알고 있기
에…….”

흥분한 진군에게 조조가 물었다.

“내가 알기로 그는 비록 어리지만 병법에는 정통한 인물이오. 그
렇다면 그대는 곽가에 대해 무얼 알고 있기에 그리 반대하는 거
요?”

“듣자하니 놈은…….”

막상 조조의 물음에 진군은 달리 할 말이 생각나지 않았다.

“그것 보시오. 그를 나쁘다고는 하나 무엇이 어떻게 나쁜지 사례
하나 들지 못하면서 무조건 멸시하는 것은 군자의 도리가 아니오.
더군다나 나이든 사람들이 겨우 12살짜리 아이를 두고 그렇듯 험담
을 해서야 되겠소? 도리어 그런 자들의 인격이 의심스러운 게 아니
겠소.”

그러나 진군도 쉽사리 물러나지 않았다.

“어쨌건 어린 나이에 출신 또한 미천하고……. 그렇다고 수재(秀
才)나 효렴(孝廉)의 천거를 입은 것도 아닌데, 어떻게 임용할 수 있
단 말입니까?”

더 이상 토론의 가치조차 없다 여긴 조조는 딱 잘라 말했다.

“어서 돌아가 이번 인사에 불만을 품고 있는 자들에게 이르시오!
나, 조조는 오직 재주에 따라 기용하고 능력에 따라 채용한다고. 그

렇기에 내가 곽가를 등용시킨 것은 절대 철회할 수 없다고.”

진군은 더 이상 할 말을 찾지 못하고 물러나야 했다.
며칠이 지나 조조는 곽가를 불러 지금까지의 일을 들려주었다.
곽가는 얼굴을 붉히며 미소를 지어 보였다.

“신경 쓰실 것 없습니다. 이 나라에 청렴결백하고 덕 있다 하는
관리들 모두 그렇지 않습니까. 그래서 제 고향에는 이런 노래가 유
행한답니다.”

곽가는 웃으며 노래를 불렀다.

“수재라고 기용했더니 글도 모르고
효렴이라고 들어 썼더니 애비를 버린 놈일세
청백리라고 소문이 난자가 알고 보니 탁하기가 진흙탕 같고
뛰어난 장수라 알려진 자가 병아리 보다 더 겁쟁이.”

노래를 듣고난 조조는 손뼉을 치며 웃음을 터뜨렸다.

“수재로 등용된 자가 글도 모르고 효렴으로 등용된 자가 애비를
버렸다? 대단하군, 아주 예리해. 이야말로 세태를 제대로 풍자한 노
래군!”

본시 한나라 말기의 조정에서는 관리를 등용할 때 소위 찰거(察
擧) 정벽(征辟)이란 제도를 운용하고 있었다. 관리가 되기 위해서는
먼저 지방의 명문호족의 추천을 받아야 했는데, 그 명목은 뛰어난
재주를 가진 “수재”이거나 효성이 지극하고 염직하다는 뜻으로서의
“효렴”으로서이다. 조정이나 관부에서는 그렇게 추천을 받은 자만을

골라 쓸 수 있었다. 그러나 이 제도는 허울만 좋았을 뿐 권세가들의 권력 독점만을 부추기고 그들 자제들의 특권만 보장할 뿐이었으므로 일반서민들 사이에서 위와 같은 노래가 유행했던 것은 당연했다.

그 후 조조는 더욱 곽가를 신임해 어디를 가도 늘 곁에 두었고 말을 몰아도 옆에서 달리게 했다. 매번 중요한 일이 생길 때마다 조조는 우선 곽가의 의견을 들었고 그에 따라 해결책을 찾았다.

곽가가 조조를 따라 다닌 지도 어언 11년 째였다. 곽가도 이제는 준수한 청년으로 성숙해 있었다. 그때 조조는 이미 중국 북방을 거의 차지해 그 위세가 하늘을 찔렀다. 조조는 이 모두가 곽가의 책략 덕이라고 더욱 그를 높여주었다. 조조는 훗날 천하를 휘어잡는 대업은 곽가가 없으면 불가능하리라 믿고 있었다.

이윽고 조조는 곽가의 의견을 좇으며 중국 남방의 평정을 시작했다.

그러나 곽가는 이때 아깝게도 병을 얻어 세상을 뜨고 말았다. 조조의 상심은 이만저만이 아니었다. 조조는 땅을 치며 애석해 했다.

"곽가여, 어쩌면 좋은가? 어쩌면 좋은가……."

곽가를 잃은 조조는 과연 적벽지전에서 참패하고 말았다.

오나라 황개(黃蓋)의 항복을 가장해 불을 지르고 달아나는 소위 화공계(火功計)에 조조는 속수무책으로 대패하고 말았던 것이다. 이로써 조조는 남방 평정은 고사하고 강남의 대부분을 손권(孫權)에게, 서촉의 광활한 땅을 유비(劉備)에게 넘겨줌으로써 천하삼분의 국면을 자초했던 것이다.

조조는 새벽을 알리는 종소리에 정신이 들었다. 지금까지 곽가를 잃은 뒤에 당한 수모를 생각하고 있었던 것이다. 조조는 일어서 창문의 휘장을 젖혔다. 어느덧 붉은 해가 동터오고 있었다.

조조는 불현듯 생각했다.

  "그렇다, 설마하니 곽가 같은 재능의 젊은이가 이 나라에 한 명도
없겠는가? 비록 권문세족에 가려 관아의 문 앞에도 못 와봤다 하더
라도 천하에 나를 도울 인물이 하나도 없겠는가……."

  생각이 그곳까지 미치자 어서 날이 밝아 조회시간이 되기를 기다
렸다. 조조는 즉시 붓을 들어 그 시간에 발표할 법령의 초안을 작성
하기 시작했다.
  그것이 바로 어진 이를 널리 구하라는 "구현령"(求賢令)이었다.

  "천하가 미처 평정되지 않은 지금, 무엇보다 시급한 문제는 인재
를 구하는 일이다……. 단표갈의62)(簞瓢葛衣)하며 초야에 묻혀 있으
나 뛰어난 식견을 가진 자, 예컨대 저 위수에서 낚시질을 하던 강태
공 같은 현재는 없는가? 저 진평처럼 오명을 쓰고 있으나 타고난
능력으로 위무지 같은 추천자를 못 만나 그대로 썩고 있는 인물은
없는가? 이에 각급의 관리들은 지금부터 열일을 제쳐두고 이런 이
들을 찾아내 내게 추천하는 일을 최우선으로 행하라. 나는 그 어떤
자라도 과거를 묻지 않고 그의 능력에 따라 임용하여 치리(治理)를
도모하리라."

  그러나 조조의 생각과 달리 처음 그것은 그다지 큰 성과는 거두지
못했다.
  조조는 다시 "관에 몸담은 사람은 인물의 단점을 이유로 그를 임
용에서 제외시켜서는 안된다"라는 칙령을 제정해 발표하기에 이르렀
다. 그 내용은 현능한 선비라면 어떠한 결점이나 단점이 있더라도
그의 재능을 중시해 반드시 추천하라는 것이었다.
  그리고 다시 3년이라는 시간이 흘러 조조는 63세에 이르렀다. 그

---

62) 단표갈의(簞瓢葛衣) : 초라한 음식과 의복 즉 소박한 시골 살림살이를 형용하여
    이르는 말.

는 또다시 세 번째의 법령을 내놓았다. "현재를 거용하되 그의 품행에 구애받지 말라(擧賢勿拘品行)"라는 내용이었다.

"자고로 인재는 용감하고 과단성이 있으며 한가지만이라도 뚜렷한 재능이 있으면 된다. 능히 죽음을 두려워하지 않고 적과 대항해 싸울 수 있는 자, 남의 밑에 있을 체질이 못되어 경험은 없으나 장군이 되고자 하는 자, 비록 명성이 없고 남에게 손가락질 받을 만큼 유치하거나, 품행이 안 좋거나 불효스럽고 인자하지 못한 자라 하더라도 그 재주가 조금이라도 쓸만한 구석이 있다 여겨지는 자는 주저 없이 추천하라!"

인재를 구하는데 있어 이처럼 갈급했던 조조의 정성은 차츰 관리들의 호응을 얻어 가기 시작했다.

마침내 조조는 세 차례의 구현령을 통해 구름 떼같이 몰려든 맹장들을 얻게 되었다. 조조는 이들을 통해 결국 위(魏)나라를 세웠고, 중원을 통치하며 천하통일의 대망을 키우게 되었던 것이다.

인내가 일구어낸 열매

적벽지전(赤壁之戰) 후 촉(蜀)과 오(吳)는 군사적인 요충지인 형주(荊州)를 차지하기 위하여 치열한 암투를 벌이게 되었다.

유비는 처음 오나라로부터 조조와 싸운다는 목적으로 형주를 빌렸었다. 물론 익주(益州)를 점령한 후 곧바로 돌려주겠다고 약속을 했었다. 그러나 익주를 차지하게 되자 유비의 마음은 달라졌다. 욕심이 생긴 유비는 그대로 형주를 차지하고 입을 닦고 만 것이다. 여러 차례교섭이 오갔지만 힘이 곧 정의인 시대였다. 결국 형주는 끊임없는 전운이 감돌기 시작했다.

건안 20년(215년), 촉의 관우(關羽)는 형주를 기점으로 하여 조조의 관할인 번성(繁城) 양양(襄陽)을 공략하면서, 공안(公案) 남쪽에 병력을 배치해 육구(陸口)에 주둔하고 있던 오나라의 대도독(大都督) 여몽(呂蒙)의 군대를 막도록 했다.

그러던 차에 이 여몽이 병이 나서 건흥(建興)으로 나와 요양을 하게 되었다.

이때 젊은 장수였던 육손(陸遜)이 여몽을 찾았다.

“대도독께서 전선은 지키지 않고 어찌 후방에 나와 계십니까?”

간병차 왔으리라 믿었던 육손의 당돌한 물음에 여몽은 다소 불쾌했다.

"병이 나서 요양 중이요. 회복되면 어서 가야지요."

여몽은 내색 않고 미소를 띠며 말했다.

"제가 온 것은 드릴 의견이 있어서였습니다만……."

여몽이 말해보라고 이르자 육손은 차분히 말했다.

"관우는 지금 싸움마다 승리로 이끌어 득의만만해져 있을 것은 뻔한 일입니다. 지금 그의 관심거리는 바로 조조와 벌이고 있는 양양(襄陽) 번성(繁城)의 쟁탈전이지 우리 오나라는 안중에도 없습니다. 그런 그가 만약 대도독께서 휴양중이라는 말을 들으면 더욱 안심하고 우리에 대한 경계를 소홀히 할 것입니다. 이럴 때가 바로 형주탈환에 대한 숙원을 풀 때가 아니겠습니까? 제 의견을 헤아려 주십시요."

여몽은 은근히 놀랐다. 그러나 육손에게 전혀 내색해 보이지 않고서 담담한 어조로 말했다.

"관우는 어쨌거나 대단한 인물이요. 그가 큰 공들을 세우고 거만해진 것은 사실일 것이요. 그러나 그렇다고 섣불리 볼 상대가 아니오……. 더구나 그런 그대의 말이 그의 귀에 들어가서는 안 될 테니 조심하기 바라오!"

뒤에 여몽이 돌아와 손권을 만나게 되자 손권이 먼저 물었다.

"그대가 돌아왔으니 누구를 대신 육구(陸口) 주둔관으로 보내면 좋겠소?"

여몽은 기다렸다는 듯이 말했다.

　　"육손이란 자를 알고 있는데 생각도 깊거니와 병법에도 능하니
　제 대신 보냈으면 합니다. 게다가 그는 이름 없는 장수이기 때문에
　천하에 교만해 있는 관우는 전혀 안중에도 두지 않을 것입니다. 그
　를 보내어 관우로 하여금 우리 오나라에 대한 경계심을 늦추게 한
　다음 기회를 보는 것이 좋을 듯 합니다."

여몽의 추천을 받은 육손은 곧 편장군우도덕(偏將軍右都督)에 임
명되어 육구로 떠나게 되었다.
　육손은 육구에 이르자 즉시 관우에게 편지 한 통을 써보냈다.

　　"저는 나이도 어리고 능력도 없습니다. 청컨대 많은 지도와 보살
　핌을 바랍니다.……"

편지는 의례적이고 간단했다.
　그러나 그 의도는 관우가 이전에 위세혁혁한 여몽에 대해 가지고
있던 거북함을 말끔히 씻어주어 안심하도록 하기 위한 것임은 물론
이었다. 과연 관우는 이 육손을 깔보고 대치시키고 있던 자신의 군
대를 모두 조조와 맞붙어 싸움을 벌이고 있는 번성(繁城)으로 이동
시켰다.
　이렇게 되자 촉의 형주방위는 허술해졌다. 때를 잡은 육손은 즉시
손권에게 서신을 띄워 지원을 얻어내고는 군대를 몰아 공안 남군을
거쳐 형주를 차지해 버렸다. 뒤늦게 화급함을 알고 달려온 관우는
도리어 맥성(麥城)에서 사로잡혀 목이 잘리고 말았다. 그 일로 육손
은 그 공을 인정받아 의도태수(宜都太守)에 임명되었다.
　그러나 이 형주 탈환과 관우의 죽음은 유비의 노여움으로 이어졌
고 유비는 제갈량과 조운(趙雲)의 만류에도 불구하고 스스로 대군을

이끌고 오나라로 진격해 들어왔다. 형주를 도로 찾고 관우의 원수를 갚아주겠다는 것이었다.

촉군은 위세 등등하게 진격을 계속하여 장무(章武) 2년(222년)에는 이미 오나라의 국경을 오륙백리나 들어와서 손환(孫桓)이 지키고 있던 이릉성(夷陵城)을 포위하기에 이르렀다. 오나라 군신은 크게 겁을 먹고 어쩔 줄을 몰랐다. 설상가상으로 마침 가장 믿는 여몽마저 병석에 들어 있는 중이었다.

손권은 걱정이 태산 같았다.

"이 풍전등화 같은 위급한 시기에 여몽마저 누워버렸으니 누구를 대도독으로 삼아 촉군을 대항한단 말인가?"

손권은 생각했다. '육손? 그는 비록 한 때 여몽을 대신하여 육구를 지켰지만 그것은 그의 힘이라기보다 상대를 미혹하게 만드는, 단지 한번 써먹은 전략에 불과했던 것이다. 비록 형주를 탈환하고 관우까지 죽였지만 그것 역시 여몽이 뒤를 받쳐주고 정병을 모아준 덕분이었지 그 자신만의 능력이었다고 보기는 어렵고…….'

그때 감택(闞澤)이란 신하가 손권을 찾아왔다.

"대왕님. 만약 지금 여몽의 뒤를 이을 대도독 감을 찾고 있다면 마땅한 인물을 추천해 드리려 왔습니다."

놀란 손권은 즉시 그를 붙들어 앉히며 다급히 물었다.

"그가 누구요? 어서 말해 보시오!"

"저는 바로 육손을 추천합니다. 그는 비록 나이는 어리지만 학문도 풍부하고 지략도 깊어 이 기회를 통해 시험해 볼만하다고 여겨집니다. 어디 처음부터 만족할 자가 있겠습니까? 차츰 경험을 쌓아

두면 그 능력과 지혜가 배가 되는게 이치일 것입니다. 비록 그의 재간이 앞서의 이나라 대도독 주유나 노숙, 여몽만 못할지 모르지만 차분하고 신중한 면에서는 아마도 그들에 못지않을 겁니다. 그의 탁월한 능력은 이미 형주를 탈환하고 관우를 잡은 것으로 증명되고 있습니다. 그러니 그를 높여주어 중용한다면 그는 분골쇄신63)(粉骨碎身) 임무를 완수해 이 어려운 국면을 헤쳐 나갈 수 있을 겁니다."

감택의 추천을 들은 손권은 일면 용기를 얻게 되었다.

그러나 같이 따라 들어왔던 장소(張昭), 고옹(顧雍), 보즐(步騭) 등은 반대하고 나섰다.

"육손은 그저 하나의 문약(文弱)한 서생(書生)에 불과합니다. 그런 자가 어찌 유비의 적수가 될 수 있단 말입니까?"

"육손은 너무 어립니다. 장군들이 과연 그의 명령을 따르겠습니까?"

"육손의 재략은 그저 한 개의 군(郡)정도나 다스릴 수 있을까, 대도독이란 말도 안 되는 소리입니다."

이구동성으로 해대는 불가함을 듣고 있던 감택이 다시 말했다.

"그가 오히려 어리고 소극적이면서도 냉철한 지혜를 가졌기 때문에 이 국면을 해결할 수 있는 겁니다. 인간의 능력은 상대적입니다. 무모하리만한 용맹이 필요한 때가 있고 창피하리만큼 겁약한 인내가 필요한 때도 있는 겁니다. 두고 보십시오. 그는 해낼 것입니다. 제 목을 내놓고 보증합니다!"

손권은 감택의 굳은 결의에 마음을 굳혔다.

---

63) 분골쇄신(粉骨碎身) : 뼈가 가루가 되고 몸이 부서지도록 한다 함이니, 곧 자기 몸을 돌보지 않고 노력함을 이르는 말.

"좋소. 나도 평소 육손에게 관심을 가지고 있었소. 감택의 말대로 그는 정말 신중하면서도 큰 뜻을 가지고 있는 인물이라고 나는 알고 있소. 이제 나는 그를 대도독으로 결정했으니 더 이상 아무 말 말도록 하오."

그리고는 즉시 육손을 불러들였다.

"지금 촉병(蜀兵)이 우리 경내에까지 들어와 나라는 누란지위[64](累卵之危)에 처해 있소. 나는 특명으로 그대를 대도독에 임명했소. 우선 그대의 의견부터 들어봅시다."

육손은 겸양하게 말했다.

"지금 이 나라의 문무대신은 모두 대왕의 구신(舊臣)입니다. 저는 나이도 어리고 경험도 부족한데 어찌 그들을 통솔할 수 있겠습니까?"
"그런 것은 걱정하지 않아도 되오. 만약 그 누구라도 그대의 지휘를 따르지 않는다면 이 칼로 먼저 처리하고 사후에 보고할 수 있는 권한을 드리리다."

손권은 20년 이상 자신이 지니고 다니던 보검을 꺼내어 육손에게 내밀었다.
육손은 감격스럽기도 하고 놀랍기도 하여 망설였다.

"자! 어서 국가의 이런 위기 속에 전장에서의 전권을 그대에게 드리는 것이니 안심하고 판단대로 처리하시오!"

---

64) 누란지위(累卵之危) : 계란을 쌓아 놓으면 굴러 떨어져 곧 깨어지듯 매우 위태위태한 것을 이르는 말.

손권은 또한 감택의 건의를 받아들여 그날 밤 식장을 마련하고 단을 쌓아 성대하게 의식을 치를 준비를 했다.

다음날 아침 문무대신이 모인 가운데 융중한 의식이 진행되었다.

손권은 직접 나서서 육손을 대도독에 임명한다는 선포와 함께 그에게 좌호군진서장군(左護軍鎭西將軍)의 직함과 누후(累侯)의 봉호를 주고 보검(寶劍)과 인수(印綬)를 내려주며 그 날부터 6군18주(六郡十八州) 및 형초(荊楚) 지역의 여러 병력을 총지휘하는 권리와 임무를 맡긴다고 언명했다.

손권은 출정식에 나서는 육손을 만나 다시 한번 당부했다.

"유비는 촉의 모든 군대를 동원해 총력전으로 응해오고 있소. 우리의 군대는 형세로 보아 그들의 위세에 눌려 있는 게 분명하오. 그러니 절대로 경거망동하지 말고 삼가하여 신중히 대처해 주시오."

그제서야 육손은 그간 세워 놓은 작전 계획을 손권에게 설명했다.

"염려 마십시요. 유비는 군대의 숫자상의 우세와 연전연승의 자신감으로 속전속결의 전법을 쓸게 분명합니다. 이에 우리는 오히려 침착하게 지구전(持久戰)으로 맞설 것입니다. 그러면서 그들의 후방 보급로를 차단하고 주요한 통로를 막아 소모전을 병행하지요. 성급한 그들은 마침내 지치고 해이해질 테고, 이때를 기다려 이들이 미처 칼을 빼들 여유도 주지 않고 몰아칠 생각입니다. 그러니 성급히 결과를 요구하지는 마십시요. 급하게 굴면 굴수록 이익이 되는 쪽은 촉군 입니다."

손권은 아주 만족해했다.

"좋소, 좋아! 어쩌면 나의 생각과 그리 같을 수 있소. 믿겠소. 뒷일은 걱정 말고 바른 판단을 세워 실행해주시요!"

이튿날 육손은 한당(韓當), 송겸(宋謙), 주연(州然), 반장(潘璋), 서성(徐盛) 등의 장군들과 함께 5만 명의 군사를 이끌고 전선을 향해 출발했다.

그러나 이들 장군들은 애초부터 육손이 대도독이 된데 대해 심한 불만을 가지고 있었다. 그래서 작전회의 때도 어쩔 수 없다는 듯이 마지못해 참석했고, 어지간한 명령은 무시하기 일쑤였다.

참다못한 육손은 이들을 모아놓고 말했다.

"나는 나 스스로 재력(才力)이 부족함을 알고 있습니다. 그래서 여러 장군들이 합심해서 나를 도와주지 않으면 아무 일도 할 수 없습니다. 다만 나는 대왕의 명에 의해 오늘부터 군법을 엄히 적용하여 일이 생기면 먼저 이 칼로 처리한 다음 결과는 사후에 왕께 보고 드리겠습니다. 나를 시험하려 든다든지, 명령과 임무를 철저히 수행하지 아니한다든지, 다 좋습니다. 그러나 그 뒤엔 군법의 무정함만을 탓하시고 나를 탓하지는 말아 주십시오!"

그리고는 모든 장수는 자기의 관할지역에 수비와 경계에만 힘쓸 것, 어떤 경우라도 자신의 명령 없이 출격하여 싸우는 일이 없도록 할 것, 적을 가벼이 보고 경거망동하는 일이 없도록 할 것 등을 지시했다. 그러자 듣고 있던 장군들은 '역시 겁쟁이군, 싸우지 말고 버티기만 하려면 뭐 하러 이렇게 많이도 끌고 왔어'라고 비웃었다. 특히 이 기회를 틈타 전공을 세워 이름을 날려보고자 했던 몇몇 장군은 더욱 노골적으로 그를 비판하기도 했다.

그러던 며칠 후, 유비는 오군(吳軍)을 성밖으로 끌어낼 참으로 오반(吳班)이란 장수에게 병들고 늙은 잔병 1만 명을 주어 오군의 성 밑에 이르러 마음 놓고 놀리며 싸움을 걸라고 일렀다.

그러면서 유비 자신은 정병을 그 뒷산에 매복시키고 오군이 밖으로 나오기를 기다리고 있었다.

오나라 군사들은 이 피폐한 촉의 잔병들이 코밑에까지 이르러 마음대로 놀려대는 모습을 보고는 당장 나가서 저 힘없는 촉군을 쳐 없애자고 흥분했다. 그러나 육손은 촉군의 동정과 지형을 살핀 후 말했다.

"이것은 유비의 유병책(誘兵策)이요. 그들의 정병은 저 산 뒤에 매복해 있는게 분명하오. 잘못하다간 덫에 걸려듭니다."

참다못한 한당(韓當)이 나섰다.

"제가 손도독과 강남을 평정하고 많은 전투경험을 쌓았음은 도독도 알고 계시겠지요. 또 여기의 우리 모든 장군 중에 누구하나 싸움에 자신이 없어 투구만 쓰고 앉아 있고자 하는 사람은 없소이다. 지금 대왕께서는 저 촉군을 몰아내자고 그 많은 군대를 뽑아 우리에게 맡겼습니다. 그렇다면 이런 기회에 저들을 쫓아야지, 도리어 무조건 수비만 하고 있으라니 이는 누가 먼저 늙나를 경쟁하자는 겁니까? 그도 아니면 오만 군사를 이끌고 이곳에 놀이라도 하러 온 겁니까? 우리는 살기를 탐하며 죽음을 두려워하는 겁쟁이가 아니요. 우리를 위한다면 싸움을 허락하십시오. 언제까지 이러고 있을 셈이시오?"

다른 장군들 역시 한당의 말을 이구동성으로 거들고 나섰다.

"한장군의 말이 옳소. 어서 출격명령을 내리시요!"

그러자 육손은 모두를 조용히 하라고 시킨 다음 위엄을 섞어 단호하게 말했다.

"대왕은 나의 인내심을 보고 이 중대한 임무를 맡겼소. 촉군 몇몇이 와서 우리를 욕한다고 해서 참지 못하고 성문을 나섰다가는 필경에 큰일을 그르치게 되오. 저들이 급하게 굴수록 우리는 느긋해야 하오. 조금만 더 참아보시오. 저들은 스스로 견디지 못하고 무리를 해서라도 덤벼오거나 아니면 포기하고 물러설 거요. 어서 돌아가 자신이 맡은 방비 임무나 철저히 수행하시오.”

과연 얼마가 지나자 유비는 오군을 성밖으로 끌어낼 수 없음을 깨닫고는 성 밑에 풀어 놓았던 노약한 병사들과 산 밑에 숨겨두었던 매복병을 데리고 본영으로 되돌아갔다.

그 일이 있고나서 장군들은 육손의 계책에 신복하기도 했지만 그렇다고 그에 대한 불신을 완전히 푼 것은 아니어서 여전히 불만의 불씨는 남아 있었다.

그들 중 일부는 육손은 겁쟁이이며 싸울 의사가 없는 허수아비라고 글을 써 손권에게 상소하기도 했다. 그러나 손권은 조금도 육손을 의심하지 않고 애초의 약속대로 그를 지지하고 옹호했다.

이렇게 하여 무려 8개월의 세월이 흘렀다. 촉군의 사기는 급격히 떨어졌고 군기는 해이해졌다. 더구나 계절은 혹서기(酷署期)로 접어들고 있었다. 유비는 할 수 없이 군대를 냇물과 숲이 있는 산속으로 옮겨 일단 충분한 휴식을 취하게 한 다음 다시 싸움에 나설 참이었다.

육손은 마침내 때가 왔다고 판단하고 군대를 풀어 40만이나 되는 촉군을 진영에 가두어둔 채 불화살을 퍼부었다. 갑작스런 내습에 촉군 진영은 아수라장을 이루었고 유비는 할 수 없이 남은 군대를 수습해 물러서야 했다.

이로써 오와 촉은 또다시 대등한 관계의 새로운 국면을 맞게 된 것이다.

닭 잡는 데 쓰였던 우도(牛刀)

‘와룡선생’(臥龍先生)으로 알려진 제갈량(諸葛亮)과 ‘봉추선생’(鳳雛先生)으로 별명이 붙은 방통(龐統)은 둘 다 삼국시대에 크게 이름을 날렸던 현인이었다.

그런데 방통은 그 외모가 너무 못생겨 여러 번 추천을 받았지만 번번이 퇴자를 맞아 쓰이지 못했었다. 성질이 거친 장비(張飛)의 세심한 관찰이 없었다면 아마 그는 영영 빛을 보지 못한 불우한 인물로 전락해 버렸을지도 모른다.

방통은 원래 오(吳)나라 양양(襄陽)이란 한벽한 곳의 시골 출신이었다. 그는 적벽대전에서 연환책65)(連環策)을 헌책(獻策)해 오나라가 조조의 대군을 무찌르는데 큰 공을 세우게 되었다.

그 후 오의 공신 주유(周瑜)가 죽자 노숙(魯肅)이 이 방통을 손권(孫權)에게 적극 추천했다.

손권도 이미 일찍부터 ‘봉추선생’의 이름을 들어온 터라 즉시 그를 불러 만나보았다.

그러나 손권은 자기 앞에 나타난 방통이 낮은 코에 처진 눈 등

---

65) 연환책(連環策) : 적에게 간첩을 보내어 계교를 꾸미게 하고, 그 사이에 자기가 승리를 보는 계교.

더 할 데 없이 못생긴 모습을 하고 있자 자기도 모르게 실망의 빛을 띠고 말았다. 더구나 몇 마디 말 중에 그 못생긴 얼굴로 주유에 대해서 좋지 않은 평까지 늘어놓는 것을 보자 "미친놈"이라고 여기고 그의 등용을 거절해 버렸다.

그가 아무리 가슴속에 천하를 꿰뚫는 학식이 있고 천하 만민을 다 휘어잡을 재주가 있다 해도 그의 흉물스런 겉모습은 이처럼 큰 장애가 되고 있었던 것이다.

방통은 대단히 실망했다. 이를 안 노숙은 이 아까운 인물에 대해 끝없이 동정하면서 그대로 썩게 놔둘 수는 없다고 여겼다.

그래서 방통을 불러 상의했다.

"세상엔 자기 자리가 있고 스스로의 때가 있는 법이요. 너무 실망하지 마시오. 당신이 지닌 그 학덕과 재주는 손권에게 쓰일 것이 아닌가 보오. 내 유비에게 당신을 추천할 테니 그리로 가 보시겠소?"

하고는 그 자리에서 유비에게 추천의 글을 써서 방통에게 주었다. 방통은 다시 유비에게로 가면서 중얼거렸다.

"스스로가 가진 재주와 학덕이면 되었지 무슨 추천서가 필요하리. 더구나 그 어떤 추천이 있어도 얼굴을 보고 취사(取士)하는 마당에……."

유비를 만났지만 별 수 없었다. 유비도 방통의 용모를 보자 그 자리에서 거북한 얼굴을 짓더니 탐탁치 않게 말했다.

"그러면 마침 저 뇌양현(耒陽縣)에 자리 하나가 비어 있으니 우선 그곳에 가서 있어 보오."

방통은 또다시 실망했다. 뇌양에 닿은 방통은 자신이 처리해야 할 업무는 거들떠보지도 않고 매일 술타령으로 소일했다.

이렇게 석 달 남짓의 시간이 흐르자, 이 소식은 당연히 유비의 귀로 전해졌다. 유비는 화가 치밀어 올랐다.

　　"방통, 그 친구 애초부터 내 이상한 자라고 여겼소. 우선 생긴 것
　　부터가……."

유비는 즉시 장비를 불러 뇌양에 가서 그를 엄중히 다스리라고 명령했다.

장비는 대단히 성급한 인물이었다. 매사가 세심하지 못하고 즉흥적이어서 무슨 일이든 그 자리에서 판단을 내리는 성격이었다.

장비는 뇌양에 닿자마자 방통을 불러놓고 욕설부터 퍼부었다.

　　"이 돼먹지 못한 인간아! 그래 무려 백일동안이나 아무런 보고도
　　없이 술만 퍼마시면 어쩌겠다는 거야!"

방통은 오히려 소탈하게 웃으며 장비를 맞았다.

　　"진정하고 일단 앉으시오. 백 리 밖에 안 되는 이 작은 현에 공
　　무가 있다면 얼마나 많겠으며 어려움이 있다면 뭐가 있겠소. 내 지
　　금 당장 그동안 밀렸던 석 달 열흘치 문건을 다 처리하리다."

방통은 곧 그대로 쌓아만 두었던 서류를 갖다 놓고는 부하 관리에게 서류에 관련된 백성들을 뜰에 모이도록 했다.

그리고는 귀로는 백성들의 사정을 들으면서 손으로는 관인(官印)을 눌러 그 자리에서 공정하고 빈틈없이 일을 처리해 나가는 것이었다. 그의 처리방법은 그 짧은 시간에 곡직(曲直)을 분명히 가리고 뒷

일이 없도록 철저히 판단을 내리는, 그야말로 수십 년 관리를 한 어떤 자보다도 명확한 것이었다.

이렇게 해서 채 반나절도 못 되어 일은 완전히 끝이 났다. 성급하고 거칠기로 이름난 장비조차 이 모습을 보고는 입을 다물지 못했다.

장비는 즉시 방통에게 자신이 너무 경솔했노라고 사과한 뒤 형주로 돌아가면 유비에게 이 사실을 알리고 새로운 자리로 추천해 주겠노라고 했다. 그러자 방통은 그동안 품고 있던 노숙의 추천장을 꺼내어 장비에게 주면서 이것까지 유비에게 전해달라고 부탁을 했다.

장비는 형주로 돌아와 유비를 만나자 그간의 사정을 얘기하며 이렇게 말했다.

"방통, 그 인물 조그만 현에 머물게 할 자가 아니오. 높이 들어써야 할 거요."

그러면서 가지고 온 추천장을 유비에게 내밀었다.

유비가 추천장은 뜯어 펴보자 놀랍게도 이렇게 씌어 있었다.

"방통 선생은 보통의 평범한 인재가 아닙니다. 만약 그에게 그저 백 리 정도 되는 지방의 현을 맡긴다면 닭을 잡는데 소 잡는 칼을 쓰는 격이니 이는 곧 큰 인재를 작은 일에 쓰는 것이요. 치중(66)治中)이나 별가67)(別駕)정도라도 격에 맞지 않을 것이요. 더구나 만약 이를 만나보고 겨우 얼굴 모습만으로 그를 평가한다면 이는 그의 높은 재덕을 진흙 속에 묻어버리는 것과 같소. 그렇게 되면 그는 그대의 휘하에 남아있지 않게 될 것이고 그를 맞이하는 다른 자가 큰 그릇을 얻는 격이 될 것이요. 깊이 헤아려 보시길 바랍니다. 총총."

---

66) 치중(治中) : 주의 부자사 정도의 벼슬.
67) 별가(別駕) : 자사의 좌사(佐史) 정도의 벼슬.

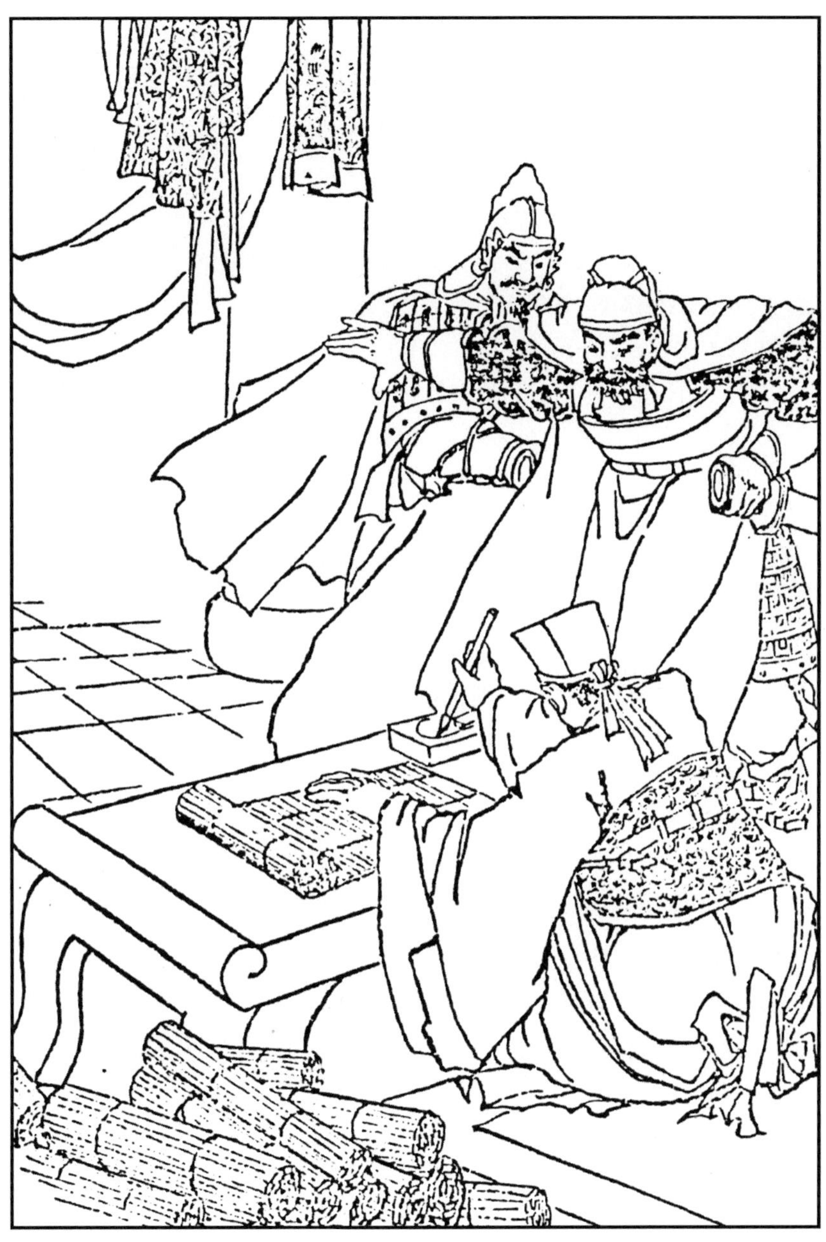

뒤이어 제갈량도 형주로 돌아와 유비가 방통을 기용하지 않았을 뿐 아니라 도리어 그를 멸시했다는 소식을 듣자 크게 안타까워하며 즉시 유비를 찾아갔다.

"재학(才學)을 따진다면 방통은 결국 나보다 못하지 않습니다. 그는 보통 사람과 같이 생기지 않았기 때문에 보통 사람이 따를 수 없는 출중(出衆)한 재주와 인내를 가진 것입니다. 무릇 대현대재[68] (大賢大才)란 겨우 몇 가지의 계책만 가지고 어느 한순간 반짝이며 빛을 보이는 자는 아닙니다. 그를 아는 사람들이 모두 그를 높이 보는 것은 바로 세상의 허영이나 칭찬을 쫓아다니지 않고 자신의 일에만 몰두하는 태도 때문입니다. 더군다나 사람이란 용모와 내심이 같을 수 없습니다. 겉이 번드르하면서 속이 빈자보다 용모는 볼품없으나 속이 찬자가 더 낫다는 것은 천하의 공론입니다. 어찌 그런 인물을 겉모습만 보고 멸시해 대들보를 서까래 쓸 자리에 얹어 놓았습니까? 영웅이란 자신의 무용(武用)을 써먹을 자리가 없으면 곧 음주작락[69](飮酒作樂)할 수밖에 없는 것입니다. 그 재능에 맞게 자리를 마련해 주시는 것이 곧 현명한 군주가 해야 할 가장 중요한 임무입니다. 그를 위해 그가 한바탕 재량을 펼칠 무대를 마련해 주십시오."

유비는 장비와 제갈량의 말을 듣고 크게 뉘우쳤다.

유비는 즉시 방통을 불러 부군사(副軍師)의 중요한 임무를 맡기면서 자신의 잘못을 이해해 달라고 용서를 구했다.

방통은 부군사가 된 후 제갈량을 도와 유비가 서천(西川)지역을 회복하고 촉한을 세우는 데 큰 공헌을 하였다.

그러나 아깝게도 이 걸출했던 인물, 방통은 서천전투에서 화살을

---

68) 대현대재(大賢大才) : 두드러지게 빼어난 인물.
69) 음주작락(飮酒作樂) : 술을 마시는 것으로 즐거움을 삼음.

가슴에 맞아 겨우 36세의 나이로 전사하고 말았다.
  유비와 제갈량의 안타까움은 이루 표현할 수 없었다.

  "아! 이 촉한의 기둥 하나가 쓰러졌구나!"

비수지전(淝水之戰)의 후일담

　서진(西晉) 말기 팔왕(八王)의 난(亂) 이후 각지의 유민과 황하지역까지 점거해 내려온 북방의 이민족들은 점차 진에 반기를 들고 나서기 시작했다. 드디어 회제(懷帝) 영가(永嘉)연간에 흉노(凶奴)의 귀족이었던 유연(劉淵)과 그의 아들 유총(劉聰)이 진나라의 10만 대군을 섬멸하고 다시 수도 낙양(洛陽)을 점거했다.

　이들은 회제를 포로로 잡고 진나라 군사 3만여 명을 살륙하는 영가지란(永嘉之亂)을 일으켰다. 이 여세를 몰아 흉노는 장안(長安)까지 점령하고 마지막 왕 민제(愍帝)까지 포로로 삼아 마침내 서진은 멸망하고 말았다.

　이렇게 서진이 역사의 뒤안길로 사라져간 뒤 남쪽 양자강 하류, 즉 오늘날의 남경 근처로 내려온 한족(漢族)중에 황족이었던 사마예(司馬睿)가 건강(建康)을 도읍지로 진을 복구하니 이것이 곧 동진(東晉)이다. 이로써 약 100여 년 간(317~420) 북방은 이민족들에게 넘겨진 채 남방에서 간신히 그 명맥을 유지하기에 이르렀다.

　바로 이 동진, 제9대 임금 효무제(孝武帝) 사마요(司馬曜) 때의 이야기다.

　자(字)는 경흥(景興), 혹은 가빈(嘉賓)으로 흔히 치가빈(郗嘉賓)으로 널리 알려진 치초(郗超)라는 자가 있었다.

그는 젊은 나이로 지략이 뛰어나고 성격이 활달하여, 당시 진나라 군권을 쥐고 있던 환온(桓溫)의 막료(幕僚)로서 매우 신임을 받고있었다.

그런데 같은 환온의 막료이면서 그와 쌍벽을 이루던 사현(謝玄)이란 젊은이가 있었다.

이 두 사람은 다같이 혈기왕성하고 재주가 넘쳐 서로를 경쟁상대로 의식했다. 이 가운데 치초는 주위 사람들과의 교유(交遊)에 뛰어나 자신의 재물을 조금도 아낌없이 주위에 풀면서 많은 대화를 나누길 좋아했고, 도량 또한 넓어 세상에 거리낌이 없었다. 반면 사현은 총명하고 사람을 잘 다루며 그 어떤 작은 일도 세심하게 보살피는 형이었다.

두 사람의 이러한 대조적인 성격은 비록 그것이 자신에겐 장점이라 하여도 서로에게는 비위를 뒤틀리게 하는 요소로 작용했다. 이로 인해 둘 사이에는 한번도 의견을 투합해 보지 못한 채 세월이 흐르는 동안 더 이상 허물기 어려운 장벽이 생기게 되었다. 주위의 누군가가 상대의 이름만 입에 올려도 그만 화를 내게 되는 그야말로 견원지간70)(犬猿之間)이 되고 말았던 것이다.

얼마 후 치초는 환온에 의해 중서시랑(中書侍郞)에 발탁되었다. 사현 역시 조정의 승진을 거쳐 광릉상(廣陵相)이라는 자리에 오르게 되었다. 이렇게 해서 둘은 항상 서로 마주 보고 있지 않아도 좋을 처지가 되었다. 그러는 가운데 환온의 지극한 신임을 받던 치초는 갈수록 권세가 높아져서, 사현의 숙부이며 당시 재상자리에 있던 사안(謝安)조차도 그를 두려워하는 위치에 서게 되었다.

그러던 어느 날 재상인 사안과 대신 왕문도(王文度)가 함께 치초를 만나야 할 사정이 생겨 그의 관저를 찾게 되었다. 그러나 치초는 기다리라는 말만 전해왔을 뿐 아침부터 한낮을 지나 저녁이 되도록 모습을 보이지 않았다. 그들은 자신들을 대하는 태도에 모멸감을 느

---

70) 견원지간(犬猿之間) : 개와 원숭이의 사이처럼 몹시 사이가 나쁜 관계를 이르는 말.

끼지 않을 수 없었다. 더욱 화가 난 것은 왕문도였다.

"그가 우리를 만나줄 의사가 없는 게 분명하오. 돌아갑시다."

그러나 사안은 달랐다.

"참고 기다려 봅시다. 그가 고의로 그러는 듯한데 이쯤서 화를 내
고 돌아가면 일만 어그러지지 않겠소?"

사안의 말대로 치초는 의도적으로 이들을 따돌리고 있었던 것이다.
원래부터 치초는 사안을 못 마땅히 여기고 있었던 것이다.

'나의 아버님이 저 사안에 비해, 출신으로 보나 자격으로 보나, 나
이로 보나 능력으로 보나 무엇이 모자란단 말인가? 그런데 사안은
국가의 대권을 쥔 재상이 되어 있고 부친께선 그에게 밀려 직책도
권세도 없이 한가하고 무료한 나날을 보내고 있다니. 내 언제고 기
회만 닿는다면 그를 그냥 두진 않겠다.'

그렇다고 사안 역시 만만치는 않았다.

'건방진 놈. 나이도 어린놈이 어른을……'

그러던 차에 자신을 통하지 않고는 안 될 일이 생겨 사안이 찾아
오자 치초는 의도적으로 사안을 따돌렸던 것이다.
그러나 정작 중요한 일에 이르게 되자 사정은 달랐다.
마침 이때 북방의 전진(前秦)이 점차 강성해져서 황하유역을 통일
한 후, 여세를 몰아 동진을 향해 밀고 내려오고 있었다. 동진의 군
대는 맞서는 곳마다 중과부적이었다. 전진왕 부견이 직접 낙양을 출

발하여 보병 60만, 기병 27만을 이끌고 강을 건너 총진군해 오고 있었던 것이다.

동진의 조정은 온통 위기의식에 들끓었다. 이에 대응할 지휘자를 찾았지만 의견만 분분한 채 결론이 나지 않고 있었다.

이때 재상이었던 사안이 자신의 조카인 사현을 추천했다.

이 소식은 당연히 치초의 귀에까지 전해졌다. 치초를 둘러싸고 있던 많은 대신들은 기회를 만났다는 듯이 이를 비방했다. 자신의 친인척을 내세워 공을 세우게 하려한다는 것이었다. 많은 이들은 이 기회를 치초가 그냥 놓치지 않으리라고 여기며 은근히 한바탕 벌어질 싸움을 기대하기까지 했다.

그러나 치초는 아무런 반응도 보이지 않았다. 얼마가 지나 사안이 더욱 곤궁에 몰리자 그제서야 조정을 들렀다.

그리고는 많은 대신들과 효무제 앞에서 이렇게 말했다.

> "사안 재상은 국가의 이익을 위해 불문율처럼 되어 있는 조카를 직접 추천한 것입니다. 이 얼마나 용기 있고 지혜로운 일입니까? 국가가 위급한데 친인척의 추천을 피해야 한다는 법이 어디 있으며 인물이 훌륭한데 어찌 자신의 지친이라고 추천을 피해서야 될 일입니까? 게다가 제가 알기로 사현은 이런 위기를 해결할 수 있는 능력과 지도력을 충분히 가지고 있습니다. 저는 재상이 지친(至親)을 추천했다는 이유로 이를 왈가왈부하는 것은 오히려 잘못이라고 생각합니다."

이 말을 들은 대신과 임금은 물론 더욱 놀란 것은 오히려 사안이었다. 정당한 이유라도 꼬투리를 달아 반대하거나 괴롭히던 치초가 오히려 많은 대신들이 반대하는 사안(事案)을 놓고 자신의 편을 들다니 혹시 무슨 다른 뜻이 있어서는 아닌가 의심스러울 정도였다.

치초는 계속해서 말했다.

"저는 일찍이 사현과 함께 환공(桓公)을 모신 적이 있습니다. 그 래서 그에 대해서는 아주 잘 알고 있습니다. 그는 큰일이건 작은 일 이건 매우 공정하고 타당하게 일을 처리하며, 많은 사람들을 손가락 하나로 지휘할 정도의 훌륭한 지도력을 갖추고 있습니다. 이번 일을 그에게 맡긴다면 틀림없이 큰 승리를 거두어 이 나라 사직을 안정 시킬 것입니다."

치초의 말을 들은 효무제는 즉시 사현에게 건무장군(建武將軍) 연 주자사(宴州刺史)의 직책을 내려 강북(江北)의 모든 군대를 거느리고 전진의 군대를 맞아 싸우도록 했다.

이때, 진(晉)의 군사는 겨우 8만으로 전진(前秦)의 10분의 1도 되 지 못했다. 그러나 그들은 모두 회수(淮水), 하수(河水) 근처의 전투 경험을 충분히 갖추고 있었고, 더구나 이민족인 전진에게 쫓겨 고향 을 버리고 남으로 피난 온 농민 출신의 병사들이 대부분이었다. 때 문에 그곳 지형에는 누구보다 밝았고 고향을 수복하겠다는 일념 또 한 가득했기에 오히려 사기는 전진의 군대보다 훨씬 앞서 있었다.

사현은 우선 정예부대 5천을 낙간(洛澗)지역에 배치하였다가 부견 (符堅)의 선두부대를 급습하여 만 오천을 격파했다.

승기를 잡은 사현의 군대는 추격전을 벌여 비수(淝水)의 동쪽에 이르러 맞은 편 전진의 군대와 대치하게 되었다.

부견은 이때 수양현(壽陽縣)의 성루 높은 곳에 올라 진나라 군대 의 적정을 살피게 되었다. 그런데 부견의 눈에 진군은 너무도 질서 정연했고 엄정한 군기 아래 사기 또한 드높아보였다.

더군다나 맞은 편 팔공산(八公山)의 초목을 진나라 군사로 오인한 부견은 더욱 놀라 거의 전의를 상실하고 말았다.

마침 이때 사현이 부견에게 편지를 보냈다.

"우리 진나라 군대는 비수강을 건너 그대 전진의 군대와 일전을 벌여 결판을 내고 싶으니 잠시 물러나 주기를 바란다."

서신을 본 부견은 오히려 다시 용기를 얻었다. 사현의 속뜻을 읽지
못하고 그가 전혀 병법도 모르는 장군이라 얕잡아 보게 된 것이다.

  "허락하라. 그리고 그들이 강을 한창 건너고 있는 도중 공격을 퍼
  부어 저 비수강에 수장시켜 주어라!"

그리고는 모두들 얼마만큼 뒤로 물러서라는 명령을 내렸다.
전진의 병사들은 영문도 모른 채 진영을 뒤로 옮기느라 정신이 없었다.
그때 어느 병사 하나가 소리쳤다.

  "우리 전진이 졌다. 빨리 도망가자!"

이 소리를 듣자 전진의 군대는 순식간에 혼란에 빠져 아수라장이
되고 말았다.
뒤늦게 부견이 명령을 내려 재정비를 소리쳤지만 이미 때는 늦고
말았다. 전열은 흩어졌고 모두가 도망치기에 정신이 없었다.
사현의 군대는 이를 추격하여 마침내 대승을 거두게 되었다.
부견이 관중(關中)까지 도망쳐 남은 군대를 수습해보니 겨우 십여
만밖에 되지 않았다.
이것이 저 유명한 비수지전(淝水之戰)이다. 이 싸움으로 전세를 만
회한 동진은 다시금 그 명맥을 이어갈 수 있었던 것이다.
이는 바로 대의를 위해서 사사로운 원한에 얽매이지 않고 원수를
추천한 치초의 공이라 여기지 않을 수 없다.

주방(廚房)에서 건진 지방관

탁발굉(拓跋宏)이 북위의 효문제(孝文帝)로 등극했을 때의 일이다. 회삭(懷朔)과 옹주(雍州), 정주(定州) 등지에서 시위와 반란이 빈번해지자 효문제는 능력 있는 신하들을 보내어 이를 진수(鎭守)시킬 참이었다.

우선 왕족 중에 자신의 조부와 같은 연배였던 원로 여음왕(汝陰王) 탁발천사(拓跋天賜)는 회삭에, 남안왕(南安王) 탁발정(拓跋楨)은 옹주에 각각 파견하였다. 그러나 정주에는 미처 적당한 인물을 찾지 못했다. 황실의 왕족과 자신과 같은 선비족 중에 누구를 뽑아 그 자리를 채우려 했으나 이 또한 뜻대로 되지 않았다.

그 일로 효문제가 고심하고 있을 때 어떤 이가 찾아와 물었다.

"만약 황실이나 선비족이 아니어도 된다면 좋은 인물이 하나 있습니다만……."

"그래, 다같이 섞여 살고 있는데 본족(本族)이 아니면 또 어떻겠소. 그래 누구를 두고 하는 말이요?"

효문제는 쾌히 고개를 끄덕이며 물었다.

"바로 조흑(趙黑)이라는 인물입니다.

"아니 조흑이라면……?"

"그렇습니다. 폐하의 식사 시중을 드는 그 자입니다."

효문제는 귀가 번쩍 띄었다. 그도 그럴 것이 효문제는 어려서부터 조흑에 대해서는 아주 좋은 인상을 가지고 있었다. 옛날이야기를 좋아하는 자신에게 조흑은 가슴에 와 닿는 감동적이고 교훈적인 옛 고사를 수 없이 들려주곤 했던 것이다.

효문제는 즉시 조흑을 불렀다. 그러면서 좀더 편안하고 격식 없이 조흑을 만나기 위해, 식사준비를 시키며 자신의 식사 보필은 다른 주방장이 하고 조흑은 자신과 마주앉아 이야기를 나눌 수 있도록 하라고 지시했다.

한편에서는 음식이 들어오고 둘은 마주앉아 차분하고 깊은 담론을 나누게 되었다.

조흑은 조심스럽게 그간 자신이 생각하고 있던 창업수성71)(創業守城)과 경세안민72)(經世安民)의 치국의 도를 숨김없이 이야기했다. 효문제는 차츰 조흑이 이야기만 잘하는 게 아니라 정치를 맡겨도 거뜬히 해낼 포부와 능력을 가지고 있음을 알게 되었다.

"나는 그대를 정주로 보내어 그곳 진수의 책임을 맡겨보고 싶소. 그대의 그 깊고 훌륭한 재능을 그곳 백성들을 위해 한번 펴 보시는 게 어떻겠소?"

그러자 조흑은 겸손하게 사양했다.

"저는 보시다시피 출신도 미천하고 재학도 소천(疏淺)합니다. 게다가 한족(漢族)입니다. 저 같은 인물은 전혀 적합하지 않다고 생각됩니다."

---

71) 창업수성(創業守城) : 나라를 세우고 이를 지킴.
72) 경세안민(經世安民) : 세상을 다스리고 백성을 편안하게 함.

이때 마침 주방장이 김이 무럭무럭 피어오르는 요리를 가지고 식탁으로 날라왔다. 그 속엔 어느 사이 파리 한 마리가 빠져있었다. 당황한 것은 주방장보다 조흑이었다.

감히 황제에게 올리는 음식에 파리가 빠졌다는 것은 그의 불경을 넘어 자신의 책임이기도 했기 때문이다. 그러나 효문제는 그 접시를 그대로 두고 가라고 손짓한 뒤, 조금도 화가 난 기색을 보이지 않고 젓가락으로 이를 집어낸 후 조흑에게 그대로 자리에 앉으라고 명했다.

"이야기를 계속합시다. 그대를 정주로 보내고자 하는 나의 결심은 이미 섰소. 그러니 더 이상 사양마시고 나의 뜻을 따라 주시오. 주문왕이 위수(渭水)가에서 강태공을 만나 천하를 바로잡았다는 그 이야기는 바로 내가 어릴 때 그대로부터 듣고 지금껏 가슴에 남기고 있는 귀중한 교훈이 아니겠소. 나도 그 말대로 언제나 훌륭한 보필을 만나 이 나라를 안정시키나 하고 기다렸는데 그런 훌륭한 분을 바로 식사 때마다 만나면서도 눈이 어두워 알아보지 못했소이다. 등잔 밑이 어두웠던 격이라 하겠지요. 비록 내가 문왕에 비하면 하늘과 땅 차이겠지만 그래도 지금부터 그를 배우고자 하는 결심은 이미 굳어졌소이다."

그럴 즈음 이번엔 주방장이 긴장했던 나머지 가지고 들어오던 국을 쏟고 말았다.

그 국물이 효문제에게 튀어 화상까지 입히는 큰 불상사였다. 주방장은 그만 무릎을 꿇고 죽을죄를 졌노라고 치죄를 기다리고 있었다. 이를 본 조흑도 더 이상 견딜 수가 없었다.

그러나 효문제는 그 주방장을 세워 일으키며 조금도 불쾌한 기색 없이 말했다.

"말이 넘어질 때가 있듯 사람도 실수할 때가 있는 법, 조금도 염려 말고 가서 하던 일이나 열심히 하게!"

조흑은 깊은 감동을 받고 이런 임금을 위해서라면 몸과 마음을 다 바쳐 무슨 일이라도 이루리라고 마음먹었다.

이렇게 하여 조흑은 정주로 파견되어 마음과 힘을 다해 선정을 베풀었다.

얼마가 지난 뒤 지방의 행정실적을 살피기 위해 효문제가 각지를 순시하게 되었다. 그런데 회삭과 옹주에 이르러 보니 황폐하기가 이를 데 없고 오히려 전보다 더욱 민심이 흉흉해지고 살벌해 있었다. 그것은 이곳에 파견된 탁발천사와 탁발정이 국가의 지친(至親)이라는 신분을 믿고 자신의 배만 채워 온 때문임은 말할 나위도 없었다. 효문제는 즉시 이들의 봉호를 삭탈(削奪)하고 파면시켜 버렸다.

반면 정주에 들어섰을 때였다.

거리와 집들은 깔끔하게 정비되어 있었고 넓게 정리된 들에는 소와 양들이 떼를 지어 한가롭게 풀을 뜯고 있었다.

효문제는 이를 보고 조흑을 크게 칭찬한 뒤, 많은 상을 내렸음은 당연한 일이었다.

"국가의 왕성함은 인재등용에 있지. 내 일찍 조흑 같은 인물을 들어 쓰지 못한 게 후회되는군!"

뒤에 조흑은 대장군(大將軍)을 거쳐 상서좌복야(尙書左僕射) 기주자사(冀州刺史) 등을 맡으면서 효문제를 도왔다.

이는 조흑 자신의 재능보다 그의 재주를 충분히 인정해주고 너그러움으로 남의 잘못을 용서하는 임금의 인자함에서 비롯된 것임은 두말할 나위 없다.

그 누가 식사 시중이나 드는 말단관리를 상식 밖으로 한 지역의 책임자로 발탁할 수가 있겠는가?

이처럼 효문제는 인물을 잘 들어 쓰기로 유명했던 것이다.

양신(良臣)과 충신(忠臣)의 차이

당 태종을 도와 재상까지 올랐던 위징(魏徵)은 본래 고아로서 젊은 시절에는 도사(道士)가 되기도 했었다. 그러나 깨달은 바 있어 각고면려73)(刻苦勉勵)하며 학문을 쌓은 뒤 당 고조 때에 추천을 받아 당시 태자(太子)인 이건성(李建成)의 막하에 들게 되었다.

그 뒤 태자가 그의 능력을 인정해 태자세마(太子洗馬)로 임명했을 때의 일이다.

위징은 태자가 동생 이세민(李世民) 때문에 왕위계승의 자리를 위협받고 있음을 알고는 계책을 꾸며 이세민을 없앨 참이었다. 마침내 태자는 위징의 뜻을 받아들여 일을 벌이기로 했다.

태자는 이세민을 불러 함께 술을 마시면서 그 술에 독약을 타서 죽이려 했다. 그러나 이세민은 술을 마시다 피를 토하며 뛰쳐나와 구사일생으로 살아난 뒤, 즉시 장안궁 북쪽 현무문(玄武門)에 병력을 배치시켜 고조를 만나고 나오는 태자 이건성과 제왕(齊王) 이원길(李元吉) 등을 없애버렸다.

이를 역사서에는 흔히 현무문지변(玄武門之變)이라고 한다.

그리고는 위징을 잡아들여 꾸짖어 물었다.

---

73) 각고면려(刻苦勉勵) : 고생을 이겨내면서 몹시 애를 쓰고, 부지런히 힘을 기울임.

"너는 태자의 세마로 형제의 우의를 위해 힘쓰지 못할망정 도리어 우리를 이간시켜 이런 일이 벌어지게 만들었느냐?"

위징은 조금의 뉘우침도 없이 또렷하게 말했다.

"모시는 주인을 위해 지모를 짜내는 일은 부하된 자로서의 의무요. 태자께서 좀더 일찍 나의 충고를 들었더라면 이런 화가 그의 몸에 미치지 않았을 텐데 그것이 안타까울 뿐이요."

이세민은 이 말에 느낀 바 있어 그를 더 이상 책하지 않고 도리어 간의대부(諫議大夫)의 벼슬을 내렸다.

그러자 한편 현무문지변이 있고나서 이건성을 옹호하고 있던 하북(河北)의 여러 주현(州縣)에서는 이세민에 대한 반대운동이 거세게 일었다. 이세민은 위징으로 하여금 이 일을 처리토록 했다.

위징은 하북에 이르러 즉시 이건성의 호위대장이었던 이지안(李志安)과 제왕 이원길(李元吉)의 호위책임자였던 이행사(李行思)를 잡아들였다.

"조정에선 방금 태자와 제왕의 부하였던 인물에 대해서 일률적으로 사면한다고 칙소가 내렸다. 그렇지만 진왕(秦王) 이세민은 분이 안 풀려 너희들을 잡아오도록 명령했다. 내가 너희들을 잡았지만 서울로 끌고 가 죽음을 당하게 하는 일은 원치 않는다. 그러니 어디 가서 잠시 숨어 지내기 바란다. 물론 책임은 내가 지겠다!"

그리고는 둘을 풀어주고 서울로 돌아와 버렸다. 과연 하북의 민심은 곧 잠잠해졌다.

이세민은 위징의 기지에 탄복하여 더욱 그를 높이 썼다.

이세민이 태종으로 즉위한 후 거의 모든 일은 위징의 손을 거쳐 결재되었다. 그러자 이를 시기한 상소와 비방이 끊임없이 날아들었다.

위징도 물론 이를 알고는 있었지만 언젠가는 태종이 직접 불러 사정을 물으리라 여기며 자신의 일에만 충실히 매달려 있었다.

과연 얼마 후 태종은 위징을 불렀다.

"온 신하들이 모두 우리 사이를 갈라놓으려 하고 있소. 어쩌면 좋겠소?"

태종은 그동안 모아두었던 상소문을 꺼내 보여주려 했다. 그러자 위징은 태종을 막았다.

"제게 보여주시지 마십시오. 저 또한 사람인 이상 그들의 이름을 알고 나면 공사를 판단하는데 대사를 그르칠 수도 있을 테니까요. 그보다 한 가지만 묻겠습니다.

폐하께서는 양신(良臣)을 원하십니까. 아니면 충신(忠臣)을 원하십니까?"

미처 말뜻을 이해 못한 태종은 의아한 눈빛으로 위징을 보았다.

"양신과 충신이 어떻게 다른 거요?"

"예, 설명드리지요. 둘 다 훌륭한 신하이지만 양신이란 국가가 흥해갈 때 있을 수 있는 신하요, 충신이란 국가가 망해갈 때 생겨나는 신하입니다. 이를테면 저 후직(后稷), 설(契), 고요(皐陶)같은 이는 곧 양신입니다. 그러나 용봉(龍逢)이나 비간(比干) 등은 바로 충신입니다. 양신은 훌륭한 군주를 도와 더 잘하도록 직간과 감언을 겁내지 않는 이들이요, 충신은 못난 군주를 깨우치기 위해 자신의 목숨까지도 버리는 인물을 말합니다. 그래서 양신은 군주의 이름을 더 드날리게 하지만 충신은 그 군주의 악명을 더욱 높여주는 일을 합니다. 둘 다 훌륭하다고는 하나 이런 차이가 있는 것입니다. 그렇기에 저는 양신이 되려 하지 충신은 되고 싶지 않습니다.”

태종이 고개를 끄덕이며 물었다.

　“그럼 내가 어찌하면 되겠소.”
　“우선 저를 비방하고 상소한 사람들을 하나씩 만나 보십시요. 그
리고 잘 잘못을 서로 고쳐나가면 될 겁니다. 혼미한 군주, 즉 총신
이 생기도록 하는 군주의 첫째 특징은 남의 말을 듣지 않고 사람을
만나지 않는다는 데 있습니다. 그는 자신이 가장 능력 있고 측근에
둔 사람이 가장 양신이라고 생각하는 겁니다. 진나라 이세(二世), 호
해(胡亥)는 궁중에 들어앉아 조고(趙高)의 말만 듣다가 망했고, 양무
제(梁無帝)는 주이(朱異)의 말만 믿다가 망했습니다. 그러하오니 폐
하께서는 지금부터라도 궁밖에 나가셔서 많은 사람의 이야기에 귀
기울여보고 자주 저와 의견을 대립시켜 충분히 토의한 다음 국사를
결정하도록 하십시요. 저는 지금 당장 이 자리를 내어놓아도 좋습니
다. 그러니 비방과 상소를 올린 사람들을 모두 만나 본 다음 결정하
셔도 늦지 않을 겁니다.”

　이리하여 태종은 언로를 넓히고 그 어떤 비방이나 비판도 놓치지 않
고 받아들여 국가는 날로 흥성해가고 백성들의 생활은 안정되어갔다.
　중국 역사상 최고의 태평시대인 정관개원의치74)(貞觀開元之治)는
바로 이렇게 하여 꽃을 피우게 되었던 것이다.
　뒤에 위징이 병으로 죽자 태종은 직접 그의 비문을 지어 주었다.

　“구리로 거울을 만들면 의관을 단정히 할 수 있고 옛 일로 거울을
삼으면 흥망성쇠를 바로 알 수 있으며 사람으로 거울을 삼으면 득실
을 명확히 알 수 있다(以銅爲鏡, 可以正衣冠, 以古爲鏡, 可以知興衰,

---

74) 정관개원지치(貞觀開元之治) : 중국 당나라의 2대왕 태종 이세민의 치세를 일컫
　　는 말. 이때의 연호가 ‘정관’이었으며, 가장 유명한 성세기(盛世期)였음.

以人爲鏡, 可以明得失). 그러나 내게는 그 중에 그 어느 거울 하나도 없어서는 안된다.”

그 후 위징의 집에서 태종에게 올리려던 상소가 발견되었는데 거기에는 이렇게 씌어 있었다.

“천하에는 선과 악이 있습니다. 선인을 잘 활용하면 국가가 안정되고 악인을 잘못 들어 쓰면 천하가 혼란해지는 것은 고금에 동일한 이치입니다. 폐하께서는 신하들을 대할 때 왠지 가까운 사람이 있고 왠지 싫은 사람이 있을 겁니다. 이는 가까이 하고 싶은 사람에게는 장점만 보이고 싫은 사람에게는 결점만 보이기 때문입니다.

그러므로 사람을 싫다 좋다 판단하실 때에는 반드시 주의하셔야 합니다. 만약 가까운 사람에게도 결점까지 발견해 고쳐줄 수 있고 싫은 사람에게서도 장점을 찾아 이를 키워줄 수 있는 데에까지 이르지 않았으면 절대 사람을 평가하지 마십시오. 그런 후라면 저절로 싫은 사람을 멀리해도 누구하나 의심하지 않으며 가까운 사람을 들어써도 누구하나 질투하지 않을 겁니다. 그렇게만 된다면 국가는 곧 흥성의 큰 길로 들어서게 될 것입니다.”

소년이 들어선 등용문(登龍門)

　당(唐)나라 수도 장안(長安)은 안록산(安祿山) 사사명(史思明), 주차(朱泚) 등의 연이은 반란과 약탈로 폐허로 변해 있었다.

　봄은 왔건만 번성했던 시절의 그 화려하고 번화하던 모습은 어디로 갔는지 퇴락한 담벼락에는 이름 모를 꽃들이 잡풀 속에 피어올라 세월의 무상함을 새삼 실감케 하는 하루였다.

　이때 열대여섯 살 정도의 남루한 행색이었지만 눈빛이 빛나는 한 소년이 보퉁이 하나를 둘러맨 채 이리 묻고 저리 물어 마침내 당시의 고명한 대학자이며 시인인 고황(顧況)의 대문 앞에 이르렀다.

　그는 한참을 머뭇거리다가 마침내 용기를 얻었는지 문을 두드렸다. 한참 후 문이 열리더니 꽤 나이 들어 보이는 늙은 노복(奴僕) 하나가 빠끔히 문을 열었다.

　　"여기가 고황 어른의 댁입니까?"
　　"그렇소. 젊은이는 누구요? 누굴 찾아왔소?"

　노복은 소년의 위아래를 훑어보더니 여차하면 문을 닫을 기세였다.

"저는 멀리서 고황 선생님을 만나 뵙고자 온 백거이(白居易)라 합
니다. 지금 막 이 장안에 이르러 물어물어 찾아왔습니다만……."

"그럼, 그대는 고황어른과 잘 아는 사이인가?"

"모릅니다. 그러나 공부하고 글줄 꽤나 쓴다 하는 자라면 그 누가
천하의 고황 어른을 모른다 하겠습니까? 저는 평소 어른의 명망을
들어왔고 또한 그분의 시를 아주 좋아했습니다. 그래서 기회를 얻어
꼭 한번 지도를 받고 싶어 벼르다가 이렇게 용기를 내어 찾아온 것
입니다."

그러자 문지기 노인은 같잖지도 않다는 듯 소년을 훑어보더니 조
롱하듯 한마디를 던졌다.

"그렇다면 고황어른의 성질도 알겠구면."

"지금 장안에는 '고황선생집 문에 들어서기만 한다면 이는 곧 잉
어가 용문에 오른 격'이라는 말이 퍼져 있지요. 무릇 글 쓴다는 사
람이 한번 고황선생에게 보여 인정만 받으면 그 이름이 즉시 장안
에 알려지고 그 명성은 열배가 오른다는 뜻이지요. 그러나 반대로
어설피 고황어른을 만났다 성질을 잘못 건드리는 날에는 이름은커
녕 영영 조그만 벼슬길도 얻지 못하는 것은 물론이거니와 그 이름,
그 집안에 먹칠을 하는 격이 되고 만다 하더군요."

"젊은이는 보아하니 아직 나이도 있고 한데 몇 년 더 공부하여
이 용문(龍門)에 드는 게 낫지 않겠나 싶은데……."

그러자 백거이는 웃으며 들고 있던 책 보따리를 풀었다.

"옛 공융(孔融)이 이원례(李膺, 子가 元禮)의 집을 찾아간 것이 일
곱 살 때입니다. 제가 지금 열다섯이니 그분이 이원례라면 저는 이
미 너무 늦은 것 아닙니까?"

그리고는 자신의 시고(詩稿)뭉치를 노복에게 건네주었다.

  "이를 지금 갖다 드려 보시지요. 여기서 잠시 기다리겠습니다."

문지기 노인은 할 수 없이 달갑잖은 표정으로 받아들고는 퉁명스
레 물었다.

  "이름이 뭐랬지, 고향은?"
  "예. 백거이요, 선조들은 태원(太原)에 살았고 저는 신정(新鄭)에
서 태어나 지금은 하규(下邽)라는 곳에 살고 있지요."

꽤 긴 시간이 흘러간 뒤 대문이 열리며 다시 그 노인이 나타났다.

  "젊은이, 축하하오. 고황어른이 그 원고뭉치를 받아든 것만도 대
단한 성공이요. 며칠 후 다시 와서 소식을 들으시오."
한마디를 이르고 문을 닫으려는 노인을 백거이는 다시 붙들었다.
  "잠깐만! 무슨 다른 이야기는 않던가요?"
  "아직 어떨지 모르는데. 좌우간 어른께 내가 이름이 백거이라고
했더니 '장안에 쌀값도 비싼데 이름이 일 없이 편안히 지낸다는 뜻
의 백거이(白居易)라? 아니 그런 자면 장안에 쉽게 붙어살 수 있다
는 이름인가'라고 합디다. 그런 농담을 하는 걸 보면 오늘은 기분이
괜찮은 것 같으니 이쯤에서 돌아서는 게 오히려 어른의 성질을 건
드리지 않는 걸 꺼요!"
  "그 밖에는요?"
  "다른 말은 더 없었소. 지금쯤 아마 원고를 보고 계시겠지요!"

백거이는 하는 수 없이 기대 반 불만 반을 품은 채 일단 그 자리
를 떠나야 했다.
이튿날 이른 새벽, 백거이가 다시 그 집문 앞에 이르자 이미 문을 열

어놓고 집안을 청소하던 노인이 먼저 알아보고는 급히 달려 나왔다.

"백학사(白學士), 축하합니다. 어제 그대가 떠나자마자 고선생께서
저를 급히 불러 들어갔더니 어서 당신을 찾아오라고 호령을 칩디다.
어서 들어가 보시지요!"

백거이는 기뻐하며 집안으로 들어섰다. 과연 머리가 허옇고 깡말
라 눈매가 매서운 노인 하나가 그를 맞았다.

"음, 그대가 백거이인가? 내 어제 자네의 이 '들불은 끝없이 타고
있는데 봄바람 그 위로 다시 불어오도다'(野火燒不盡, 春風吹又生)를
보고 매우 감탄했네. 대단한 표현력이더군. 좋아! 이 정도의 시재(詩
才)를 가지고 있다면 장안에서 살기는 어렵지 않지. 바로 그대 이름
백거이(白居易)를 해석하면 그 뜻이 아닌가?"

이로부터 백거이의 이름은 온 장안에 퍼져 그 날로 백거이의 시라
면 서로 구해 읽으려 다투는 지경에까지 이르렀다.

이것은 마치 저 진(晋)나라 태강(太康)시대의 대시인 좌사(左思)의
낙양지고75)(洛陽紙高)란 고사를 생각나게 하는 것이다.

그러나 이렇게 고황을 통해 천하에 부러울 것 없는 대시인의 자리
에 올랐지만 백거이에게도 어려운 일은 있었다. 고황은 백거이의 문
재를 인정하여 몇 번이고 요로(要路)에 추천했지만 당시의 과거제도
때문에 그는 벼슬길에 들어설 수가 없었다.

그 때의 과거제도란 각지의 관리들에 의해 먼저 추천을 받아야만

---

75) 낙양지고(洛陽紙高) : 진나라 무제(武帝) 때 산동 출신의 좌사는 출신이 미천하고
   말까지 더듬었으며 글도 거문고도 못했다고 한다. 그러나 그의 누이 좌분(左芬)
   이 무제에게 선발되어 궁에 들게 되자 누이를 따라 서울 낙양(洛陽)으로 옮겨
   10여 년을 각고면려한 끝에 삼도부(三都賦)라는 작품을 내놓자 온 장안에 이를
   베끼는 것이 유행하여 낙양의 종이값이 폭등했다는 일화가 그것이다.

장안에 이르러 응시를 할 수 있는 자격이 주어졌던 것이다.

할 수 없이 백거이는 그로부터 15년이란 세월을 보낸 뒤 그의 형 백유문(白幼文)과 숙부 백계강(白季康)을 통해 선성(宣城)의 관찰사 최연(崔衍)에게 추천을 부탁하게 되었다. 마침 최연도 백거이에 대해 익히 알고 있던 터라 형식을 갖추어 과거에 응시할 수 있도록 추천을 해주었다.

그렇듯 힘겹게 벼슬길에 오른 백거이는, 진사(進士)가 되었고 그로부터 10년 동안 중요한 복시(覆試)인 '발췌'(拔萃) '재식겸무명우체용과'(才識蒹茂明于體用科)라는 특별시험을 통과하였다.

이후 그는 교서랑(校書郞) 한림학사(翰林學士) 좌습유(左拾遺) 등의 요직을 거치면서 문학가로서의 명성에 못지않게 정치가로서"직언감간"(直言敢諫)으로도 널리 알려지게 되었다.

교서랑으로 있을 때는 "책림"(策林)이라는 글 75편을 저술하여 당시의 정치, 세법(稅法), 군사, 문교 등 각 방면에 걸쳐 폐단을 통렬히 비판하고 새로운 제도에 대한 개혁 의지를 펴 보이기도 했었다. 그는 이곳에서 대담하게 관리들의 부패로 '재화(財貨)가 고르게 분배되지 못하여 빈부차이가 심해졌다'(財貨不均, 貧富相異)는 주장과 함께 황제와 고관들에게 직접 들에 나가 백성들의 고통과 관리들의 부패를 살펴보도록 요청하기까지 했다.

이로 인해 백거이는 점차 황제와 주위 대신들에게 미움을 사기 시작했고, 급기야는 헌종(憲宗)의 "환관종군책"(宦官從軍策)에 반대하다가 좌습유의 직책을 박탈당하고 말았다.

그 뒤로 백거이는 재등용과 삭탈을 되풀이하면서 점차 정치에 환멸을 느끼기 시작했다. 어쩌면 이것이 백거이로 하여금 오히려 그의 가슴 속에 든 문재(文才)를 발휘할 수 있는 기회를 준 것인지도 모른다.

그래서 그는 저 천고절창 "장한가"(長恨歌)를 통해 양귀비와 당현종을 빗대어 궁중의 화려함을 비꼬았고, 당나라 덕종(德宗)이래 장안에 설치되었던 궁시(宮市)를 비판하여 "숯파는 늙은이"(賣炭翁)라는 위대한 작품을 남길 수 있었던 것이었다.

이처럼 백거이는 서민의 고통을 대변하면서 늘 "문장은 마땅히 시대를 위해 지어져야 하며, 시가는 마땅히 사실을 반영하여 씌어져야 한다."(文章合爲時而著, 詩歌合爲事而作)라고 주장, 시사반영(時事反影)의 문풍을 일으켰다.

그의 영향은 엄청나게 커서 이신(李紳 780~846)을 비롯한 많은 시인들이 이에 적극 찬동, 유명한 고풍(古風)시를 남기기도 했다.

인재(人災)를 극복해 낸 신하

겨우 **19**살의 나이로 진사시험에 오른 구준(寇準)은 송나라 때 인물이다. 나이 어린 구준이 시험을 치르려 하자 주위에서 많은 염려의 소리가 따랐다. 그러나 구준은 달랐다.

"나이가 어리면 어린대로 해야지. 나이가 어리다고 될 사람을 막는 것이 그들의 잘못이라면, 또 이를 미리 겁내어 거짓 나이를 대는 것은 나의 잘못이 아닌가? 둘 다 잘못을 저지르지 않는 길은 내가 실력으로 합격하는 길이겠지."

그렇게 어린 나이로 시험을 거쳐 등용했던 구준이 운주(鄆州)의 통판(通判)의 자리에 있을 때였다. 필사안(畢士安)의 추천으로 송(宋) 태종(太宗)을 만나게 되었다.

"듣자하니 어린 나이에도 지혜가 높고 사리에 밝다 하여 내 한 가지 어려운 일을 의논할까 해서 보자고 했네."
"무슨 일이십니까?"
"나의 아들 초왕(楚王) 원좌(元佐)가 있지 않은가? 성질이 난폭해 이유 없는 폭행과 불법을 자행하고 있어 왕실의 권위가 극도로 훼

흉해졌네. 이를 벌하여 왕위를 박탈하고자 하나 이미 많은 신복들을 궁중에 심어 놓아 섣불리 손을 대었다가는 일이 시끄럽고 그릇될까 걱정이 되어 망설이고 있는 중이네.”

한참 동안 말없이 생각에 잠겼던 구준은 조심스럽게 입을 열었다.

“이렇게 하시는 게 좋을 듯싶습니다. 우선 초왕으로 하여금 자신의 측근들과 시위들을 이끌고 밖으로 나오도록 교외에서 큰 잔치를 벌이십시오.”
“그리고는……?”
“그리고는 몰래 사람들을 그의 집무실로 보내어 수색하도록 하는 겁니다. 만약 거기에서 그에 대한 확실한 증거물만 확보할 수 있다면 그의 직위 박탈은 폐하가 아닌 일개 황문관(黃門官)이 발표한다 해도 승복할 수밖에 없을 것입니다.”

태종은 구준의 말을 따르기로 했다. 곧 잔치를 베풀고 그 사이 초왕의 집을 뒤지자 과연 사람의 눈알을 빼고, 근육을 집어 틀거나 혀를 뽑는 기구 등 섬뜩한 고문도구들이 선연히 피칠 갑이 된 채 무더기로 쏟아져 나왔다.

그 후 구준은 태종에게 발탁되어 이부(吏部)에서 인사관리의 총책을 맡게 되었다.

구준은 불의와 불법을 그대로 보고 넘기는 법이 없었다. 비록 그것이 황제라 해도 사정은 다르지 않았다. 하기에 조회석상에서 자주 태종의 비위를 거슬리곤 했는데 참다못한 태종이 보좌에서 일어나 구준에게 달려들어 욕설을 퍼부을 때도 있을 정도였다. 그때마다 구준은 태종의 옷깃을 잡아 다시 자리에 앉혀 진정시킨 다음, 자신의 의견을 소상히 이해시켜 잘못을 시정토록 했다.

한번은 나라에 큰 가뭄이 들어 백성들이 풀뿌리와 나무껍질로 연명하는 어려운 시기가 있었다. 그럼에도 불구하고 어전 회의에 모인 대신들은 이구동성으로 황제의 공덕을 노래하며 태평성대라고 희희 낙낙했다.
이를 참다못한 구준이 대신과 황제를 향해 일갈했다.

"이렇게 천재가 든 것은 바로 정치하는 우리 신하들의 책임이오.
바로 이 나라에는 인재(人災)가 극심하기 때문이오. 폐하께서는 살
펴주시기 바랍니다."

느닷없는 구준의 질타에 태종 역시 분노하지 않을 수 없었다.

"아니 인재라니? 그것이 무슨 뜻인가?"
"가장 큰 인재는 무엇보다 법의 불공평입니다. 법은 만인 앞에 공
정해야 함에도 얼마 전 중서성(中書省)과 추밀원(樞密院) 두 장관의
똑같은 죄를 두고 그 처벌이 다르지 않았습니까? 이것이 인재가 아
니고 무엇입니까?"

태종은 더욱 언성을 높였다.

"무엇이 그리 불공평하다는 것인가?"
"얼마 전 조길(祖吉)과 왕회(王淮)가 똑같이 독직(瀆職)과 뇌물로
인해 법의 심판을 받게 되었습니다. 그런데 그 죄가 상대적으로 가
벼웠음에도 조길은 오히려 사형에 처해졌고 왕회는 그 죄가 더 무
거웠음에도 참정(參政) 왕면(王沔)의 동생이라는 이유만으로 처벌은
커녕 원래대로 복직까지 시켜주지 않았습니까?"
"……!"

태종은 더 이상 아무 말도 할 수 없었다. 옆에 있던 왕면이 슬그
머니 자리를 피한 뒤였다. 태종은 그런 구준을 오히려 좋아했다.

“내 구준을 얻은 것은 당 태종이 위증을 얻은 것과 같다.”

이 일로 해서 구준은 다시 추밀원 부사(副史)에 올라 송나라 조정의 공정한 법 집행에 온 힘을 쏟게 되었다.

얼마 후 풍증(馮拯) 등이 나서 태종에게 그간의 재위기간도 길었고 이제 나이 또한 연로했으니 태자를 세워 놓는게 어떠냐는 상소를 올린 적이 있었다.

태종은 대단히 서운했다. 서운함을 이기지 못한 태종은 풍증을 영남(嶺南)으로 유배를 보내고는 누구도 더 이상 그 문제에 대해서는 거론치 말라고 명령했다.

마침 구준이 청주(靑州)에서 올라와 태종을 뵙게 되었다.

그때 태종은 다리에 종기가 나서 고생을 하고 있었다.

“이놈의 종기가 아주 날 잡을 모양이오.”

태종은 구준을 보자 다리를 걷어 올리며 고통을 호소했다.

구준은 그에는 전혀 아랑곳하지 않고 대뜸 이렇게 물었다.

“폐하께서 태자를 결정하신다 하셨습니까? 이는 국가 사직의 매우 중요한 일이지요. 부디 황후나 근신(近臣)들의 감언이설에 현혹되지 마시고, 과연 천하를 위해 황제로 군림할 수 있는 인물이 누구인가를 신중히 생각하시어 여러 왕자들 중에서 고르십시오.”

오히려 태자 책봉의 문제를 기정사실로 한 구준의 재치 있는 충언에 태종은 더 이상 어쩌지 못하고 양왕(襄王)인 원간(元侃)을 태자로 결정하기에 이르렀다.

태자가 종묘에 제사를 올리고 돌아오는 길이었다. 연도에 구경나온 많은 백성들은 행렬이 나타나자 모두가 환호성을 올리며 태자만세를 외쳐댔다.

이를 본 태종은 이번에도 서운함을 감추지 못했다.

"인심이 모두 태자에게만 쏠렸어. 그렇다면 나는 뭔가?"

구준이 옆에 있다 이를 눈치 채고는 말했다.

"축하합니다. 백성들이 태자에 대해 저렇게 환호성을 올리는 것은 바로 폐하의 후계자를 인정한다는 뜻이 아니겠습니까? 이를 본 태자는 더욱 폐하께 감사를 드리며 선정을 베풀 것입니다. 이것이 바로 국가의 큰 복이 아니고 무엇이겠습니까?"

이렇게 하여 뒤를 이어 황제에 등극한 이가 바로 진종(眞宗)이었다.

진종이 등극해 있던 어느 해 거란족이 대군을 이끌고 송나라를 침입해 왔다. 진종은 놀라 급히 조정의 대신들을 불러 모아 대책회의를 열게 되었다.

"폐하! 일단은 성도(成都)로 피신을 하는 게 옳을 듯싶습니다!"
"아니옵니다. 길이 험하지 않은 금릉(金陵)이 적당할 듯하옵니다!"

참석한 모든 대신들은 하나같이 도읍을 버리고 피난길에 오르는 것을 기정사실화하여 서로의 주장을 관철시키기 위해 목소리를 돋굴 뿐이었다.

그 꼴들을 지켜보던 구준이 마침내 벌컥 화를 내었다.

"폐하! 싸울 것이냐 말 것이냐를 우선 논의해야지 아예 싸울 생각은 제쳐두고 도망칠 궁리만 하고 있다니요! 폐하를 위시한 우리 조정이 어디로 피신할 것인가를 떠들고 있는 사이 온 백성들은 이미 피난길에 올랐고, 이에 기세를 올린 거란군은 파죽지세76)(破竹之勢)로 이 땅을 삼키고 있습니다."

진종은 오히려 더욱 겁을 집어먹고는 어찌할 바를 몰랐다.

"그렇다면 이러다 우리만 잡히게 되는 것이 아닌가? 어서 결정을 내려 출발을 서둘러야 할 것이 아닌가?"

구준은 분기(憤氣)를 참을 수 없었다. 두고 보고만 있다가는 이 나라 사직이 끝장나고 말 것은 불을 보듯 뻔한 일이었다.

"폐하! 남으로 갔다가 다시 북벌을 한다니요? 싸워보지도 않고 쫓겨 간 자들이 무슨 능력이 있어 북벌을 하겠습니까? 도망이란 최후까지 싸우다가 힘이 부족할 때 다음 싸움을 위한 힘의 재충전을 위해서나 해야 할 최후의 수단입니다. 지금 폐하께서 직접 수레에 오르셔서 군사를 독려하며 전선으로 나서 보십시오. 그러면 피난 행렬에 나섰던 백성들이 모두 다시 돌아올 것이고 자신들만 남겨두었다고 폐하를 원망하던 군병들도 사기를 얻어 죽음을 무릅쓰고 적들과 맞설 것입니다. 수로 보나 지리적 형세로 보나 우리 군대가 결코 거란에 뒤지지도 않는 데 도망칠 궁리만 한다는 것은 백성들에게 비웃음만 사고도 남을 일입니다."

처음 구준을 태종에게 추천했던 필사안(畢士安) 역시 강력하게 구준을 돕고 나섰다.

"지금 두 신하가 금릉이다 성도다 한 것은 자신들의 고향에 폐하를 모심으로써 자신들의 지위를 뽐내기 위한 것입니다. 더구나 아무런

---

76) 파죽지세(破竹之勢) : 대쪽을 쪼개듯 거침없이 쳐들어가는 당당한 기세.

저항도 없이 이 서울을 물려준다면 이 나라는 무엇 하려 있는 것이며 이 나라 조정과 군대는 국가의 녹만 축내는 송충이란 말입니까? 구준의 말대로 어서 수레에 오르셔서 먼저 군대를 점검하십시오.”

할 수 없이 진종은 수레에 올라 거란군과 대치하고 있는 전주(澶州)까지 가게 되었다. 그러나 원체 겁이 많던 진종은 거란군의 깃발만 보고도 그 위세에 질려 더 이상 앞으로 나아가지 못하고 강가에 멈추어 버렸다.

이미 진종의 그 나약함을 충분히 알고 있었던 구준이 재촉했다.

“폐하, 어서 배에 오르십시요. 폐하가 배에 올라 앞으로 나가면 모든 군대가 소리를 지르며 뒤따를 것입니다. 두려워하실 것 없습니다. 우리 군대가 이미 폐하의 안전을 위해 저 양쪽 산에 포진하여 화살을 쏟아 붓고 있습니다. 어서 군사들의 사기를 올려 주십시요!”

그래도 진종은 움직일 줄 몰랐다.

구준은 더 참을 수 없었다. 앞에서 진종의 수레를 인도하고 있던 고경(高璟)장군을 향해 소리쳤다.

“고장군, 뭘 하고 있소. 어서 수레를 배안으로 인도하시요.”

이렇게 하여 진종을 태운 수레는 강제로 배에 올려졌다. 배에는 곧 임금이 타고 있다는 신호의 깃발이 올려져 나부꼈다.

뒤에서 이를 지켜보고 있던 송나라 군대는 그제서야 함성을 터뜨렸고, 뒤이어 울리기 시작한 진격의 북소리는 천지를 진동했다. 강 건너에서 이를 지켜보고 있던 거란군은 그 위세에 눌려 대열을 벗어나 깃발을 거꾸로 하고는 멀찌감치 물러서고 말았다.

이렇게 하여 전주의 전투에서 기선을 잡은 송나라 군대는 일시적이나마 그 곳에서 거란군을 쫓아낼 수 있었다. 그러나 워낙 세력이 막강했던 거란은 뒤에 다시 정비를 강화하여 송나라를 괴롭혔고 견디다 못한 송나라는 거란과 강화를 맺어 수많은 조공(朝貢)을 바치지 않으면 안 되게 되었다.

그때 여리디 여린 송나라 진종은 지레 겁을 먹고 거란의 모든 요구를 들어줄 참으로 또 다시 대신들을 불러놓고 말했다.

"우리가 옛날 한나라 때 흉노(凶奴)의 선우(單于)에게도 그랬듯이 그들이 우리 땅을 달라면 이는 불가능한 일이나 그들이 쓰임에 소용닿을 금은과 물품을 달라고 하니 이까지 거절할 수야 있겠소? 일년에 일백만금 정도라면 응해야 하지 않겠소?"

"폐하! 일백만금이 얼마나 큰 돈인 줄 아십니까?"

구준은 흥분하여 반대하고 나섰다.

"지금 국가의 재정은 고갈되고 백성은 도탄에 빠져 있습니다. 그들과 싸워 이겨 오히려 그들에게 조공을 받아도 시원찮은 터에 이 대국이 북방 오랑캐의 나라에게 조공을 바치다니요?"

그러나 진종은 막무가내였다.

"싸워 이길 가망도 없는데 그나마 들어주지 않으면 저 거란에게 나라를 통째로 넘겨주어야 할 형편이 아닌가?"

조정을 나온 구준은 진종이 거란에 파견하기로 한 조리(曹利)를 불렀다.

"그대는 임금에게 무슨 얘기를 들었는가? 그들과 강화를 맺으면서 일백만금까지는 들어주라고 그러시던가?"

"그렇습니다. 일 년에 일백만금씩으로 그들이 더 이상 괴롭히지 않는다는 보장을 받아오라고 하셨습니다."

구준은 비장하게 말했다.

"아무리 주상께서 그렇게 말했다 해도 삼십 만금을 초과할 수는 없다. 만약 그 이상을 초과하여 일을 처리하고 오면 그날로 내 너의 목을 베겠다."

과연 조리는 삼십 만금에 강화를 맺고 돌아왔다.

구준은 곧 필사안(畢士安)과 같이 임금에게 달려가 나머지 70만금은 지금부터 군대를 조련하고 양장선사77)(良將善士)를 위해 사용할 것을 건의했다. 그리고 양연소(楊延昭)를 보주(保州)로, 마지절(馬知節)을 정주(定州)로, 이윤칙(李允則)을 웅주(雄州)로, 손전조(孫全照)를 진주(鎭州)로 각각 보내 성지(城地)를 수복하고 양식을 저장토록 했다. 또한 거란과 서로 통상을 실시하면서 한편으로는 방어를 게을리 하지 않아 잠시나마 이들의 남침을 저지하는데 온힘을 쏟았다.

이 이야기는 심약한 임금이 용감하고 지략 있는 신하를 만나 국가를 위기로부터 보호한 역사 속의 구체적 실례라 하겠다.

---

77) 양장선사(良將善士) : 훌륭한 장수와 어진 선비.

신뢰와 의혹의 가늠쇠

　몽고제국의 세조(世祖) 쿠빌라이칸은 속국의 여러 왕들이 우후죽순격으로 반란을 도모하자, 이를 평정키 위해 서울인 대도(大都)를 비우게 되는 일이 종종 있었다. 그럴 때마다 내정을 승상인 상가(桑哥)에게 맡겨 일체를 처리토록 위임했다.

　지원(至元) 28년 어느 봄날, 그때도 역시 세조가 북쪽의 반란을 진압하고 돌아오는 길이었다. 세조는 귀국길에 유림(柳林)에 머물며 한동안 사냥을 즐겼다. 전쟁의 피로를 잊고 있는 중이었다.

　이때 시어(侍御)인 철리(徹里)가 어느 순간 세조에게 와서 강경한 어조로 승상 상가를 비난하기 시작했다.

　"이 몇 년 동안 상가는 궁중에 남아 부정과 부패를 일삼아 왔습니다. 폐하가 없는 틈에 권력을 이용해 매관매직으로 자신의 배를 채우고, 원정에 필요한 군량미란 핑계로 백성들의 양식을 시도 때도 없이 거두어들이는 등 그 횡포는 이루 말할 수 없습니다. 더구나 그의 혈족이라 하면 사돈에 팔촌까지 관직에 오르지 않은 자가 없으니 이야말로 '일인득도 계견승천[78]'(一人得道, 鷄犬升天)격이라 아니

---

78) 일인득도 계견승천(一人得道 鷄犬升天) : 문중에 한 사람이 권세를 얻으니 닭이나 개조차 지붕에 오른다는 의미.

할 수 없습니다. 이러한 부패하고 극악한 상가를 내쫓지 않고서는 백성의 원한을 풀어줄 수 없으며, 이런 탐욕스런 무리들을 처단하지 않고서는 국가의 앞날을 기약할 수 없을 것입니다.”

그러나 상가를 누구보다 믿던 세조였다. 세조는 오히려 철리가 그를 모함하고 있다고 생각했다.

“그 무슨 괴이한 소린가? 상가는 내가 대도를 비울 때마다 혼신의 노력으로 국정을 보살펴 오고 있다. 이만큼 내가 안심하고 원정에 나설 수 있는 것도 바로 그 때문이 아닌가?”

세조는 도리어 철리를 엄히 다스리라 명령했다.
혹독한 매질에 정신을 잃었던 철리는 깨어나서도 뜻을 굽히지 않았다.

“저와 상가는 전생에서나 이생에서 원수를 진일도 없습니다. 지금도 저는 그 사람을 미워하고 있는 것이 아니라 그가 저지른 일을 미워하고 있는 것 뿐 입니다. 제가 단지 제 몸 하나 간수할 양이면 굳이 이렇듯 폐하의 심기를 상하게 해 이 지경이 되는 것을 자초하겠습니까? 폐하 통촉하소서! 이를 그대로 둔다면 국가사직은 물론 백성들의 안위가 하루 앞을 기약할 수 없을 것입니다!!”

그런 철리의 견결(堅決)한 태도에 세조 역시 차츰 의혹을 품지 않을 수 없었다. 세조는 철리를 그대로 보낸 후 덕망 높은 신하였던 상서 불홀목(不忽木)을 불렀다.

“들기로 기이한 소리가 떠돌던데…….”

세조는 그에게 철리에게 전해들은 상가의 부정한 행위에 대한 사실여부를 물었다.

잠시 망설이던 불홀목은 역시 그렇다고 운을 뗀 뒤, 철리와 다르지 않은 상가의 비리에 대해 낱낱이 아뢰기 시작했다.

크게 격분한 세조는 그제야 상가의 죄상을 조사하고 그로부터 피해를 입은 백성들이 있다면 빠짐없이 진정(陳情)을 받아들이라고 일렀다.

상가에 대한 불만의 목소리는 막혀 있던 봇물이 터지듯 걷잡을 수 없이 터져 나왔다. 상가의 집에 모아둔 재산만도 4천량의 황금이 쏟아져 나올 정도였고, 그의 친인척의 집까지 수색해 거두어들인 돈은 국고에 맞먹을 정도의 엄청난 양이었다. 세조는 상가의 관직을 박탈하고 죄를 물어 사형에 처해버렸다.

이후 한 동안 상가의 자리를 이을 마땅한 사람을 찾느라 고심하던 세조는 불홀목을 다시 불렀다.

"그대들이 목숨을 걸고 나를 일깨워주기 전까지 나는 한번도 상가를 의심해 본 적이 없었소. 뒤늦게나마 이를 바로잡아 백성들의 고통을 덜게 하여준 데 대해서는 언제나 고마움을 느끼고 있소. 이제 지난날의 내 과오를 조금이라도 만회코자 하니 그대는 그 빈자리를 메워 내 곁에서 함께 치도의 도움을 주었으면 하오."

"폐하, 그럴 수는 없는 일이옵니다."

"이를 거절하는 다른 이유라도 있소?"

"상가는 평소에도 저를 몹시 경계했었습니다. 제가 지금껏 생명을 부지할 수 있었던 것은 바로 폐하의 밝은 덕에 힘입었던 것입니다. 그 은혜를 어찌 저버리겠습니까. 그러나 이 나라 승상의 자리는 제게 맞지 않다고 여겨집니다. 이 나라 조정에는 오히려 능력 있고 덕망 높은 원로들이 얼마든지 있습니다. 이들 가운데 새로운 승상을 고르심이 타당한 듯싶습니다."

세조는 난감한 표정으로 한 동안 생각에 잠겼다가 다시 물었다.

"그렇다면 평소 생각해둔 사람이라도 있소?"

"태자첨사를 지내고 있는 완택(完澤)은 어떨까 생각됩니다. 아시다시피 그는 본시 아합마(阿合馬)의 가신으로 있었음에도 아합마가 죄를 지어 조사를 받았을 때, 그에게 뇌물을 바친 수 없는 사람들의 명단 속에 유일하게 끼어 있지 않았던 자입니다. 또한 상가가 재상으로 있을 때 상가의 보복이 두려워 누구도 입을 열고 있지 못할 때 유일하게 그의 실정(失政)을 따지고 나서던 이도 완택이었습니다."

세조는 불홀목의 뜻을 받아들여 완택을 상서우승상으로 삼았다.

완택이 승상의 자리에 오른 얼마 후, 그가 자신의 권좌를 빌미삼아 부정을 일삼고 있다는 상소가 세조에게 전해졌다.

그때껏 상가의 일이 머리 속에 남아 있던 세조였다. 세조는 다시 불홀목을 불렀다.

"그렇게 믿는다던 완택마저 이런 일을 저지른다니. 이제 어쩌면 좋겠소. 완택에 대해서는 누구보다 잘 알고 있는 당신 일테니 의견을 말해보시오."

세조의 언짢아하는 기색에 반해 불홀목의 표정은 당당했다. 그는 그것이 틀림없는 무고일 것이라고 생각했던 것이다.

"서로 간에 의심이 있는 것처럼 고통스러운 일은 없을 것입니다. 그가 견책(譴責)을 받을 일을 했다면 의심을 하실 것이 아니라 직접 그를 불러 알아보도록 하십시오."

세조는 곧 전후의 사정을 조사토록 했다. 결국 그 일은 기기이광(幾記耳光)이란 자가 완택이 자신의 정당치 못한 요구를 들어주지 않자 그에 대한 보복으로 무고한 모함을 했었던 것으로 밝혀졌다.

　“언제나 이 조급한 의심을 떨쳐버릴 수 있을지 모르겠소. 미안하오. 그대는 언제나 어리석은 나를 깨우쳐주는구려.”

세조는 진심으로 불홀목에게 사과했다.

고찰(古刹)에서 맺어진 인연

때는 명(明)나라 말기, 부패한 관료들로 인해 국가의 기강이 갈수록 허물어져 가고 있던 시기였다.

그때, 동창(東廠)이라는 감옥 앞에서 사흘 낮 사흘 밤을 꿇어 엎드려 옥에 갇힌 스승을 뵙고자 청하는 이가 있었다.

"국법에 절대 면회가 허락되지 않는 걸 우린들 어찌하겠습니까?"

옥리들의 사정에도 막무가내로 옥문 앞을 떠나지 못하고 있는 이 사내는 바로 사가법(史可法)이었다.

옥에 갇혀 있는 이는 좌첨도어사(左僉都御史)를 지냈던 좌광두(左光斗)로 둘은 의로써 부자의 연을 맺은 사이였다.

"나는 그 분을 뵙기 전에는 이 자리에서 한 걸음도 벗어날 수 없소!"

좌광두와 사가법이 부자의 인연을 맺게 된 것은 천계(天啓)연간에 있었던 초시 때였다.

당시 좌광두는 좌첨도어사로 국가에서 과거시험을 치루기 이전 연례적으로 행해지는 수도 일대의 '학무(學務)'시찰책임을 맡고 있었다.

어느 날 좌광두는 시찰길에서 한 낡은 절간을 들르게 되었다.

본시 시찰은 늦은 오후에 시작되어 한밤중에나 끝나는 일이었기에 꽤 늦은 시간이었다. 날씨 또한 천지가 꽁꽁 얼어붙은 매서운 기온이었다.

잠시 몸을 녹일까 싶어 들른 절간은 낡고 퇴락한 고사(古寺)였다. 퇴락한 문들이 바람에 흔들려 요동치는 소리에도 아랑곳없이 대웅전 안에서는 독경소리가 울렸고, 그 옆 작은 방 한곳에서는 누군가가 책을 읽고 있었다.

그 고적한 분위기를 망치지 않을 셈으로 좌광두는 조용히 혼자 책을 읽고 있는 사내 쪽으로 걸음을 옮겨갔다.

그러나 좌광두가 방에 이르렀을 때 서탁 앞의 사내는 책을 읽는 것이 아니라 엎드려 혼곤히 잠에 빠져 있었다. 좌광두는 그대로 돌아 나오려다 마침 사내 앞에 펼쳐져 있는 문장 하나를 보게 되었다. 좌광두는 슬며시 그것을 빼어 읽다 깜짝 놀랐다. 한 문장 한 문장마다에 실린 우국충정에 대한 격렬한 토로는 가히 천하의 명문이었다. 문장의 결구나 기세, 풍골 등 어느 것 하나 흠잡을 데가 없었다. 사내는 추위와 피로에 지쳐 잠든 듯 했다.

좌광두는 조용히 그 글을 제자리에 놓고, 자신의 외투를 벗어 그의 등에 얹어 주고는 그 방을 돌아 나왔다.

"저 방에 기숙해 있는 젊은이는 누구요?"

스님을 불러 묻자 그의 이름은 사가법이라 했다.

"이번 과거를 치를 참으로 올라온 젊은인데 유숙할 곳이 마땅치 않아 이곳에 머무르고 있습니다."

좌광두는 고개를 끄덕이고는 젊은이의 수면을 방해하지 않을 참으로 조용히 절을 빠져 나왔다. 그것이 좌광두와 사가법의 첫 만남이었다.

이윽고 과거를 치루고 났을 때, 당연히 결과는 사가법의‘장원’으로 맺어졌다.

그때 좌광두는 크게 기뻐하며 그를 자신의 집으로 초대했다.

“지금의 내 자식은 그다지 큰 인물이 될만한 이가 없소. 이 사가 법이야말로 앞으로 이 나라를 위해 큰일을 하게 될 사람이요!’

좌광두는 그의 부인에게 사가법을 소개했고 부인 역시 크게 기뻐 하며 사가법을 친자식 이상으로 극진히 아끼게 되었다.

이후 사가법을 물심양면으로 돕던 좌광두는 큰 불행을 겪게 되었다. 명나라 조정에서 권력을 등에 업고 전횡(專橫)을 일삼는 위충현 (魏忠賢)의 무리들에 대항하고 나섰다가 오히려 화를 입게 되어 파직을 당하고 옥고를 치르게 되었던 것이다.

“당신의 정성에 우리도 감복했소! 알았으니 이만 일어나시오. 다 만 이는 국법을 어기는 일이니 남의 눈을 피해야 하오.”

사가법의 목숨을 건 청에 감복한 옥리들은 어쩔 수 없이 그의 면회를 허락하기에 이르렀다.

“고맙소이다. 이 은혜는 꼭 갚으리다.”

사가법은 누더기 옷에 짚 새기를 매신고 옥안을 청소하는 천민의 모습으로 안으로 들어갔다.

“선생님!”

좌광두는 이미 피골이 상접해 알아보기조차 힘들었다. 사가법이
달려들어 끌어안았으나 그는 한눈에 알아보지 못했다.

"누구시오?"

좌광두는 눈조차 멀어있었던 것이다.

"선생님, 접니다. 사가법입니다."

사가법은 오열을 터뜨렸다.
그러자 좌광두는 굳게 입을 다물었다.
사가법이 원통함과 분노로 눈물을 뿌리고 있을 때 좌광두가 버럭
소리를 쳤다.

"이 어린애만도 못한 놈, 어서 썩 나가거라."

사가법은 놀라지 않을 수 없었다.

"선생님……."
"더 이상 나를 실망시키지 마라. 나는 네가 이 나라를 위해 무언
가 큰일을 해줄 놈이라고 믿어 의심치 않았다. 그런데 이 위급한 시
기에 고작 다 늙은 죄수 하나를 찾아와 눈물을 흘리고 있단 말이냐.
어서 썩 돌아가거라!"

좌광두는 곧 자신으로 인해 사가법까지 연루되어 화를 입게 될 것
을 막을 생각이었던 것이다.

"선생님……."

"이 나라는 이제 기울대로 기울어 있다. 이럴 때일수록 작은 일에 얽매어 큰일을 그르쳐서는 안 될 일이다."

사가법은 더 이상 아무 말도 하지 못한 채 입술을 깨물며 일어서야 했다. 결국 얼마 후 좌광두는 옥안에서 숨을 거두었다.

이후 호부주사 우첨도우사 등을 역임하면서 사가법은 기울어진 명나라의 세력을 다시 일으키기 위해 혼신의 노력을 기울였다. 그러나 이미 대세는 명나라를 떠나 있었다. 전국으로 확산된 반란군의 위세는 날이 갈수록 세력을 더해갔고 동북쪽에서 일어난 후금 세력도 걷잡을 수 없이 커져버렸다.

후금(後金) 누루하치의 아들 황태극(皇太極)이 1636년 마침내 나라 이름을 청(淸)으로 고친 뒤 황제에 등극했다.

와중에 남으로 쫓겨 간 '남명(南明)'의 병부상서를 맡고 있던 사가법은 이 청과의 대접전 끝에 포로가 되기에 이른다.

그때 이 사가법의 인물됨을 보고 청군 쪽에서는 숱한 회유책을 펴 귀화를 청해왔지만 사가법은 모든 청을 일언지하에 거절하고 좌광두의 뒤를 이었다.

"나는 죽어서 명나라의 신하가 될지언정 살아 청의 재상은 될 수 없다!"

삼백리를 쫓아가 찾아온 파직서(罷職書)

청(淸)나라 옹정(雍正) 때 노지유(魯之裕)는 뒤늦게 하남 총독 전문경(田文鏡)의 수하로 들어가게 되었다.

그는 곧은 품성과 높은 학식에도 불구하고 기회를 얻지 못해 중년이 되도록 초야에 묻혀 지내야 했었다. 하지만 그를 받아준 총독 전문경은 냉혹하고 몰인정하기로 소문난 사람이었다. 전문경의 차갑고 냉정한 성격 탓에 그의 부하들은 물론 친인척들조차 행여 그의 눈 밖에 나지 않을까 전전긍긍하며 지낼 정도였다. 그도 그럴 것이 한번 전문경의 눈에 거슬리게 되면 그가 누구이고를 막론하고 관직을 삭탈(削奪)당하거나 길거리로 내몰리기 일쑤였던 것이다.

그럼에도 불구하고 원체 성품이 대쪽같던 노지유는 다른 이들과 달리 전문경을 의식하지 않고 묵묵히 자신의 직분만을 수행하여, 오히려 전문경의 눈에 들었고 차츰 신망도 얻어가기에 이르렀다.

그러던 어느 날, 중모현(中牟縣)의 현령(縣令)이 부정을 행하고 있다는 상소가 총독인 전문경에게 들어왔다. 현령이 관고(官庫)의 은전을 사사로이 축내고 있다는 내용이었다.

전문경은 이전부터 중모현의 현령을 못 마땅히 여기고 있던 터였다. 하여 이참에 그의 관직을 삭탈하고 제거해버릴 생각이었다. 전문경은 생각 끝에 그 후임을 노지유에게 맡기기로 하고 그를 불렀다.

"중모현의 현령이 국고를 축내는 부정을 자행하고 있다고 하오. 내 이 사실을 황제에 상주(上奏)하고 그를 파직시킬 작정이니 그대는 지금 곧 그곳으로 가서 관인을 접수하고 그를 대신해 중모현을 다스리고 있으시오."

노지유는 크게 기뻤다. 뒤늦게 관직에 들어 이제야 자신의 뜻을 펴 치리(治理)를 행하게 되었다고 생각했다.

다음날 아침, 노지유는 일찌감치 낡은 의복에 초립을 받쳐 쓰고 노새 등에 올라 개봉(開封)을 떠났다. 그는 평복한 행장을 꾸밈으로써 자신의 신분을 밝히지 않고 자신이 다스릴 지역의 민정을 살펴보고자 했던 것이다.

중모현 관내에 들어선 노지유가 가장 먼저 만난 이들은 밭을 갈다 다리쉼을 하고 있는 농부들이었다.

그들 틈에 끼어든 노지유는 곧 예기치 못한 소리를 듣게 되었다.

"당신은 지금 개봉에서 오신다고 했지요. 혹시 그곳 총독이 우리 현감님을 갈아 치운다고 하던데 그런 소식을 들은 적 있소?"
"글쎄요, 난 금시초문이오만……."

노지유는 짐짓 너스레를 떨며 되물었다.

"그렇다면 이곳 현령이 그리 인물이 못 되나 보지요?"

농부는 버럭 화를 냈다.

"모르는 소리 마시오! 우리 현감님은 세상에 둘도 없는 어진이요. 백성 사랑하기를 친자식처럼 하고 노인들 모시기를 자기 부모 모시듯

한단 말이오. 그런 분이 무슨 죄를 지었다고 파직을 시킨단 말이요?”

또 다른 이가 말했다.

“우린 그것이 단지 뜬소문이길 바랄 뿐이라오.”

노지유는 의아했다. 그러나 이들만의 이야기로 전후사정을 전부 판단할 수는 없어 곧 인사를 챙기고 다시 노새에 올랐다.
얼마쯤 더 가 현 가까이에 이르렀을 때 큰 느티나무 한 그루가 눈에 들었다. 나무 밑에는 사람들이 둘러앉아 그늘을 즐기고 있었다.
노지유는 다시 노새에서 내려 그늘 속으로 들어갔다.

“그래 그게 말이나 되는 소리요? 우리 현감 같은 그런 청렴하고 인자한 관리가 파직을 당하다니 이건 분명 누군가의 모략이거나, 총독의 오해가 분명해.”
“총독은 노지유라는 사람을 파견한다고 하던데. 소문에 의하면 그도 꽤 괜찮은 사람이라 하더군.”
“그가 부임해오면 우리 모두 관아로 몰려가 진정을 해보는 건 어떻겠나?”
“어림없는 소리 말어. 총독이 어떤 사람인데, 설령 노지유가 사실을 알게 되더라도 감히 총독에게 입이나 열겠어. 더구나 어떻게 얻은 현감 자리일 텐데…….”

사람들은 그런 이야기를 나누며 흥분하고 있었다.
노지유는 조용히 자리를 벗어났다. 무언가 사정이 있다는 생각에 서둘러 관아로 걸음을 재촉했다.

“잘 오셨습니다. 관인은 이미 잘 봉해져 새로운 주인을 기다리고 있습니다.”

관아로 들어서는 노지유를 맞는 현감의 태도는 소탈하고 꾸밈이 없었다. 노지유는 당혹스러워졌다.

어디를 보아도 국고를 사사로이 쓸 만큼 양식 없는 인물이 아닌 듯싶었던 것이다.

"이상합니다. 제가 이곳까지 오면서 여러 백성들을 만나보니 모두가 한가지로 현감을 칭송하고, 제가 보기에도 전혀 법을 어기실 분이 아닌 듯한데 무슨 일로 그런 실정을 저질렀단 말이오?"

현감은 얼굴을 붉히며 말했다.

"저는 만 리나 떨어진 저 운남(雲南)에 노모를 홀로 두고 이곳까지 와서 벼슬을 해왔지요. 그러다보니 10년이 넘도록 모친을 뵙지 못했습니다. 그래, 어머니를 모셔오려고 생각하니 지금의 제 입장이 공무를 집행하는 몸이라 움직일 수도 없어 사람을 보내기로 했습니다. 그러나 보시다시피 막상 모아둔 돈은 없고 해서 제 부하 직원의 입회하에 관아의 돈을 빌려 여비를 삼도록 했던 겁니다. 이제 모레쯤이면 어머니가 오실 텐데 공금을 사용한 죄로 파직을 당하게 되었으니. 제 파직이야 당연한 것이지만, 저를 믿고 기대에 차 오실 어머니께 무어라 해야 할지……. 정말 불효막심한 꼴이 되었습니다."

노지유는 그의 충정과 효성에 콧등이 시려올 정도였다. 이런 일로 그를 파직시킨다면 그건 총독의 횡포가 아닐 수 없었고, 이곳 백성들을 위해서도 국가적인 손실이 아닐 수 없었다.

노지유는 받았던 관인을 되돌려주며 정중하게 말했다.

"그대로 계십시오. 제가 다시 개봉으로 돌아가 구제방법을 찾아보겠습니다."

그러나 현감은 막무가내였다.

"누가 뭐래도 관고를 축낸 것은 용서받지 못할 실정(失政)입니다. 제가 사정을 알려드린 것은 구차스레 변명을 하려 했던 것은 아닙니다. 저는 절대 이 관인을 되받을 자격이 없는 사람입니다."

그러나 노지유는 강제로 관인을 떠맡기다시피 하고 그곳을 떠나왔다. 개봉으로 돌아온 노지유는 우선 관할 지역의 재정과 인사를 담당하는 포정사(布政使)와 법을 관장하는 안찰사(按察使)를 찾았다.

"당신 미쳤소? 총독의 의도나 알고 하는 소리요? 당신만 욕을 볼 일이 아니라 우리까지 화를 입게 될게요. 그러니 어서 중모현으로 돌아가시오!"

그들 모두는 노지유의 설명을 전해 듣고 펄쩍 뛰며 어서 중모현으로 돌아가라고 등을 떠밀었다.
다음날 노지유는 아침 일찍 총독관저로 달려갔다.
총독의 노기는 대단했다.

"지금쯤 중모현에서 첫 조회를 할 줄 알았는데 무슨 일로 여기에 와 있나? 생각해서 그대에게 귀한 자리를 주었건만 이제 와서 항명을 하다니. 도대체 어쩌자는 건가?"

노지유가 대답했다.

"저는 반평생을 살아오며 세상의 쓴맛을 다 보았다고 자부할 수 있습니다. 관직하나 얻기 위해 귀하고 높은 사람을 수없이 찾아다니기도 했었습니다. 그러다가 이 하남 땅까지 흘러와 다행히 총독님을 만났고, 이제 현감이라는 제게 과분한 벼슬까지 얻게 되었습니다.

그렇지만 사람이란 앉을 자리가 있고 올라설 때가 있는 법입니다. 제가 직접 중모현에 이르러보니 그곳의 현감자리는 제가 앉을 자리가 아니었고 그 자리를 위해 일어설 때도 아니라는 걸 알았습니다. 지금 제가 할 일은 바로 총독에게 이 사실을 품신(稟申)하여 그의 억울함을 풀어주는 일이라고 생각되었습니다. 저는 제 자신의 영달을 위해 남의 억울함을 못 본 체하는 그런 위인은 되고 싶지 않습니다.

제가 알아본 바로 그는 효성이 매우 지극한 분이었습니다. 그가 국가의 은전을 신분에 맞지 않게 사사로이 빌렸던 것은 바로 10여 년이나 모시지 못한 어머니를 모셔오기 위한 것이었습니다. 만약 그것이 잘못이라고 한다면 충효는 뭐고 인의란 무엇이란 말입니까? 저는 그런 사람을 밀어내면서까지 현감의 자리를 얻고 싶지는 않습니다. 청컨대 그래도 그자의 잘못을 물어 파직을 시키고 총독의 주변인물을 중모현에 심고 싶거든 바로 지금도 이 문밖에서, 이제나 저제나 그런 자리하나 안 떨어지나 하고 목을 세워 기다리는 사람들은 얼마든지 있으니 그들 중에 하나를 골라 보내십시오."

총독은 간곡하고 격앙된 목소리로 품고(稟告)하는 노지유를 묵묵히 바라보고 있었다. 오히려 옆에 있던 관리들이 노지유를 잡아 문밖으로 끌어내버렸다.

이윽고 입을 다물고 있던 총독이 소리쳤다.

"잠깐! 다시 데리고 들어오너라!"

다시 불려 들어온 노지유에게 총독은 진정한 목소리로 말했다.

"대장부! 정말 그대는 대장부요. 나의 이 총독 모자는 마땅히 그대가 써야 하오."

총독은 자리에서 내려와 자신의 산호모자를 벗어 노지유에게 씌워 주었다.

노지유는 눈물을 흘렸다.

"아닙니다. 제가 너무 흥분했던 것 같습니다. 저의 무례함을 용서해주십시요!"
"무슨 소리십니까? 당신이야말로 현자요, 충신이십니다."

총독이 비로소 생각이 미쳤는지 걱정스럽게 읊조렸다.

"그런데 어쩐다지. 그 현감의 파직과 그대의 현감 인명 주장(奏章)을 이미 황제에게 올렸는데……."

노지유는 놀라 물었다.

"언제 떠났습니까? 지금 뒤쫓아 가지요……."
"이미 사흘 전이요."

노지유는 당황하지 않고 말했다.

"저는 원래 젊었을 때 하루 3백리나 말을 달린 적이 있습니다."

노지유는 그길로 밤낮을 달려 닷새 만에 앞서 떠난 전령을 따라잡아 그 문서를 되찾아 돌아왔다.

노지유의 이러한 덕 있는 행동은 온 천하에 알려졌고, 그 뒤 그는 총독의 추천으로 승진을 거듭하여 청하도(淸河道) 도대(道臺)라는 벼슬까지 올라 자신의 소원이던 선정을 유감없이 펼치게 되었다.

● **저자** ●

임동석   서울교대 대학원 졸업
          국제대 대학원 졸업
          건국대 대학원 졸업
          우전 신호열 선생에게 한문 사사
          중화민국(대만) 국립대만사범대학 국가문학박사
          성균관대, 연세대, 외국어대, 고려대, 숙명대, 경희대 등 대학원 강의
          한국중국언어학회회장, 중국어문학연구회 회장 역임
          건국대 교수 및 건국대 교무처장 역임

          ● **저서** ●
          『조선역학고』(중문), 『중국학술개론』, 『율곡선생시문선』
          『한어음운학강의』, 『광개토왕비연구』, 『동북민족원류』
          『용봉문화원류』, 『전국책』, 『세설신어』, 『한시외전』, 『설원』
          『신서』, 『수신기』, 『서경잡기』, 『안자춘추』, 『사서집주언해』
          『당재자전』, 『시품』, 『잠부론』, 『안씨가훈』, 『박물지』, 『십팔사략』 외 다수

수레를 밀기위해 내린 사람들

● 초판 인쇄	2004년 9월 25일
● 초판 발행	2004년 9월 30일
● 지 은 이	임동석
● 펴 낸 이	채종준
● 펴 낸 곳	한국학술정보㈜
	경기도 파주시 교하읍 문발리 526-2
	파주출판문화정보산업단지
	전화 031) 908-3181(대표) · 팩스 031) 908-3189
	홈페이지 http://www.kstudy.com
	e-mail(e-Book사업부) ebook@kstudy.com
● 등 록	제일산-115호(2000. 6. 19)
● 가 격	18,000원

ISBN   89-534-2068-7 93820   (Paper Book)
        89-534-2069-5 98820   (e-Book)